KB272713

Fantasy Frontier Spirit

김운영 판타지 장편 소설

흑사자
Dark Leonal
黑獅子

흑사자 4
김운영 판타지 장편 소설

초판 1쇄 찍은 날 § 2005년 11월 23일
초판 1쇄 펴낸 날 § 2005년 12월 3일

지은이 § 김운영
펴낸이 § 서경석

편집장 § 문혜영
편집책임 § 최하나
편집 § 장상수 · 서지현

펴낸곳 § 도서출판 청어람
등록번호 § 제1081-1-89호
등록일자 § 1999. 5. 31
어람번호 § 제1-0655호

주소 § 경기도 부천시 원미구 심곡1동 350-1 남성B/D 3F (우) 420-011
전화 § 032-656-4452 팩스 § 032-656-4453
http://www.chungeoram.com
E-mail § eoram99@chollian.net

ⓒ 김운영, 2005

ISBN 89-5831-840-6 04810
ISBN 89-5831-759-0 (SET)

Fantasy Frontier Spirit
김운영 판타지 장편 소설
흑사자
Dark
Leonal
黑獅子
4
하이번
도서출판 처ᄅ람

CONTENTS

❖ Chap 1 ❖
인생의 목표

인생의 목표

다가닥. 다가닥.

그다지 좋지 않은 완만한 오르막길을 한 필의 말이 달리고 있었다. 갈색 털 위로 송골송골 땀이 맺힌 모습이, 꽤 오랜 시간을 그렇게 달려 온 것처럼 보인다. 그래도 바람을 앞지르며 달리는 것을 좋아하는 이 온순한 동물은 타고난 본능대로 힘껏 내달리는 것을 멈추지 않았다.

이윽고 지루한 오르막길이 끝나고 언덕의 끝에 도달했다.

"워, 워."

히히히힝, 푸르르르.

절제된 힘을 담은 손이 고삐를 끌어당기자 말은 앞발을 높게 들어 크게 울부짖고는 멈춰 섰다. 일단 멈추자 고된 질주의 여파로 거친 숨을 내쉬면서 도리질을 몇 번 해댔다.

말의 주인은 말이 앞발을 들어올리고 멈출 때에도 한 치의 흔들림없이 꼿꼿하게 앉아 있었다. 그는 앞으로 자신이 갈 길을 보려는 듯 아래쪽으로 광대하게 펼쳐진 평야를 주시했다.

단지 언덕 하나를 경계로 아래쪽은 넓은 평야가 이어져 있다. 그 평원 저편에 크고 화려한 도시의 성곽이 당당한 모습을 드러내고 있다.

사람에 비해 근시인 말의 눈에는 그저 평야만 보였고, 평범한 이라면 도시의 윤곽만 겨우 볼 수 있다. 하지만 지금 말에 타고 있는 이의 눈에는 모든 것이 또렷하게 들어왔다.

레오는 언덕 꼭대기에 말을 정지시키고 자신이 향할 곳을 바라보았다. 넓은 평야에는 곡식들이 파릇하게 자라고 있었다. 도시의 사람들이 생활하면서 먹을 충분한 식량이 되리라.

평야 너머로 보이는 도시의 주변에는 상당히 견고해 보이는 성벽이 둘러싸여 있었다. 그리고 그 한가운데에 거대한 성문이 보였다. 그 성문으로 통하는 관도는 아주 넓어서 마차 네 대가 한꺼번에 통과할 수 있을 정도였다.

그것으로 보아 저 도시는 왕국에서도 첫째, 둘째를 다투는 대도시임에 틀림없다.

"다 왔군."

레오는 그렇게 중얼거리며 말에서 내렸다. 이제부터는 말을 타고 갈 수 없었다.

적성국의 수도에 당당하게 말을 타고 들어갈 수는 없는 노릇이다.

지금까지 관도를 통하지 않고 이렇게 샛길로 온 것도 다 자신이 왔다는 것을 들키지 않으려는 생각에서였다.

만약 자신이 이 애슐론 왕국에 들어왔다는 것을 저들이 안다면, 아마 애슐론 국왕은 전군을 동원하여 수단과 방법을 가리지 않고 자신을 제거하려 하리라. 그들이 가장 두려워하고 있는 것 중 하나가 바로 레오, 자신이 쳐들어오는 것일 테니까.

사실 그것은 별로 두렵지 않지만, 이번에 레오가 온 이유는 그렇게 막무가내로 싸우자는 것이 아니었다.

"하이번 후작."

레오의 입에서 한 사람의 이름이 흘러나왔다. 그와 동시에 그의 황금빛 눈이 기묘한 기운을 발하기 시작했다. 레오를 아는 사람들은 이런 눈빛을 보면 말할 것이다.

그가 표적을 생각하고 있다고!

*   *   *

레오가 바로크 백작과 자신의 수하들에게 왕이 되겠다고 선언한 후, 모든 것이 급격하게 변해갔다.

수도의 귀족들은 바로크 백작에게 설득당해야 했다. 애초의 계획대로 레오를 설득하는 것이 아니다. 귀족들이 설득을 당하는 것이다.

왜냐하면 레오는 왕이 될 사람이고, 또한 흑사자이기 때문이다. 바로크 백작이 레오의 편을 들자 근위 기사들도 레오를 새로운 충성의 대상으로 생각하기 시작했다.

그러나 사실 불만이 해소된 것이 아니라 억눌려진 것뿐이었다.

귀족들은 끊임없는 이합집산을 거듭하며 공개적으로, 혹은 은밀하게 의견을 주고받았다. 그사이에도 시간은 멈추지 않고 조용히 자신의 의무를 수행하며 흘러갔다.

정작 이 혼란의 중심에 있어야 할 레오는 아무것도 하지 않았다. 왕이 되겠다는 말 한마디만을 던져 놓고 자신의 방 안에 틀어박혀 매일같이 네로랑 놀기만 했다.

그러는 동안 시간은 흘러 타카 2세의 임종의 날이 다가왔다.

화려하지만 우아하고 고상하게 장식된 방 안은 병자의 약한 시각을 고려하여 약한 조명으로 밝혀놓았다. 정신을 맑게 하고, 건강에 좋다는 향초가 은은한 향기를 발하고 있다. 누가 보더라도 포근하고 따스한 분위기의 침실이다.

하지만 신관이나 고위 마법사, 네크로맨서 같은 특정한 능력을 가진 이들은 알 수 있으리라, 이 방 안을 감싸고도는 미묘한 공기야말로 바로 죽음의 향기라는 것을.

생의 불꽃이 그 힘을 다해 희미하게 흔들리는 병자가 있는 곳, 그곳은 바로 왕의 침실이었다. 평상시라면 혼수상태에 빠진 왕과 의관만이 있었을 테지만, 지금처럼 방의 주인인 타카 2세가 깨어 있을 때는 다르다.

왕의 침상 옆에 마련된 의자에는 그가 말을 나누고 싶어 하는 유일한 존재가 앉아 있었다. 늘 방 안을 맴도는 음습한 죽음의 향기도 그 남자의 주변만큼은 침범하지 못하였다.

그 남자, 레오는 깨어난 타카 2세와 이야기를 나누고 있었다.

이미 티모라가 말한 한 달이 다 지났다. 그녀는 오늘이 타카 2세의 마지막 순간일 것이라고 했다. 죽기 직전에 마지막 잠재력이 격발되어 깨어난 것이다.

지난 한 달 동안 타카 2세는 깨어날 때마다 레오와 이야기를 나누었다. 그가 궁금해한 것은 주로 레오가 대륙을 돌아다닐 때의 이야기였다.

레오는 그런 타카 2세에게 마치 조카인 로엔에게 들려주는 것처럼 하나하나 자신에 대한 이야기를 해야 했다. 타카 2세는 전신의 고통을 내색하지 않고 묵묵히 레오의 말을 들었다.

그리고는 가끔씩 온 힘을 다해 자신의 야망에 대해 말했다.

위대한 왕! 그는 16세의 성인식에서 위대한 왕이 되겠다고 맹세했다고 한다. 그냥 왕이 아닌 왕 중의 왕이다.

"하지만 짐은 실패했다. 야망도 능력도 있었지만, 친동생의 진면목을 알아보지는 못했지."

"……."

타카 2세는 괴로운 듯 얼굴을 찡그렸다. 깨어날 때마다 느끼는 끔찍한 아픔에도 내색하지 않던 그가 지금 고통스러운 표정을 하고 있다. 야망을 이루지 못한 고통이 몸이 부서지는 것보다 더한 괴로움이란 말인가?

레오는 말없이 자신의 왕을 볼 뿐이었다.

타카 2세는 고개를 돌려 이제는 보이지 않는 눈을 레오에게 향했다. 분명히 완전히 망가져 앞을 전혀 볼 수가 없을 터인데도 레오는 타카 2세가 자신을 보고 있다고 느꼈다. 어쩌면 왕은 상상 속의 흑사자를 보는 것일지도 모른다.

후계자로 선택한 자가 그의 야망을 대신 이루어줄 것이라는 믿음을 가질 수 있다는 것이 타카 2세의 자그마한 기쁨인 것 같았다.

"하지만 그대라면 절대로 실패하지 않을 것 같은 기분이 드는군."

왕은, 이제 죽어가는 왕은 레오에게 그렇게 말했다. 레오가 잡고 있는 타카 2세의 손에 미약하게나마 힘이 들어가는 느낌이 들었다.

그는 지금 레오에게 부탁을 하고 있었다, 자신의 야망을 대신 이루라고. 레오 역시 자신의 손에 약간의 힘을 더해 타카 2세의 기분에 부응했다.

타카 2세는 아주 천천히 고개를 끄덕이고는 눈을 감았다.

"아무 형상도 느낄 수 없는데도 눈이 부시군. 이제 쉬어야겠다."

"폐하."

레오는 무거운 목소리로 타카 2세를 불렀다. 그러나 그는 이미 눈을 감고 있었다.

곧 타카 2세의 몸에서 생기가 사라져 갔다. 레오는 자신의 왕에게서 한 줌 남아 있던 생명의 기운조차 전혀 느껴지지 않게 되었는데도 여전히 그의 손을 잡은 채 조금도 움직이지 않았다.

그는 입을 굳게 다문 채 계속 타카 2세의 얼굴을 보고 있었다. 지금이라도 왕이 다시 한 번 눈을 뜨고 자신을 부를 것 같았다.

옆에 있던 신관이 다가와 타카 2세의 상태를 확인하고는 고개를 저었다.

"이미 돌아가셨습니다."

"……."

"폐하께서 승하하신 것을 수도 안의 사람들에게 알려야 합니다."

"……."

레오는 대답하지 않았다. 자신의 친인이 죽는 것을 바로 가까이서 보니 슬픔이 그의 가슴 깊은 곳에서부터 서서히 차 올라와 어느새 그의 정신을 지배했다.

아버지와 형의 죽음을 알았을 때의 그 해일과도 같은 충격은 없었지만, 지금의 괴로움은 결코 그에 비해 약하지 않았다.

'나는 어떠한 적이든 그 생명을 빼앗을 힘이 있다. 그럴 자신이 있다. 하지만 이토록 간절히 원하는데도 생명을 지킬 힘은 없구나!'

그는 난생처음 스스로의 무력함을 느끼고 있었다. 그 자신에게서 떨어져 일어난 아버지와 형의 죽음과는 다르다. 그의 주군은 그가 보는 앞에서 서서히 생명의 기운을 잃고 결국에는 죽어버렸다. 그 과정에서 그가 할 수 있는 일은 아무것도 없었다.

"레오 경."

뒤에서 바로크 백작이 조심스럽게 레오를 불렀다. 왕의 죽음을 알려야 하는 의무를 가진 신관이 안절부절못하는 얼굴로 레오의 눈치만 보고 있었기 때문이다.

고개를 든 레오와 바로크 백작의 시선이 마주쳤다. 금빛 눈은 이전에는 결코 볼 수 없었던 심유한 빛을 품고 가라앉아 있었다. 바로크 백작은 그 침잠된 눈빛에 더 이상 말을 하지 못하고 입을 다물었다.

죽음의 향기와 조용한 슬픔의 침묵의 시간이 잠시 흐른 후, 드디어 레오가 입을 열었다.

"자야겠군."

그는 말이 끝나기가 무섭게 벌떡 일어나 그대로 방을 나섰다. 바로크 백작은 그런 레오를 붙잡지 않았다. 그는 조용히 레오의 뒷모습을 시선으로 배웅한 후 신관에게 말했다.

"폐하께서 승하하셨음을 공표하게."

신관의 공표는 인증에 가까운 것일 뿐, 그 외의 일들은 그가 직접 움직여야 한다. 바로크 백작은 흐려지는 시야를 애써 가다듬으며 침상 위를 다시 한 번 보고는 자신도 방을 나섰다.

레오는 왕의 침실에서 나가 바로 옆에 위치한 자신의 방으로 들어갔다. 그는 겉옷도 벗지 않고 그대로 침대 위에 쓰러지듯 엎드려 누웠다.

털썩.

침대가 출렁거렸다. 그 바람에 침대 머리 쪽에 앉아 있던 네로의 몸도 들썩 하고 흔들렸다.

야옹?

네로는 괜찮냐는 듯 레오를 보며 울었다. 그가 돌아왔다는 것은 타카 2세가 의식을 잃었다는 것이고, 그것은 곧 그가 죽었다는 것을 의미한다.

레오는 얼굴을 베개에 파묻은 채 한 손을 들어 네로의 머리를 쓰다듬었다.

"한숨 자고 일어나겠다."

야아아옹?

잔다고? 또? 그녀는 그렇게 말하고 있었다. 만약 고양이가 사람처럼 혀를 찰 수 있다면 쯧쯧, 소리가 들렸을 법도 하다. 네로는 황당하다는 눈빛으로 앞발을 들어 레오의 머리카락을 가볍게 긁었다.

그러나 레오는 반응하지 않았다. 네로의 머리를 쓰다듬던 손은 힘없이 침대 위로 떨어져 움직이지 않았다. 널브러진 자세의 레오와는 대조적으로 앞발을 꼿꼿이 펴고 우아하게 앉은 네로는 뚫어지게 침상 위를 주시하고 있었다.

'슬퍼하는 건가?'

잠이 들었을 때의 평온한 느낌과는 다르다. 네로는 지금 레오의 전신에서 평소와 다른 분위기를 민감하게 감지하고 있었다.

왕의 죽음. 어떤 감정의 표현도 하지 않지만, 그것이 이 단순무식하고 무정한 사내에게 슬픔을 주었음은 분명했다. 네로는 습관처럼 앞발을 들어 혀로 핥으면서 의외의 반응이라 생각하고 있었다.

그렇게 잠시의 시간이 흐른 뒤, 레오는 베개에 파묻혀 잘 들리지도 않는 목소리로 네로에게 말했다.

"너도 수고했다."

네로는 머리를 휙 돌려 약간의 기대를 품고 레오를 보았지만 다른 말은 이어지지 않았다. 의도하지 않았는데 무의식적으로 입이 열리며 고양이의 울음이 터져 나왔다.

야옹.

그걸로 끝이냐? 만일 티모라의 모습이었다면 튀어나왔을 말이다. 혼수상태의 왕을 깨웠고, 모든 음모의 이면까지 밝혀줬건만 고맙다는 말 한마디 들어보지 못했다.

'그뿐이면 말을 안 하지. 그 귀한 성녀의 포션을 써버렸잖아! 거기에 한 달 동안이나 왕의 생명을 유지시키기 위해 사용한 마법과 물약의 양이 얼마인데?

그러나 그녀는 곧 한숨을 쉬며 고개를 끄덕였다. 이 남자에게서 그런 말을 듣는 것은 불가능한 것 같다. 아마 지금이 그에게 있어선 최대한의 표현일 것이다.

'후우, 그리고……'

보통 사람이라면 이렇게 자고 있는 레오를 보면 정말 무신경하다고 여길지도 모른다. 그러나 네로의 눈에는 이 안하무인격이던 남자의 모습이 왠지 안쓰러워 보였다.

'이거야 원, 부모 잃은 고아 같은 느낌이 드니……'

침대에 엎드린 남자가 지금만큼은 밉지 않았다. 네로는 어쩔 수 없다는 듯 자리에서 일어나 몸을 길게 뻗었다. 고양이의 전형적인 스트레칭 동작이다.

야옹.

봐줬다! 네로는 그렇게 말했지만 역시 고양이의 울음소리만 나올 뿐이었다. 절대 겉으로 할 수 없는 말도 거침없이 할 수 있다는 점에서 고양이의 몸은 나름대로 편했다.

툭툭.

얌전하게 발톱을 숨긴 앞발로 위로하듯 레오의 머리를 건드려 본다. 그래도 아무 반응이 없자 다시 그의 머리맡에 동글게 몸을 말고 웅크렸다.

'오늘은 특별히 인심 써줬다!'

네로는 모처럼 레오와 같이 잠을 자기로 했다. 그녀가 은거해서 고아들을 기를 때, 아이들이 아프면 침대 옆에 앉아 아이의 이마에 손을 얹고 자곤 하였다. 그때처럼 몸을 접촉하고 잠이 들면 굳이 의도하지 않아도 그녀가 지닌 엘프의 정령력은 레오의 괴로움을 덜어줄 것이다.

*   *   *

부웅, 부웅, 부웅.

세 번 연달아 울리는 뿔나팔 소리는 일정한 간격을 두고 되풀이해서 수도 전역을 울리고 있었다.

처음의 소리는 왕성의 성벽에서 소수의 나팔수들에 의해 났다. 일정한 시간이 지난 후에 다시 세 번의 소리가 났을 때, 그 소리는 수도의 사방에서 합창하듯이 울려 퍼졌다.

"폐하!"

"고귀한 분의 영혼에 평화를!"

"편히 가시옵소서!"

왕성 안을 울린 첫 소리에 귀족들은 일제히 무릎을 꿇고 그들이 충성을 맹세한 주군의 죽음에 저마다 예를 표했다.

며칠 전부터 조마조마한 심정으로 지내던 수도의 시민들의 귀에도 나팔 소리는 여지없이 파고들었다.

국왕의 서거를 알리는 뿔나팔 소리는 수도 안의 모든 것을 침묵케 했다. 상가에서 흥정을 하던 이도, 사소한 일로 주먹다짐을 하던 뒷골목 왈패들도 동작을 멈추었다. 거리는 순식간에 조용해졌고 시민들은 입을 다물고 슬픈 표정으로 각자의 집으로 향했다.

한 집, 한 집 문이 열리면서 저마다 검은 천을 밖에 내걸어 국왕의 죽음에 대한 예의를 표했다. 검은 천은 앞으로 3일간 모든 집 앞에 걸리게 될 것이다. 그사이 수도 안의 모든 이들은 외출을 삼가고 국왕의 명복을 빌며 경건한 마음으로 추도하는 기간을 가진다.

슈란 왕국에서 보통 귀족이 죽으면 49일을 기다려 매장한다. 국왕이 승하할 경우에는 3일간 왕국 전체가 애도 기간을 갖는다.

이 3일간 왕국의 왕좌는 비게 되며, 귀족들은 충성의 대상이 없게 되는 셈이다. 왕좌를 오래 비워둘 수 없다는 점 때문에 국왕의 장례는 특별한 이유가 없는 한 3일째에 이루어진다.

4일째 되는 날 아침 전까지 수도의 모든 집들에 내걸렸던 검은 천은 제거된다. 그리고 이날 정오에 새로운 왕이 즉위식을 가진다. 수도의 중요 귀족들은 모두 그날 새로운 왕에게 충성을 맹세한다. 또 지방의 영주들은 석 달 이내로 상경하여 왕을 알현해야 한다.

레오는 꼬박 24시간을 자고 일어났다. 머리가 무거워 몸을 쉽게 일으키지 못했다. 그러나 고개를 좌우로 몇 번 흔들자 곧 전신의 근육에서 활력이 솟아났다.

침대에서 일어나 몸을 풀고 옷을 입자 바깥쪽에서도 레오가 일어난 것을 알았는지 누군가 문을 두드렸다.

“레오 경, 일어나셨습니까?”

바로크 백작의 목소리였다.

“들어오십시오.”

문이 열리며 바로크 백작이 들어왔다. 그는 전신에 하얀 갑옷을 걸치고 있었다. 주군이 죽었을 때 기사가 걸치는 갑옷이다.

“휴케바인이나 발렌은 어디 갔는지 아십니까?”

레오는 바로크 백작이 들어오자마자 물었다. 자신이 깨어나면 항상 문 앞에서 대기하고 있던 그들이 지금은 없었기 때문이다.

“대관식 준비를 하고 있습니다.”

“대관식?”

“네, 레오 경도 어서 움직이셔야 합니다. 모레에 대관식을 하기 위해서는 지금부터 준비하지 않으면 늦습니다.”

레오는 잠시 입을 다물고 생각에 잠겼다. 마음속의 감정이 격해지면서 갑자기 쏟아지는 졸음에 잠을 잤다. 그런데 깨어나 보니 즉위식이라고 한다.

‘폐하가 돌아가신 것이 꿈이 아니었군.’

레오는 고개를 저었다. 하지만 언제까지나 감정에 얽매어 있을 수는 없다.

일단 장례식에는 참가해야 한다, 그는 이미 후계자이기에. 아무리 자신이 꿈이라 부정하고 싶었지만, 현실은 현실이었다. 자신이 잠든 사이에 그렇게 장례식 준비는 진행되고 있었던 모양이다. 거기까지 생각이 미친 레오는 바로크 백작에게 물었다.

"폐하의 장례식은 어떻게 되었습니까?"

타카 2세에게는 자식이 없었다. 그렇기에 그가 후계자가 되지 않았던가? 조카인 샤를로트 공작 영애는 그녀의 아버지가 반역 사건에 연루되었기에 장례식을 주도하기에는 무리가 있을 것이다.

바로크 백작은 말했다.

"두 분의 왕비께서 주도하고 계십니다. 그분들은 장례식이 끝난 이후 사원에 들어가시겠다고 선언하셨습니다."

"그렇군요."

하기야 왕인데 부인이 없을 수는 없겠지. 레오는 그렇게 생각하며 고개를 끄덕였다.

"그럼 장례식에는?"

레오는 선왕의 장례식에서 자신이 해야 할 일이 무엇인지 궁금해하고 있었다. 절차나 격식을 싫어하는 그였지만 적어도 주군이었던 이의 마지막 길에 결례를 하고 싶지는 않았다.

바로크 백작은 레오의 물음에 잠시 갸웃거리더니 희미하게 미소를 지으며 대답했다.

"왕위 후계자는 보통 즉위식의 준비를 하기 때문에 장례식에는 참여하지 않습니다. 우리 슈란의 독특한 관습입니다만."

바로크 백작은 레오가 왕위 계승의 절차를 모르고 있음을 깨닫고 차분히 설명을 시작했다.

왕위 후계자는 정상적인 경우 국왕의 장남이 된다. 아들이 부친의 장례에 참석하지 않는다는 건 있을 수 없는 일일 것이다. 하지만 슈란 왕국의 경우 장례에 참석하는 대신 임종을 지키는 것으로 대신하고 있다. 레오는 이미 그 절차를 마쳤으므로 자신의 역할을 다한 셈이 된다.

바로크 백작의 설명이 끝나자 레오는 다시 물었다.

"그럼 제가 할 일은 무엇입니까?"

"일단 왕이 지켜야 할 기본적인 규범에 대한 교육과 즉위식 절차에 대한 것을 외우셔야 합니다."

"규범과 절차 말이군요."

레오는 알았다는 듯 대답을 하고는 입을 다물고 무언가 생각하기 시작했다. 머리를 살짝 숙이고 생각에 잠긴 그 모습에 바로크 백작은 재촉하지 않고 잠시 기다리기로 했다.

다음 순간 레오는 숙였던 고개를 번쩍 들었다. 그의 두 눈이 황금빛으로 강하게 빛나고 있었다.

'그렇군. 그렇게 하기로 했었어!'

레오는 속으로 외쳤다. 자신이 잠들기 전에 타카 2세의 얼굴을 보며 무슨 생각을 했는지 기억났다.

이제부터 해야 할 일! 자신이 결정한 일! 순식간에 그의 가슴속에 앙금처럼 남아 있던 슬픔이 흔적도 없이 사라져 버렸다.

미래의 표적이 생긴 이상 레오의 눈은 갈증으로 가득 차 당분간은 옆을 보지 않으리라.

바로크 백작은 그런 레오의 생각을 눈치채지 못했다. 그는 레오가 고개를 들자 다시 말을 이었다.

"이미 준비되어 있으니 어서 가시지요."

"아니, 생각이 바뀌었습니다. 발렌과 휴케바인 등을 불러주십시오.

회의를 하겠습니다."

"회의 말입니까?"

바로크 백작은 의외라는 듯 반문했다. 그가 조사한 바에 의하면, 레오는 회의를 무척 싫어해서 아주 중요한 일이 아니라면 아예 참석도 하지 않는다고 했다. 그런데 스스로 회의를 소집하다니?

"안건이 무엇인지 알 수 있을까요?"

바로크 백작은 조심스럽게 물었다. 그러자 레오는 바로크 백작의 두 눈을 직시하며 강하게 말했다.

"일단 회의에 참석하십시오, 바로크 백작."

그 순간 레오의 눈은 특유의 황금색으로 빛났다. 순간적으로 바로크 백작은 몸이 굳는 것을 느꼈다. 얼른 전신의 기를 끌어올려 레오의 눈빛으로부터 벗어났지만 가슴은 아직도 격렬하게 뛰고 있었다.

'이 정도의 힘이라니? 마스터인 내가 눈빛에 동요하게 될 줄이야!'

바로크 백작의 심장은 다른 의미로 격하게 뛰기 시작했다. 놀람이 아니라 흥분으로 인한 것이었다.

레오는 평소에 몸에서 기를 발출하지 않는다. 평생 검을 수련하지 않은 평민처럼 조금도 기세가 흘러나오지 않았다.

그런데 지금 단지 눈빛만으로 바로크 백작은 과거 그가 자신의 눈앞에서 대전사 결투로 상대 마스터를 죽였을 때 그 섬뜩하고도 뭉클한 기분이 되살아나는 것을 느꼈다. 그것은 바로 인간의 한계를 벗어난 경지를 엿볼 때 생기는 감동이었다.

바로크 백작은 즉시 레오에게 예를 취하고 서둘러 레오의 가신들을 부르러 갔다.

약 30분의 시간이 지나자 레오의 방에는 몇 명의 사람들이 모였다.

가이안 영지에서부터 레오에게 충성을 바쳐온 사람들로 발렌, 휴케바인, 유스, 그리고 에고른 경이었다. 그 외에는 슈란 왕국의 마스터 기사인 바로크 백작이 참여했다.

발렌은 사람들이 모두 모이자 무리를 대표해서 소파에 앉아 있는 레오에게 말했다.

"부르셨습니까?"

그러자 레오는 손을 들어 빈 소파를 가리키며 대답했다.

"회의를 한다. 모두 앉도록."

바로크 백작에게 들은 대로 회의라고 한다. 사람들은 서로의 얼굴을 보며 무슨 일인지 아느냐는 의아한 눈빛을 교환했다. 아무도 아는 사람이 없는 듯하자 다들 저마다 추측을 하기 바빠 누구도 자리에 앉지 않았다.

순간 레오가 살짝 미간을 찌푸렸다. 분명 앉으라고 말했건만 서서 눈치만 보는 수하들이 별로 마음에 들지 않았기 때문이다. 다른 이들이 자리에 앉지 않는 바람에 덩달아 서 있던 휴케바인이 바로 그 표정을 포착했다.

'이크, 위험!'

척.

휴케바인은 속으로 소리를 지르며 얼른 한쪽 구석에 앉았다. 덩치와 어울리지 않는 날렵한 움직임이었다. 그의 행동에 다른 사람들도 상황을 눈치채고 서둘러 소파에 앉았다.

일단 자리를 잡자 분위기는 다시 가라앉았다. 사람들은 궁금한 기색이 가득한 표정으로 레오가 말을 꺼내기만을 기다렸다.

레오는 서늘한 눈으로 발렌을 보았다. 발렌은 레오의 눈을 정면으로 보면서 조금도 흔들리지 않았다. 마스터인 바로크 백작보다 오히려 더 안정된 정신력을 지니고 있는 걸까? 레오는 그렇게 생각하며 잠시 다른 사람들을 보았다.

그리고는 알게 되었다. 이 자리에 모인 사람들 중 누구 하나 레오와 눈을 마주 보아도 눈빛이 흔들리지 않는다. 바로크 백작 역시 조금 전과는 다르게 정중한 눈빛으로 레오가 말하기만을 기다렸다.

'역시 믿을 만한 놈들이군.'

레오는 그들의 눈빛에서 신뢰를 느꼈다.

'기분이 나쁘지 않군.'

레오는 가볍게 미소 지으며 자신의 무릎 위에 앉아 있는 네로의 머리를 쓰다듬었다. 네로는 기분이 좋은 듯 꼬리를 살랑살랑 두어 번 흔들었다.

"좋다, 회의를 시작하지. 내가 경들을 부른 이유는 앞으로의 일을 상의하기 위해서이다."

"영주님께서 왕위를 이으신 이후의 일들 말입니까?"

유스가 물었다. 그것이라면 이미 이모저모로 생각해 놓은 것이 있는 그였다.

그런데 레오는 고개를 저었다.

"왕이 아니다. 나는 왕이 될 생각이 없다."

"네? 그게 무슨 말씀이십니까?"

휴케바인이 두 눈을 동그랗게 뜨고 물었다. 그는 이번 즉위식 때 왕의 기를 들고 의전식을 하기로 되어 있었다.

그런데 이제 와서 왕이 되지 않겠다니? 휴케바인은 레오가 이런 식으로 갑자기 마음이 바뀌는 것을 보지 못했기에 더욱 놀랐다.

다른 사람들 역시 그게 무슨 소리냐는 표정을 지으며 레오를 보았다. 심지어 네로조차 황당한 표정으로 레오를 올려다보고 있었다.

레오는 말했다.

"제국을 세우겠다. 나는 황제로 즉위할 것이다."

"예엣? 황제요?"

그나마 휴케바인은 놀란 음성으로 되묻기라도 했지, 다른 이들은 그저 입만 빠끔거리고 있었다.

제국! 황제! 그 단어는 이미 300년이 넘게 세상에 존재하지 않는 것을 가리킨다.

300년 전 최강 최악의 흑마법사인 데미리치 렉토스가 3대 제국을 붕괴시킨 후 대륙은 백여 개의 작은 왕국으로 나뉘었지 않은가?

그런데 그중 하나의 왕국인 슈란의 차기 왕위 계승자인 레오는 제국을 세우겠다고 말하고 있었다.

"그, 그게 가능할까요?"

유스는 적지 않게 당황했는지 자신도 모르게 침착성을 잃고 말을 더듬었다. 그 말을 듣자마자 네로가 눈을 가늘게 뜨고 유스 쪽을 보더니 경고를 하듯 길게 울었다.

야아옹.

목에 칼이 들어와도 냉정해야 하는 것이 마법사이다. 지금 유스의 태도는 마녀 티모라의 마법사로서의 자존심을 건드리는 행위였다. 네로가 노려보는 시선이 유스에게 작렬했다.

"어헉!"

유스는 화들짝 놀라 몸을 부르르 떨고는 얼른 자세를 바로 했다. 놀랍게도 네로의 울음소리 한 번에 그는 냉정을 회복하고 냉철한 마법사로 돌아갔다. 그는 언제 말을 더듬을 정도로 당황했냐는 듯 차분한 신색으로 돌아갔다.

"말씀을 계속하십시오."

노회한 마법사다운 나직하면서도 정중한 목소리에 주변의 사람들도 정신을 차렸다. 휴케바인은 무슨 생각을 하는 것인지 잔뜩 신이 난 표정으로 돌아가는 상황을 주시했다.

일단 발렌이 더할 나위 없이 신중한 목소리로 물었다.

"그럼 영주님께서는 슈란의 왕위를 이어받으신 후 제국을 선포하시겠다는 말씀이십니까?"

"그렇다. 슈란 왕가의 핏줄은 끊어진 셈이니, 이제부터는 가이안 제국이 될 것이다."

"가이안 제국!"

가이안은 레오의 성이자 그의 영지의 이름이다. 시골 영지이자 자작령에 불과했던 곳이, 이제는 제국의 이름이 되게 생겼다.

사람들이 놀라 새로운 제국의 이름을 입으로 중얼거리는 가운데 바로크 백작이 궁금함을 참지 못하고 물었다.

"어떻게 제국을 세우실 생각이십니까? 지금 우리 슈란 왕국의 영토만으로는 아무리 제국을 선포하신다고 해도 주변에서 인정하지 않을 것입니다."

이 말에 발렌과 유스, 에고른도 공감하며 고개를 끄덕였다.

그렇다! 왕국이 갑자기 제국을 선포한다고 해서 정말로 제국이 되는 것은 아니다. 그렇게 쉽다면 누가 황제가 되지 않겠는가?

레오는 고개를 돌려 바로크 백작을 보았다. 질문, 결코 레오가 좋아하는 것이 아니다. 보통은 대답을 하지 않는 경우가 많다.

유일한 예외가 발렌인데, 그가 질문을 하면 레오는 대부분 순순히
대답을 하기로 마음먹었다. 그런데 이제 발렌 이외에도 대답을 요구하
는 질문을 하는 자가 또 있었다.

'귀찮음이 두 배가 되었군.'

레오는 속으로 한숨을 쉬었다. 그러나 결국 대답을 하기로 했다.

"왕위 계승을 하는 자리에서 제국을 선포하겠다. 그리고 다시 날을
잡아 황제 즉위식을 하겠다."

"이쪽이 충분한 역량도 없이 일방적으로 제국을 선포한다면, 주변
왕국은 절대로 인정하지 않을 것입니다. 오히려 연합해서 우리를 공격
해 올지도 모릅니다."

유스는 레오에게 충고했다. 사실 이것이야말로 가장 중요한 일이다.

제국이라는 것은 대륙의 패자를 의미한다. 일단 제국이 서면 그
주변의 왕국은 모두 제국에 충성을 맹세하고, 종속 동맹을 맺어야
한다.

그러면 제국은 왕국의 독립권을 인정하고 다른 제국의 세력이 동맹
국을 치지 못하도록 보호해 주는 것이다.

하지만 왕국은 그 대가로 제국에 조공을 바쳐야 한다. 고대제국인
나칸드라 때부터의 규약에 의해 그 양은 대충 정해져 있다. 왕국이 휘
청할 정도로 많은 양은 아니지만 결코 적은 양도 아니다. 무엇보다 제
국이 있으면 왕국의 왕은 자신들 위에 황제가 존재하는 사실을 인정해
야 한다.

그렇기 때문에 슈란 왕국이 멋대로 가이안 제국을 선포한다고 하면,
주변 왕국들은 가이안 제국이 힘을 얻기 전에 멸하려 할 것이다. 결코
미적미적하지 않고 적극적으로 움직일 것이 분명하다.

"현재 슈란 왕국을 둘러싸고 있는 왕국은 모두 6개국에 달합니다. 그들만 연합해서 쳐들어와도 상황은 절망적이라고 할 수 있습니다. 그리고 제가 생각하기에 그들 이외의 어느 정도 떨어진 왕국들도 6개국 연합군에 힘을 보탤 것 같습니다."

유스는 자신이 판단한 사실을 최대한 상세하게 설명했다. 그의 말에는 한 줌의 감정도 들어 있지 않은 듯, 시종 냉정한 목소리로 일관되었다.

그의 마법사다운 말투는 그 자리에 있는 모든 사람들의 가슴속에 파고들었다. 심지어 레오의 무릎 위에 자리한 네로조차 동의한다는 듯 고개를 끄덕였다.

하지만 이토록 상세하고 분석적이면서도 논리에 맞는 유스의 말을 인정하지 않는 사람도 있었다.

"6개국의 연합을 상대로 내가 질 거라고 생각하나?"

레오는 유스의 설명이 끝나자 되물었다. 내내 침착하게 설명하던 유스는 곤란한 표정을 지으며 입을 열지 못했다. 딱히 유스뿐만이 아니었다. 레오의 말에 모든 사람들의 움직임이 멎었다.

한동안 어색한 정적이 방 안을 지배했다. 그 정적을 깬 것은 레오 본인이었다. 그는 유스로부터 시선을 돌려 발렌을 똑바로 쳐다보며 다시 물었다.

"발렌 경, 그대도 내가 질 것이라고 생각하나?"

레오의 말에 발렌이 막 입을 열려는 순간, 유스가 약간 억울하다는 표정으로 말했다.

"저는 영주님께서 지신다고는 말하지 않았습니다!"

레오가 발렌에게 '그대도'라고 물은 것이 마음에 걸렸으리라. 유스는 자신의 의도가 잘못 받아들여졌다고 생각하며 말을 이었다.

"제가 말씀드린 것은 슈란 왕국의 전력과 6개국 연합의 힘의 차이입니다. 영주님께서 왕국군을 이끌고 전장에 나선다면 패배는 없습니다. 적어도 저는 그렇게 확신합니다."

마법사는 확신이라는 말을 절대 함부로 하지 않는다. 그런데도 유스는 지금 6개국 연합을 상대로 레오의 승리를 확신한다고 말하고 있었다. 유스는 그만큼 자신의 주군의 실력에 대해 확신하고 있었다.

너는 나에 대한 믿음이 부족하다. 발렌도 그러한가?

레오가 발렌에게 한 질문은 유스에게는 이렇게 들렸다. 유스는 자신의 신뢰가 의심받는 것을 결코 지나칠 수 없었기에 이 점을 짚고 넘어가야만 했다.

실제로 레오의 존재는 유스에게 있어 충성을 맹세한 주군이라는 의미를 넘어 일종의 신앙이라고 할 수 있었다. 그는 레오에게는 마법을 사용할 수조차 없었다. 스스로 생각해도 놀라운 일이지만, 그에게 있어서 레오는 마법조차 이겨낼 수 있는 존재였다.

발렌에게 한 질문에 자신도 모르게 나섰던 유스는 말을 마치고 약간 불안한 표정이 되었다. 하지만 다행히 레오는 별로 불쾌한 기색이 없이 유스가 한 말의 내용만 신경 쓰는 듯했다.

"그렇다면 제국을 선포해도 되겠군."

레오의 말에 유스는 입을 다물었고, 할 수 없이 발렌이 나섰다. 레오가 지지 않는다는 것과 유스의 첫 번째 판단은 전혀 다른 사실임을 설득해야 한다.

"10번 싸우면 9번은 패할 것입니다. 가이안 제국은 위기를 넘기기 어렵습니다."

“패한다고?”

레오는 다시 패한다는 소리가 나오자 한쪽 눈썹을 살짝 치켜 올리면서 반문했다. 유스나 발렌은 동일한 말을 하고 있는 듯했고, 지금은 설명을 들을 필요가 있었다.

발렌은 차근차근 레오의 패배와 전투의 패배의 차이에 대해 설명하기 시작했다.

“그렇습니다. 연합군은 틀림없이 사방에서 한 곳이 아닌 여러 곳의 진로를 선택해 진격해 올 겁니다. 그럴 경우, 영주님이 지휘하시는 곳 이외에는 거의 패한다고 봐야 합니다.”

레오의 표정이 심각하게 변했고, 에고른은 신음처럼 작은 목소리로 중얼거렸다.

“분진합격의 전법이로군.”

군을 여러 부대로 나누어 진격해 오면서 중요 거점의 방어력에 따라 일시적으로 모였다가 흩어지는 전법이다. 공격하는 쪽이 전체적으로 우세하고, 방어하는 쪽에 아주 강력한 부대가 있을 때에는 이 전법이 정석이라고 한다.

발렌은 입을 다물고 듣고 있는 레오를 보면서 말했다.

“영주님은 강하십니다. 하지만 저희와 병사들은 그렇지 않습니다. 설령 영주님께서 차례차례 열 군데의 적을 쳐서 마침내 이긴다고 해도 그사이에 모든 병사들이 희생당할 것입니다. 그리고 왕국의 국토는 폐허가 될 것입니다.”

적을 전멸시킬 수는 있을지 모르지만 왕국도 망한다. 발렌은 그렇게 말하고 있었다.

“그런가? 과연 그렇군.”

레오는 고개를 숙인 채 묵묵히 생각에 잠겼다.

과거 발도어 왕국의 수도를 공략할 때부터 발렌은 자신에게 충고한 것이다. 자신의 전투법은 부하의 희생을 동반한다고. 과연 지금 듣고 보니 6개국이 모두 나뉘어 쳐들어왔을 때 그것을 막아낼 방법이 없었다.

레오는 자신이 창이라 생각하고 있었다. 세상에서 뚫지 못할 것이 없는 창!

그는 스스로를 사자라고 믿었다. 인간과는 다른 강함을 가진 존재! 그렇기 때문에 남의 밑에 있는 것은 정말로 쉬운 일이 아니었다.

그러나 지금 생각하면 남을 밑에 두는 것도 결코 만만하지 않다.

한참을 고민하던 레오는 결국 고개를 들고 부하들에게 물었다.

"그럼 어떻게 해야 제국을 세울 수 있지?"

"꼭 제국을 세우셔야 합니까?"

다시 유스가 나섰다. 오히려 이러한 대국적인 면에서는 발렌보다 유스의 안목이 나았던 것이다.

"그렇다."

레오는 다시 생각할 여지도 없다는 듯 즉시 대답했다. 유스는 속으로 한숨을 살짝 삼킨 후 애써 냉정을 유지하며 최선의 방도를 제안했다.

"그렇다면 왕위를 계승하신 후 인재를 모음과 동시에 주변 왕국들을 하나하나 병합하셔야 합니다. 그리고 우호적인 곳은 동맹을 맺어 아군으로 삼아야 합니다. 10년 정도 국토를 넓혀 힘을 키우고 믿을 만한 우방을 만들면 그때에는 제국이 될 만한 힘을 얻을 수 있을 겁니다."

이번에도 유스의 말이 끝나기 무섭게 레오는 고개를 저으면서 드물게 심각한 어조로 말했다.

"늦다!"

"네?"

제국을 세우기 위해서는 백년대계도 늦다할 수 없건만 10년이 늦다니! 도대체 무엇이 그리 급한 것인가? 이것은 유스뿐만 아니라 발렌이나 에고른도 동일하게 떠올린 의문이었다.

"무엇이 늦다는 말씀이십니까?"

내내 말이 없었던 바로크 백작도 비슷한 생각을 했기에 입을 열었다. 레오는 바로크 백작을 물끄러미 바라보며 말했다.

"10년이면 미노 제국이 대륙을 통일할 것이다."

"아!"

"미노 왕국!"

발렌 등이 동시에 감탄사를 터뜨렸고, 바로크 백작은 악다문 이 사이로 저주하듯 적국의 이름을 되뇌었다.

사람들은 레오가 왜 제국을 세우려는지 어렴풋이 알 수 있었다.

미노 제국! 왕국이 아닌 제국! 전에 들은 이야기를 생각하면 확실히 미노 왕국은 얼마 안 있어 제국이 될 것 같았다.

그들의 준비는 수십 년에 걸쳐 쌓아져 온 것이다. 40만 이상의 정예병이 있다고 하니 주변 왕국들은 얼마 못 가 모두 미노에 귀속될 것이다. 아니, 어쩌면 이미 귀속되었을지도 모른다.

무엇보다 미노 왕국은 이들의 입장에서 가장 악랄한 음모로 전대 국왕의 생명을 빼앗은 원수였다. 슈란 왕조의 종말을 가져온 그 사건의 뒤에 미노 왕국이 있었음을 이 자리의 모든 이들은 알고 있었다.

레오는 천천히 방 안의 사람들을 둘러보았다. 처음 말을 꺼냈을 때와는 전혀 다른 표정들이다. 이들 모두는 결코 미노 왕국에 대한 원한을 잊지 못할 것이다.

레오는 마치 스스로에게 다짐하듯이 천천히 힘주어 말했다.

"나는 형님의 영전에서 가이안을 키우겠다고 맹세했다."

대전사 결투에 승리하고 흑사자로서의 정체가 드러났을 때 그 일의 반은 이미 이루어진 것과 같았다. 포상금과 하사받은 영지를 매각한 자금, 그리고 레오 자신의 힘이라면 가이안은 슈란 왕국 최고의 영지로 발전했을 것이 분명했다.

레오의 가신들은 너나 할 것 없이 다들 고개를 끄덕였다. 이미 디안 가이안의 유언은 이루어졌다고 할 수 있다. 레오는 형의 시신 앞에서 맹세한 바를 이루어낸 것이다.

레오 또한 그때를 떠올리는지 잠시 말을 끊고 고개를 숙였다. 아주 잠시의 침묵 후에 그는 시선을 들어 황금색으로 빛나는 눈으로 힘있게 말을 이었다.

"그리고 나는 다시 선왕의 야망을 이어받겠다고 맹세했다. 이 두 가지를 지키기 위해서 가이안 제국을 세우겠다!"

"으음."

친형과 선왕의 유언, 그리고 그들과 한 맹세이다. 이에 정면으로 반대할 수 있는 사람은 아무도 없었다. 그렇다고 섣불리 찬성하기도 어려웠다.

레오의 말대로 하자니 너무나도 성급한 것 같았다. 정상적인 방법으로는 단기간 내에 제국을 건립할 수 없다. 그렇다고 안전한 길을 따라가면 미노 왕국에 선수를 당할 위험이 높았다.

과연 어떻게 해야 할까? 그들은 필사적으로 궁리를 했지만, 결국 뾰

족한 수는 생각해 낼 수 없었다.

이윽고 유스가 말했다.

"영주님의 뜻은 잘 알겠습니다. 하지만 일단 현재의 상황도 중요합니다. 저번에 말씀드린 것처럼 우리에게는 왕국의 군대를 총지휘할 군사도 없습니다."

"군사? 발튼 후작으로는 부족하다는 것이군?"

"발튼 후작께서는 훌륭하신 분이시지만, 영주님의 뜻대로 6개국의 연합군과 싸워 왕국을 지켜내기에는 부족합니다. 아마 그분도 인정하실 겁니다."

레오의 눈이 빛났다. 발튼 후작의 평가는 귀에 들어왔지만 머리 속까지는 스며들지 못했다. 레오가 집중한 것은 6개국의 연합군과 싸워 왕국을 지켜낼 군사라는 대목이었다.

그렇다! 내가 왕국을 하나하나 쳐나갈 동안 왕국을 지킬 군사가 있으면 된다!

그는 즉시 유스에게 물었다.

"그럼 군사감으로는 누가 있지?"

유스는 한숨을 쉬었다.

"그런 군사가 있으면 얼마나 좋겠습니까?"

"없단 말인가?"

탁!

야옹.

실망이 큰 듯 손으로 탁자를 두드리는 레오, 네로 역시 그런 생각을 했는지 두 눈을 동그랗게 뜨고 유스를 보다가 한숨 섞인 울음소리를 내며 고개를 저었다.

유스는 그 모습을 보며 어쩌면 둘 다 저렇게 상식이 없을까 하는 생각에 고개를 숙인 채 속으로 욕을 했다.

하지만 눈앞에 있는 한 명의 남자와 고양이는 존재 자체가 상식을 벗어난 자들이라 별로 할 말은 없었다. 유스는 마음을 비우고 차분하게 설명을 하기 시작했다.

"10만이 넘는 병사들을 자유자재로 다룰 수 있는 사람은 대륙을 통틀어도 많지 않습니다. 무엇보다 실전에서 정말로 많은 병사들을 다룰 수 있다고 증명된 사람은 거의 없습니다."

"그런가?"

"10만 이상의 병사들이 동원될 정도면 왕국 간의 전면전에 해당합니다. 그런 전쟁은 10년에 한 번 일어나도 많이 일어나는 것입니다. 특히 지난 30년간 각 왕국 간의 균형이 어느 정도 잡혔는지, 대규모 전쟁이 거의 없었습니다. 우리 슈란 왕국과 애슐론 왕국 간의 전쟁이 유일했지요."

"그 말은 맞는 것 같군. 내가 대륙을 돌아다닐 때에도 심각한 전쟁은 없었다."

"그렇습니다. 그러니 실제 누가 뛰어나다, 누가 강하다, 이런 식으로 소문은 있어도 그걸 입증할 수가 없습니다. 여기 있는 발렌 경만 해도 지휘 능력이 대단하다고 왕국 외부까지 알려질 정도지만, 실제로 1만 정도의 병사를 지휘하는 것이 한계입니다. 물론 앞으로 경험을 쌓으면 점점 좋아질 것입니다만."

유스는 옆에 있는 발렌의 예를 들었다. 이것은 상당한 실례라고 할 수 있었지만, 그와 발렌은 지난 10년간 서로 협심하여 영지를 발전시킨 자들이니만큼 그 사이가 각별했다.

발렌은 기분이 상한 표정을 짓기는커녕 오히려 동의한다는 듯 고개를 끄덕이며 유스의 말에 힘을 실어주었다.

"제가 1만이나 되는 병사를 지휘할 수 있다는 것만 해도 과거에는 생각지 못했던 일입니다. 하물며 10만이라니요? 적어도 왕이나 발튼 후작 같은 왕국의 군사 책임자 정도가 아니면, 그런 대규모 군을 지휘하는 것을 생각해 보지도 않았을 것입니다."

옆에서 에고른이 덧붙였다.

"대부분의 기사들이 공부하는 병법 자체가 1천 명 이하의 병사를 다루는 법만 하고 있습니다. 고급 병법에도 1만에서 3만 정도가 그 주를 이루고 있습니다. 사실 대부분의 왕국들은 5만 정도의 병사도 동원하기 힘듭니다."

"음……."

앞에 나란히 앉은 세 사람이 차례대로 말하자 레오는 입을 다문 채 묵묵히 있었다. 사실 레오는 병법을 공부한 적이 한 번도 없기 때문에 그들의 말을 무조건 신용할 수밖에 없었다.

모든 사람이 입을 다물고 레오를 응시했다. 과연 그는 무슨 생각을 하고 있을 것인가?

무거운 공기가 방 안을 내리눌렀다. 침묵의 순간은 언제나 답답하다. 하지만 레오가 말을 꺼내지 않는 이상 아무도 먼저 말을 할 수 없었다. 심지어는 네로조차도 긴장한 채 레오가 말을 꺼내기만 기다렸다.

이윽고 레오는 고개를 들고 사람들을 향해 물었다.

"정말 세상에는 뛰어난 군사가 없나?"

"영주님."

아직 미련을 버리지 못했다! 발렌은 그렇게 느끼며 간절한 목소리로 레오를 불렀다.

그런데 그때, 회의가 시작된 이후 내내 말이 없던 단 한 명이 입을 열었다.

"있는데요. 정말 치가 떨릴 정도로 독한 군사가 있습니다."

구석에 그야말로 거구를 구겨 넣고 얌전히 있던 휴케바인의 난데없는 말에 다들 당황한 표정으로 그를 돌아보았다.

"응? 그게 누구지?"

레오의 눈이 순간적으로 강렬하게 빛났다. 휴케바인은 결코 헛소리를 하지 않는다. 하면 맞아 죽는다.

휴케바인은 자신에게 쏟아지는 강렬한 시선에도 전혀 주눅 드는 기색없이 당당했다. 마치 타로스를 추천할 때처럼 확신에 찬 표정이었다. 그는 입을 열어 그가 아는 단 한 명의 대단한 군사의 이름을 말했다.

"하이번 후작입니다."

"하이번 후작?"

야옹?

레오는 그 이름이 누구인지 떠올리는 것처럼 고개를 갸웃거렸지만, 다른 이들의 반응은 사뭇 달랐다. 네로마저 무슨 헛소리냐는 듯 작게 울었고, 다른 이들은 잡아먹을 듯한 시선으로 휴케바인을 노려보았다.

"휴케바인 경, 그게 무슨 소린가?"

바로크 백작은 놀람과 분노를 애써 억누르며 낮은 목소리로 질책하듯이 말했다. 꽤나 참았다고 하지만 그의 목소리에는 상당한 분노가 담겨 있었다.

단지 말을 한 것이 바로크 백작이었을 뿐 발렌이나 유스, 에고른 또한 나무라는 기색이 역력한 얼굴로 휴케바인을 바라보았다. 그만큼 휴케바인이 꺼낸 이름은 결코 이 자리에서 거론될 것이 아니었다.

하이번 후작, 그가 누군가? 바로 숙적 애슐론의 군사총감이 아닌가?

정작 휴케바인은 서슬 퍼런 기세의 눈빛들을 한 몸에 받고도 뻔뻔스러울 정도로 초연하게 반문했다.

"솔직히 그렇지 않습니까? 저번에 우리가 그놈들과 전쟁할 때 그 하이번이라는 자가 얼마나 무서웠습니까? 안 그렇습니까?"

"으음."

발렌과 유스가 동시에 신음을 발했다. 일차 전쟁에서 애슐론과 직접 맞서 싸운 그들은 누구보다 하이번 후작의 전략과 전술이 얼마나 대단한지 뼈아프게 잘 알고 있었다.

바로크 백작은 입을 열지는 않았지만 손톱이 파고들 정도로 강하게 주먹을 쥐었다.

애슐론과의 전쟁을 치른 이들에게 하이번이라는 이름은 그것만으로도 온몸에 진저리가 쳐질 정도로 강렬하게 각인되어 있었다. 누구도 다시 되새기고 싶지 않을 정도로.

휴케바인은 주위 반응에는 상관하지 않고 하고 싶은 말을 했다. 레오는 아직 흥미롭다는 표정을 잃지 않았고, 그에게는 그것만이 중요했다.

"선왕께서 그렇게 뛰어나셨고, 또 우리 슈란군이 얼마나 강했습니까? 그런데도 일단 하이번 후작이 나선 이후 한 번도 시원하게 이겨보지를 못했지 않습니까?"

"그것은……."

유스는 일단 말을 시작했지만 별달리 반박할 말이 떠오르지 않아 그냥 입을 다물었다. 평상시 언변으로는 유스를 당할 리 없던 휴케바인이 이번만큼은 제풀에 신이 나서 거보라는 듯 얼른 말을 이었다.

"그것이고 저것이고 능력만으로 말하자면, 전 레오 영주님 빼고 공포를 느낀 사람이 딱 하이번 후작 한 명이거든요. 그 사람하고는 다시 싸우고 싶지 않았다니까요."

"하지만 그는 애슐론의 귀족이네. 그것도 대귀족이지, 군부를 책임지고 있는."

에고른이 딱딱한 목소리로 못을 박듯 말했다. 흥분한 휴케바인을 진정시키는 데에는 에고른의 설교가 특효약이라 할 수 있다. 휴케바인은 즉시 목소리를 줄였다.

"그게 문제긴 하지요……."

그는 그렇게 말하며 고개를 숙였다. 그래도 마음속에 있는 말을 털어놓으니 속이 시원하다는 표정이었다.

발렌은 그러는 동안에도 눈동자 한 번 돌리지 않고 레오만을 바라보고 있었다.

휴케바인이 헛소리를 꺼내는 순간 모든 사람이 놀라 그를 보았었다. 하지만 그 이후로 발렌은 오히려 레오의 반응이 궁금해 휴케바인의 말을 들으면서도 레오에게서 시선을 떼지 않고 있었다.

'설마!'

발렌의 눈동자가 미묘하게 흔들리기 시작했다. 레오의 눈이 사정없이 빛나고 있었다. 그것은 어둠 속에서 한줄기 빛을 본 자의 표정이었다.

'그렇단 말이지?

휴케바인이 자신의 이름까지 꺼내어 비교할 정도의 인물이다. 저 불굴의 투지를 지닌 놈이 다시 싸우고 싶지 않다고 하다니?

더군다나 저 휴케바인이 적장을 놈이라고 하지 않고 꼬박꼬박 작위 호칭을 붙여 쓴다. 평소 그의 성격으로 볼 때, 이는 마음속으로 어느 정도 승복하고 있다는 뜻이 아닌가?

'그러고 보니 그자의 군대는 꽤 강했지. 후퇴를 하면서도 그 정도로 강한 군대를 본 일은 없다. 거기에 내 표적이 될 것을 짐작하고 모습을 감추었기에 목숨을 부지했지.'

그가 다즈 성을 포위한 애슐론 군을 치려고 할 때에도 적장인 하이번 후작은 지휘관의 모습을 감추고 병사들 속에 숨어 지휘를 하면서 완벽하게 후퇴를 했었다.

레오가 보기에도 그자의 군대는 강했고, 섣불리 건드릴 수 없는 힘이 있었다. 그것도 이 자리의 사람들이 모두 어렵다고 한 대규모 군대였는데도 말이다. 레오는 슈란 왕국 병사 하나하나의 힘이 애슐론보다 강한 편임을 알고 있었다. 따라서 그 군대 전체의 힘이 강했던 것은 바로 지휘관의 힘이라고 판단할 수 있었다.

무엇보다 저 휴케바인이 말로 다른 이들을 이겼다는 것은 그 실력에 있어서는 다들 동감한다는 점을 증명하는 것과 같았다.

"나쁘지 않군."

레오는 그렇게 중얼거렸다. 그는 얼굴도 한 번 보지 못한 하이번 후작이 마음에 들고 있었다.

"영주님!"

발렌이 화들짝 놀라 강한 어조로 주군을 불러보았지만, 이미 때는 늦은 후였다. 레오는 발렌을 돌아보지도 않고 빛나는 눈빛으로 네로의 머리를 쓰다듬으며 말했다.

"계획대로 하기로 한다."

"계획이라니요?"

바로크 백작이 당황한 어조로 되물었지만 발렌과 휴케바인 등은 속으로 '늦었다!'를 외치고 있었다. 그들의 생각이 맞았다고, 증명이나 하듯 레오는 담담하게 선언했다.

"나는 황제가 되겠다. 왕위 계승식을 마치고 정식으로 제국의 탄생을 선포하도록 하지."

"레오 경!"

"영주님!"

간절한 음성들이 레오를 불렀다. 하지만 레오는 상쾌한 표정으로 네로의 목을 부드럽게 간질이고 있을 뿐이었다.

3일 후, 레오는 정식으로 즉위식을 가지고 슈란의 왕이 되었다. 그리고 그 자리에서 가이안 제국의 건립을 선포했다.

새로운 왕에게 충성을 맹세한 모든 귀족들은 황당한 표정으로 레오를 보았다.

하지만 곧이어 바로크 백작과 발튼 후작이 나와 미노 왕국의 야망을 증언하며, 미노 왕국의 음모에 맞서 싸우며 선왕의 복수를 하기 위해서는 다른 방법이 없다고 역설했다.

전쟁 상황도 아닌 비열한 음모로 유명을 달리한 선왕의 복수를 하겠다는 데 차마 정면으로 반대할 귀족은 없었다. 결국 귀족들은 가이안 제국의 건립을 표면적으로 받아들일 수밖에 없었다.

　그리고 그 다음날, 레오는 왕궁에서 사라졌다. 물론 그 사실은 극비로 취급되었다. 모든 사람들은 일정대로 황제 즉위식을 준비할 뿐이었다.

❖ Chap 2 ❖
하이번 후작

하이번 후작

애슐론 왕국의 기둥이라고 불리는 사람이 있다.

하이번 후작, 그는 나이 30이 되기도 전에 이미 왕국 내에 두각을 나타내기 시작했다.

20대 후반의 그를 중용한 것은 바로 선왕인 케이비 3세였다. 그는 인재를 알아보고 포용하는 능력이 있었고, 이 천부적인 전략가인 젊은 무장의 든든한 후원자가 되어주었다.

그렇게 10년이 지났을 무렵 그는 애슐론 왕국 내의 모든 무장들의 신뢰와 존경을 한 몸에 받게 되었다. 그 자신의 뛰어난 능력과 성품도 있었지만, 실제로 국왕의 든든한 지원이 있기에 가능한 일이었다.

케이비 3세는 자신의 뒤를 이을 왕세자가 일국의 국왕이 되기에 자질이 상당히 모자라다는 것을 잘 알고 있었다. 반면 국경을 마주한 슈란 왕국의 후계자의 뛰어남은 이미 애슐론까지 널리 퍼져 있었다.

그가 자신의 사후를 대비하여 남긴 보물, 그것은 바로 애슐론을 지탱할 기둥이 될 만한 한 남자였다.

"무력이나 지력이 달리는 것은 크게 문제가 되지 않지. 문제는 성품이네. 그 아인 자신보다 뛰어난 이를 포용할 정도의 인덕이 없어. 내가 아무리 단단히 일러둔다고 해도 얼마 가지 못할 걸세."

"폐하, 그건……."

결코 신하의 앞에서 할 말이 아니라고 생각한 하이번은 민망한 표정을 드러내며 만류하려 했다. 하지만 케이비 3세는 손을 내저으며 하이번의 말을 막고는 말을 이었다.

"그럼에도 정통 후계자는 하나뿐이네. 솔직하게 말하자면 다른 아이들도 그 아이에 비해 나을 것이 없지. 내가 이런 말을 경에게 하는 의도를 알겠는가?"

물론 하이번은 충분히 알 수 있었다. 그는 즉시 허리를 굽혀 예를 표하면서 진심을 다해 말했다.

"소신 하이번, 온 힘을 다해 이 나라를 지킬 것입니다."

"필요가 없어지면 경 개인에게는 화가 될 수도 있네."

케이비 3세는 미안하다는 감정을 솔직히 나타내며 말했다. 자신의 아들에게는 과할 정도의 인재이다. 그런 만큼 오히려 대우를 받지 못할 것이 자명했다.

사실 하이번 정도의 인물이라면, 왕의 비위를 맞추면서 호의호식하는 것쯤은 어렵지 않은 일이었다. 그런데도 가시밭길을 가라고 충동질하고 있는 것이다.

"심려치 마십시오. 결코 폐하의 뜻을 잊지 않을 것입니다."

하이번은 표정 하나 변하지 않고 그렇게 맹세했다.

케이비 3세가 너무나 솔직하게 평했던 그대로였다. 케이비 4세는 처음엔 선왕의 유언에 따라 그를 의지하는 듯했지만 채 1년도 못 가 용열함을 드러냈다.

선왕이 남긴 든든한 버팀목이라는 생각은 까맣게 잊어버렸다. 케이비 4세에게 있어 하이번의 뛰어난 재능은 오로지 질투와 경계의 대상일 뿐이었다.

하이번은 국왕의 태도가 변하자 즉시 모든 직위를 반납하고 자신의 영지로 돌아가 은거에 들어갔다.

하지만 보검은 언젠가는 검집에서 뽑혀 쓰여질 때가 온다. 평화로운 시대라면 몰라도 지금처럼 수많은 왕국들이 난립하는 난세에는 하이번과 같은 군사는 꼭 필요한 인물이라고 할 수 있었다.

하이번이 은거한 직후 건국 이래의 숙적인 슈란 왕국에도 새로운 국왕이 즉위했다. 능력과 야망을 겸비한 타카 2세는 단시일 내에 급격히 군사력을 강화하기 시작했다.

이에 하이번 후작은 몇 번이나 왕인 케이비 4세에게 상소문을 보냈다. 그러나 그 상소문은 모두 기각되었다.

일국의 자금이라는 것은 언제나 한정되어 있다. 왕궁의 다른 예산을 모두 줄이고 군사력을 강화해야 한다는 것을 그때의 케이비 4세는 이해하지 못했다. 아니, 이해하려고도 하지 않았다.

국왕이 보기에 당시는 평화로운 시대였다. 하이번의 상소는 원래의 직위를 다시 달라는 몸짓으로밖에 생각되지 않았다. 즉위 이후 한 번도 일어나지 않은 전쟁의 위협 따위는 전혀 느끼지 못한 것이다.

케이비 4세는 문관으로서의 재능도 별로였지만, 무력이나 국제 정세를 보는 눈은 더욱 좋지 않았다. 그런 만큼 그는 무의식적으로 무관을 멀리하고 그들의 말에 귀를 기울이지 않았다.

무엇보다 군부는 하이번 후작의 기반, 그곳을 강화하면 하이번 후작의 힘이 왕을 뛰어넘을 우려가 있었다.

그렇게 몇 년이 지나자 드디어 슈란 왕국은 갈고 닦은 창끝을 애슐론의 코앞에 들이댔다. 그들은 강했고, 애슐론은 막을 힘이 없었다.

위기에 빠진 왕국, 케이비 4세는 그때서야 하이번 후작을 불렀다. 그 누구보다도 자신의 신하의 능력을 인정하지 않으려 했던 그였지만 급하니 어쩔 수 없었다. 나라가 패망의 위기에 처하고 나서야 그는 선왕의 유지를 기억해 냈던 것이다.

은거를 깨고 나온 하이번 후작은 과연 훌륭하게 왕의 기대에 부응하여 슈란의 강병들을 2년간이나 막아냈다.

다른 왕국들은 그런 하이번 후작에게 교란과 수비의 천재라는 평가를 내렸다. 쉽게 말해서 버티기의 천재이다. 그러나 그것이 그의 능력을 완벽하게 평가한 것인지는 아직 알 수 없었다.

하이번은 잠을 자고 있었다. 요 근래에는 좀처럼 편안하게 잘 시간이 없었기에 그는 상당히 피곤한 상태였다.

슈란의 왕인 타카 2세가 죽어간다는 세작들의 정보에 안도한 것은 잠시였다. 정세는 더 더욱 나쁘게 돌아갔다. 다음 후계자로 지목받던 두카 공작이 왕명에 의해 목숨을 잃었다. 설상가상으로 흑사자가 즉위한다는 정보가 들어왔다.

일이 이쯤 되자 케이비 4세는 거의 노이로제에 걸린 사람처럼 신경질적이 되었다. 그는 심한 불면증에 시달렸고, 깨어 있을 때도 끊임없이 불안에 떨어야만 했다.

무리도 아니다. 흑사자 레오 가이안의 친형이 바로 애슐론과의 전쟁에서 죽었다. 미노 왕국의 후원을 믿고 승리를 확신하며 공격을 가했지만 다시 실패했다.

하이번은 그런 케이비 4세를 안심시키기 위해 그야말로 하지 못할 말까지 해야 했다.

"폐하, 소신은 그의 영지를 공격하기까지 했습니다. 만약 그가 노린다면 폐하가 아닌 저의 목을 먼저 노릴 것입니다."

"으으으, 그런가?"

케이비 4세는 그 말을 듣고서야 안심을 하는 듯했다.

그러나 왕의 걱정거리는 끝없이 쌓여 있었다. 케이비 4세는 하루에도 수십 번씩 하이번 후작을 불러들여 대책을 내놓으라고 다그쳤다. 덕분에 하이번은 시도 때도 없이 국왕을 달래기 위해 입궁해야만 했다.

특히 최근에 전해진 정보는 케이비 4세의 불안을 극대화시켰다.

저 흑사자가 왕이 되다니! 그것도 슈란의!

하이번 후작은 거의 발광하기 직전으로 보이는 국왕을 간신히 달랠 수 있었다.

"차라리 잘되었습니다. 그가 왕이 된 이상 적어도 혼자 검을 들고 이곳에 침입하지는 않을 것입니다."

국왕은 잠시 생각해 보더니 모처럼 쉽게 냉정을 되찾았다. 덕분에 하이번 후작은 오랜만에 정상적인 시간에 자신의 저택으로 돌아올 수 있었다.

툭, 툭.

누군가가 하이번의 어깨를 건드렸다. 하이번은 천 근처럼 느껴지는 눈꺼풀을 들어올려 간신히 위를 바라보았다. 억지로 눈을 뜨는 그의 얼굴에는 짜증이 가득했다.

하인이나 하녀라면 화를 낼 것이다. 깨우지 말라고 말해 두었다. 이렇게 피곤하면 정말로 전쟁이 일어나도 군을 지휘할 수 없을 것 같았다.

왕은 어린아이와 같이 그를 붙잡고 끊임없이 재촉하고 확인하려 했다. 그는 지금 체력의 한계에 도달한 셈이다.

"누구지?"

하이번은 자신을 보고 있는 사람을 향해 물었다. 그 목소리는 스스로의 머리 속으로도 스며들었다. 순간 하이번은 일순간 잠에서 깨어나 전신을 긴장시켰다.

하인이 아니다! 외부인이다!

이미 피로는 느껴지지 않았다. 긴장은 모든 것을 잊게 만드는 힘이 있다. 하이번은 현재의 상황에 집중했다.

"하이번 후작인가?"

상대가 물었다. 하이번은 필사적으로 머리를 굴렸다. 그가 자신의 어깨를 건드린 것은 검이다. 검집에서 뽑혀 있지는 않지만 언제라도 뽑을 수 있을 것이다.

자객인가? 그러나 살기는 느껴지지 않았다.

"그렇소. 그대의 이름을 알 수 있겠소?"

마침내 마음의 결단을 내린 하이번은 순순히 시인을 했다. 그러면서 정중하게 상대의 이름을 물었다.

일단 마음이 결정되자 그는 한 점 흐트러짐도 보이지 않았다. 방금 잠에서 깨어나 침입자와 대치한 자라고는 믿기 어려울 정도로 침착했다.

"나는 레오 가이안이다."

레오는 하이번의 질문에 순순히 대답했다. 별로 숨길 생각도 없었다.

"뭐라고! 그대가 흑사자?"

하이번의 평정심이 단번에 깨어져 버렸다. 방금 전까지 그 침착했던 남자는 이미 사라져 버렸다.

자신의 판단이 완벽하게 깨어져 버리다니! 그는 이를 갈았다. 그리고 레오를 노려보기 시작했다.

"그대가 이 정도로 생각이 없는 줄은 몰랐군, 흑사자!"

노한 표정을 드러낸 하이번의 말에 레오는 의아하다는 듯 되물었다. 하이번의 분노는 공포가 아닌 말 그대로의 분노였다. 겁에 질린 기색도 아니고, 순수하게 화를 내는 이유를 레오는 짐작할 수 없었다.

"무슨 소리지?"

"나를 암살하면 이 왕국을 쉽게 점령할 수 있으리라 생각했나? 일국의 왕이 된 자가 직접 자객이 되다니? 세상이 너를 비웃을 것이다. 슈란은 암살자를 왕으로 삼았다고 조롱할 것이다!"

하이번은 부하들의 잘못을 질책할 때처럼 당당하게 레오의 행동을 꾸짖었다.

왕이 된 자가 자신의 손으로 비겁한 짓을 하면 주변의 모든 사람은

그를 왕이라고 인정하지 않는다. 왕에게는 왕의 체면과 행동 방식이
있는 것이다.

암살은 지극히 음성적이고 나쁜 짓이다.

그 순간 문득 하이번은 레오가 입고 있는 갑옷이 검은색이 아니라는
것을 알아차렸다. 그의 호칭을 생겨나게 한 사자 모양의 투구도 보이
지 않았다. 복장을 바꾼 의도를 떠올린 하이번의 안색은 더욱 큰 분노
로 휩싸였다.

"신분을 감추면 된다고 생각하나? 진실은 언젠가는 밝혀지게 된다.
네놈은 왕이 아니다. 암살자다!"

하이번은 진심으로 크게 실망했고 그것은 고스란히 얼굴에 드러났
다.

'대륙 최고의 강자가 이런 자였다니? 흑사자라는 존재는 결국 검으
로 사람을 죽이는 것만 아는 싸움꾼이자 살인자였단 말인가?

은연중 흑사자라는 존재에 대해 가지고 있던 기대감이 순식간에 무
너진 하이번은 일말의 배신감마저 느끼고 있었다. 적국의 인물에게 기
대라는 감정을 느낀 것도 모순이었지만, 이 순간 하이번의 심정을 표현
하기에는 안성맞춤이다.

비록 그가 적국의 인물이긴 해도 무장들에게는 신과 같은 존재였기
에 은연중 다들 존경심을 가지고 있었다.

레오는 하이번이 노하여 떠드는 것을 무심한 눈으로 보고만 있었다.
어차피 기로 주변을 막았기에 하이번이 아무리 떠들어도 소리가 밖으
로 새어나가지 않는다.

그러다가 하이번이 '네놈은' 이라고 말을 하자 고개를 한 번 갸웃하
더니 검을 치켜 올렸다. 하이번이 '네놈은 암살자다' 라고 말하는 것과

거의 동시에 경쾌한 타격음이 울려 퍼졌다.

휘익, 퍽!

검집째로 휘두른 검에 정통으로 머리를 가격당한 하이번은 그대로 정신을 잃었다. 레오는 그대로 검을 등 뒤에 메고는 하이번을 들어올려 옆구리에 끼었다.

"외투만 걸쳐 주면 되겠지?"

레오는 그렇게 중얼거리고는 옷장에서 하이번의 외투를 꺼내 그를 감쌌다. 그리고는 그를 한쪽 어깨에 걸치고 자신이 들어온 창문으로 몸을 날렸다.

5층의 높이였지만 레오는 소리 하나없이 바닥에 착지했다. 경비원들은 이미 표시 안 나게 재웠다. 그들은 자신이 왜 잠을 잤는지조차 모를 것이다. 레오는 당당하게 정문으로 걸어나갔다.

*　　　*　　　*

"으으음."

하이번은 머리가 깨어지는 듯한 통증을 느끼며 깨어나면서 희미하게 신음 소리를 냈다. 그는 무의식 중에 오른손을 들어올려 아픈 부위를 만졌다. 머리 한쪽이 볼록한 것이 상당히 큰 혹이 난 것 같았다.

다그닥, 다그닥.

어지럽게 지나가는 바닥과 규칙적인 흔들림, 발굽이 땅을 차며 생기는 일정한 소리. 그는 곧 자신이 말 등에 얹혀 있다는 것을 깨달았다.

"어떻게 된 거지?"

몸을 뒤척이며 움직이려는 순간 머리 위에서 누군가가 말했다.

“아직 덜 왔다. 더 자라.”

빡!

레오는 가차없이 검집을 휘둘렀다.

“끄윽.”

하이번은 다시 신음소리를 내며 정신을 잃었다.

*　　　*　　　*

툭, 툭, 툭.

“으으윽.”

누군가가 어깨를 건드리고 있었다. 머리에 고통이 심했다. 열도 있는 것 같았다.

“일어나라. 다 왔다.”

눈을 뜨기도 전에 들려오는 목소리. 들어본 목소리이다. 누구지?

“흑사자! 으윽.”

벌떡.

하이번은 의식이 돌아옴과 동시에 억지로 몸을 일으키며 레오를 불렀다. 그러나 무리하게 움직이자 두통이 심해지는 바람에 고개를 숙이며 머리를 감싸 쥐어야만 했다.

“정신이 들었나?”

레오는 척 보기에도 무척 고통스러워하는 하이번을 보면서도 무표정하게 물었다.

“무슨 생각이냐? 나를 납치한다고 무엇이 변할 것 같으냐?”

하이번은 분노로 고통을 이겨내며 고개를 들고 똑바로 레오를 주시하면서 물었다. 그러면서 머리 속 한 구석으로는 왜 레오가 자신을 납치했는가를 냉정하게 생각하기 시작했다.

그러나 없었다. 암살이라면 또 몰라도 납치는 그 어떤 이유도 생각해 낼 수 없었다.

무엇 때문일까? 하이번은 입을 다물고 레오를 노려보았다. 상대의 의도를 알아야 그에 대응할 수 있다. 이자는 흑사자다! 대륙에서 가장 강한 자! 그 심계도 보통이 아닐 것이다.

'설마……!'

가장 악랄한 흉계가 떠오르자 하이번은 자신도 모르게 몸을 부르르 떨었다. 죽이지 않고 납치한다. 이것이 가지는 의미를 깨달은 것이다.

죽음도 두려워하지 않았던 하이번이 지금 두려워하는 것은 바로 오명이었다. 이대로 그가 사라진다면 주군을 배신하고 한 목숨을 살리기 위해 사라졌다는 누명을 쓸 수도 있다.

왕을 달래놓기는 했지만 이렇다 할 방비책은 아직 내놓지 못했다. 이 시점에서 만약 자신이 완벽하게 사라진다면 의심받을 것이 분명하다.

'더군다나 흑사자를 의심한다고 해도 일국의 왕이 대관식을 앞두고 사라졌다고는 생각지 않을 것이다.'

생각해 보니 시기 또한 더할 나위 없이 미묘했다. 이대로 자신이 사라지고 자신과 인상착의가 비슷한 이를 대충 눈에 띄게 수도를 벗어나게 한다면…….

하이번은 자신이 진정 강적을 만났다는 것을 깨달았다. 어쩌면 상대는 무력뿐만 아니라 계략에서도 천재적일지도 모른다.

그렇지 않다면 아무리 무력이 강한 자라고 해도 모든 왕국들이 두려

위할 정도로 명성을 떨치지는 못했으리라!

실제로도 1만도 안 되는 군대를 이끌고 발도어 왕국의 수도를 친 것도 그렇고, 자신의 영지로 군대를 보내고 단신으로 애슐론 군을 상대하러 온 것을 보면, 그가 범인은 상상하기도 힘든 전략가임을 알 수 있다.

꿀꺽.

하이번은 침을 삼켰다. 군사는 위기 상황일수록 당황해서는 안 된다. 일군을 지휘하는 자가 마음이 흔들리면 위기는 엄청난 패배로 이어지게 마련이다.

그는 심호흡을 하며 냉정을 찾기 시작했다. 마음이 안정되자 눈빛이 차분하게 가라앉았다. 이제는 무슨 일이 있어도 분노하지 않으리라.

'잘못해서 이자의 계략에 넘어가게 되면 나는 일생을 망치게 된다. 정신 똑바로 차려라, 하이번!'

하이번은 레오를 가장 무서운 계략가로 대하기 시작했다. 칼로 싸우는 것보다 더 무서운 계략의 싸움에 자신이 휘말렸다고 생각했다.

눈으로 레오의 표정과 동작을 일순간도 놓치지 않고 살피면서 한편으로는 주변 경관을 보았다.

이곳은 언덕이다. 그리고 자신이 누워 있던 곳은 제법 커다란 나무 그늘 아래. 언덕 저편으로는 하나의 성이 보이고 있다. 크지도 작지도 않은 성, 자작 정도의 작위를 가진 자가 살 만한 성이었다.

모습으로 보아 아직 애슐론 왕국을 벗어난 것 같지는 않았다.

'그렇다면 아직 기회는 있다!'

하이번은 그렇게 속으로 다짐하며 레오의 반응을 살폈다.

정작 당사자인 레오는 아무 생각이 없었다. 그저 하이번이 말을 멈추고 자신을 보자 고개를 끄덕이며 말했다.

"여기서 보고 있어라."

"무엇을?"

하이번이 물었지만 레오는 대답없이 그대로 몸을 돌려 말에 올라탔다. 그리고는 언덕 아래쪽으로 말을 달렸다.

다가닥, 다가닥.

레오가 가는 쪽은 하이번이 본 그 성이었다. 그는 점점 속도를 높여 논과 밭을 그대로 가로질러 돌진하기 시작했다.

이윽고 레오는 성의 앞쪽에 도착했다.

"누구냐?"

성문을 지키고 있던 병사들은 갑자기 누군가가 전력으로 말을 달려오자 창을 겨누고 외쳤다. 전령일지도 모른다. 하지만 아무리 급한 전령이라고 해도 성문 앞에서는 멈춰야 한다.

그 순간 레오는 달리는 말의 등에서 뛰어 앞으로 쏘아져 나아갔다. 마치 하늘을 나는 것처럼 10여 미터를 일직선으로 나아간 후 병사들을 옆쪽을 지나치며 몸을 뒤집어 땅에 착지했다.

휘익, 파팍.

"커억!"

"큭!"

언제 검을 뽑았을까? 언제 베었을까? 병사들은 그런 생각을 하며 고꾸라졌다. 입구에 있던 네 명의 병사는 검 한 번 들이대지 못한 채 목숨을 잃었다.

이들이 모두 쓰러지자 성벽 위에 있던 병사들은 성문 바로 아래쪽을 볼 수 없었기에 무슨 일이 벌어졌는지도 알 수 없었다.

"어이, 어떻게 된 거야?"

"이봐! 말을 하라고!"

위쪽의 병사들이 답답해하며 외치는 소리가 연달아 들렸다.

레오는 위에서 들리는 소리에는 신경도 쓰지 않았다. 그는 그대로 성문 안쪽으로 뛰어들어 가 성문을 고정시켜 놓은 쇠사슬을 검으로 내려쳤다.

캉, 철컹.

촤르르르르, 쿵!

어린애 팔뚝만한 굵기의 쇠사슬이 실처럼 끊어졌다. 그러자 도르레에 감긴 사슬이 풀어지며 성문이 닫혔다.

그때서야 성벽의 병사들은 상대가 좋지 않은 생각을 품고 있음을 알았다.

"적이다!"

"종을 쳐라! 알려야 한다!"

병사 몇 명이 황급히 달려갔고, 얼마 지나지 않아 성문 위에 설치된 비상종이 깨질 듯이 요란한 소리를 냈다.

뎅뎅뎅뎅!

레오는 미리 그것을 막을 수 있었지만 잠시 걸음을 멈추고 구경만 했다. 그리고 성벽의 병사들이 충분히 종을 친 것을 확인하고는 안으로 뛰어들어 가기 시작했다.

한참을 달려들어 가자 앞에서 일단의 병사들이 달려오는 것이 보였다. 비상종 소리를 듣고 급히 나오는 듯 갑옷의 끈도 제대로 조이지 않아 대충 걸치고 있는 상태였다.

레오는 그대로 그들의 사이로 뛰어들어 검을 두 손으로 움켜잡고 빙글빙글 회전하며 검무를 추기 시작했다.

그것은 피의 검무였다. 걸리는 것을 모두 베어버리는 극강의 검무!
순식간에 수십에 이르는 병사들이 모두 죽었다.

"후우."

레오는 심호흡을 한 번 하고는 다시 영주의 저택을 향해 뛰기 시작
했다. 일단 성문의 도르래를 끊었으므로 나갈 길은 막힌 셈이다. 이제
병사들이 사태를 파악하기 전에 영주를 베어야 한다.

나중에 도망을 치려는 병사들이 정문 쪽으로 몰려와 그곳이 막혔다
는 것을 알았을 때, 레오는 그곳에 모인 자들을 모두 도륙할 생각이었
다.

성의 병사들 중 몇 명이나 살아남을 수 있을지는 그 자신도 모른다.
그들은 자신들이 누구에게 죽는지도 모르고 산화할 것이다.

"저기다! 저기 적이 있다!"

다시 앞쪽에서 누군가가 외치는 소리가 들렸다. 그쪽을 보니 기사
복장을 한 자들이 말을 탄 채 수십 명의 병사들에게 명령을 내리고 있
었다.

레오의 눈이 황금빛으로 빛나기 시작했다. 그와 동시에 그의 전신으
로부터 차갑게 얼어붙은 살기가 뿜어져 나왔다.

살육의 시간, 레오는 더 이상 자신의 기를 숨기지 않았다.

*   *   *

"으음, 어떻게 되어가는 거지?"

하이번은 레오가 성안으로 뛰어들어 가자 영문을 알 수 없어 안색을
굳힌 채 중얼거렸다.

성문이 빠르게 닫히는 것이 보였다. 뒤이어 비상종 소리가 언덕 위에까지 들릴 정도로 요란하게 울려 퍼졌다.

무슨 일이 벌어지는 것일까? 설마?

하이번의 안색이 점점 심각하게 변했다. 별로 생각하고 싶지는 않았지만, 아무래도 안쪽 상황은 자신의 예상과 별로 다르지 않은 것 같았다.

시간이 흘렀다. 성 옆쪽에 있는 몇 개의 소문이 열리며 그쪽에서 병사들이 달려 나오는 모습이 보였다. 거리가 떨어져 있어서 자세히는 알 수 없었지만 멀리서 봐도 그들은 겁에 질려 있는 것 같았다.

하나같이 알아들을 수 없는 비명을 지르며 뒤도 돌아보지 않고 뛰어가고 있었다. 그야말로 사력을 다해 성으로부터 가능한 한 멀어지려는 것이 분명했다.

공기를 타고 들려오는 그 소리에는 주로 악마, 사신 등등의 단어가 섞여 있었다.

쾅!

조금 후 굳게 닫혀 있던 성문이 통째로 깨져 나갔다. 스톰자이안트가 그의 거대한 해머로 내려친 것처럼 성의 문은 산산조각이 나버렸다.

그 안에서 한 사람이 걸어 나왔다. 그는 허둥거리며 도망친 앞서의 병사들과는 달리 산책이라도 나온 양 걸음걸이마저 여유로웠다. 하이번은 얼굴이 보이지 않아도 그가 레오임을 알 수 있었다.

레오는 아직도 성문 앞에 서서 대기하고 있는 자신의 말을 보고 기특하다는 듯 웃으며 말의 목을 손으로 가볍게 툭툭 두드렸다.

그리고는 말에 올라타 하이번이 기다리고 있는 언덕 위로 돌아왔다.

“성안에 있는 병사의 수는 약 1천 명, 그중 200명 정도가 도망간 모양이다.”

달아난 자의 수는 하이번도 알고 있었다. 대군을 지휘하는 군사로서 군의 수를 파악하는 것은 기본이다.

그럼 남은 800명은? 하이번의 얼굴에서 핏기가 가셨다.

레오는 하이번의 반응에 아랑곳하지 않고 말을 이었다.

“저 성의 주인이었던 자는 작시돌프 남작, 원래 산적이었던 자가 전대 영주를 암살하고 그의 후계자로 변신해서 영지를 차지했다고 하더군. 그의 부하들 역시 모두 산적 출신으로, 애슐론에서 가장 악덕한 영주가 되었지.”

작시돌프 남작의 이름은 하이번도 들어본 적이 있었다. 가끔씩 그쪽에서 진정서가 날아오고는 했다.

‘폐하께 징벌을 해야 한다고 주장했었지.’

성과 영주에 대한 일이 생각나자 하이번의 마음은 한결 편해졌다. 사실 국왕의 불안증만 아니었다면 벌써 무장들을 보내 처리했을 것이다. 내심 그런 생각을 하면서도 하이번은 냉랭하게 물었다.

“그래서 그들을 처단했나?”

“아니, 단지 그대의 성품을 알 수 없어서 가장 악독한 자를 골랐을 뿐이다.”

레오의 대답은 거침이 없었다.

“으음, 나를 협박할 생각이군.”

하이번은 그때서야 레오의 의중을 알 수 있었다. 그 순간 그의 눈에서 영활한 기운이 돌기 시작했다.

‘빈틈을 보이다니? 나를 협박할 수 있으리라 생각하는 건가? 어쩌면

살 수 있겠군.'

협박을 한다는 것은 무엇인가 원하는 것이 있다는 소리가 된다. 잘 못하면 크게 당할 수 있지만 잘하면 상대를 속이고 빠져나갈 수도 있다.

하이번은 마음을 가라앉히고 레오를 보았다. 여기서 벗어나기만 한다면 그를 상대할 수도 있을 것 같았다.

흑사자는 자신의 힘을 과신하고 있는 것이 틀림없다! 자신이 힘을 보이기만 하면 모든 사람이 겁에 질려 굴복하리라 믿는 것인가?

'정말로 그렇다면 충분히 상대할 수 있지.'

하이번은 그렇게 생각하며 속으로 웃었다. 이런 식이라면 그의 수하들 중에서도 불만을 가진 자들이 많을 것이다. 그 점을 찌르면 슈란 왕국은 앞으로 몇 년간은 내란에 휩싸이게 될 것이다.

절망의 암흑 속에서 마침내 발견한 단 하나의 희망이라고 할 수 있었다.

그때 레오가 입을 열어 말했다. 그는 하이번이 무슨 생각을 하는지도 알 수 없었고, 별로 알고 싶어 하지도 않았다.

"물어볼 것이 있다."

"무엇이지?"

"그대도 보았듯이 나는 강하다."

"강하지."

10년간 무패를 자랑하는 존재가 강하다는 것은 물어보나마나 한 사실이다. 하이번 또한 진실을 외면할 마음은 없었다.

"적의 수는 나에게 있어서 아무런 문제가 되지 않는다. 많아도 적어도 나는 이긴다. 절대로 승리하지."

레오는 오만하다고 할 수 있는 말을 스스럼없이 내뱉었다.

"그렇게 보이는군."

하이번은 순순히 인정했다. 그러나 속으로는 여전히 웃었다. 과신해라! 너의 힘은 최강이고 절대무적이다! 그리고 그 점이 바로 너의 약점이지.

하이번은 더 이상 불안해하지 않았다. 살아날 자신도 있었다.

레오는 다시 말했다.

"그런 내가 제국을 세우고 이 라시안 대륙을 통일할 수 있을까? 나의 수하들은 이런 힘을 가지고도 힘들다고 하더군."

"…제국을 세우고 대륙을 통일한다고 했소?"

거침없이 대답하던 하이번이 멈칫거리면서 되물었다. 상대가 자신을 암살하려 한다고 생각한 이래 의도적으로 사용하던 반말도 튀어나오지 않았다. 하이번은 이 의외의 말에 적지 않게 당황하고 있었다.

"그렇다."

레오는 당연하다는 듯 말했다. 그의 입에서 나온 말이 얼마나 허황된 말인지 스스로 깨닫지 못하는 것 같았다.

마치 선생에게 질문을 한 학생처럼 눈도 깜박이지 않고 하이번을 보고만 있었다.

하이번 역시 레오의 눈을 뻔히 쳐다보았다. 그러고는 이윽고 결론을 내릴 수 있었다.

진심이다! 이 남자는 정말로 제국을 세우겠다고 말하고 있다!

"으음……."

하이번은 섣불리 대답하지 못했다. 대답은 정해져 있지만 그보다 먼저 물어봐야 할 것이 있다.

"왜 나에게 와서 그런 질문을 하는 거요?"

"그대는 뛰어난 군사라고 하더군."

레오는 그렇게 답했다. 하이번은 다시 입을 다물었다.

'기가 막히지만, 이건 진심이 틀림없다. 내 목을 걸 수 있다.'

그는 상대가 정말로 자신에게 이런 질문을 하기 위해서 적국인 애슐론까지 와서 이런 짓을 벌이고 있다는 것을 깨달았다.

믿기 어려운 일이지만 흑사자라는 자는 상상을 초월할 정도로 단순한 자였던 것이다!

레오는 묵묵히 하이번을 보고 있었다. 질문을 한 이상 상대가 대답할 때까지 기다려야 한다. 재촉할 필요도 없고, 대답을 강요할 필요도 없다.

그런 레오의 침묵이 무언의 압력이 되었을까? 하이번은 천천히 고개를 끄덕였다. 그리고는 대답했다.

"흑사자라면 제국을 세울 수 있소."

"그런가? 그대는 할 수 있다고 생각하는가?"

레오는 웃었다. 찾아온 보람이 있었다. 진지하게 질문을 하자 상대도 진지하게 대답했다. 적과 아군의 거리를 뛰어넘어 자신의 판단을 솔직하게 말해 주었다.

휘익.

레오는 자신의 망토를 손으로 걷어올렸다. 그러자 그의 등 뒤로 원래 그가 쓰던 바스타드 소드 이외에 또 한 자루의 검이 메여 있는 것이 보였다.

청색의 보석으로 치장된 롱 소드, 그것은 겉만 봐도 값을 따지기 어려울 정도의 고귀한 예술품이라고 할 수 있었다.

레오는 그 롱 소드를 풀어 손에 쥐었다. 그리고는 그 검을 하이번에게 건넸다.

"이 검은?"

하이번의 눈이 당혹으로 인해 커졌다. 본 적이 있는 검이다. 바로 타카 2세가 차고 있던 검, 슈란의 왕위를 상징하는 왕의 검이 아닌가?

"즉위식 때 주더군. 이제부터 나의 검이라고 하면서 말이야. 하지만 나에게는 이 검이 있다. 어렸을 때부터 쓰던 검이지. 그러니 그대에게 주겠다."

그렇게 말한 레오는 잠시 뜸을 들이다가 다시 말했다. 그는 마치 큰 선심을 쓴다는 표정을 짓고 있었다.

"나의 병사들을 모두 맡기도록 하겠다."

"뭐라고? 나, 나는 애슐론의 신하요. 결단코 슈란 왕국에는……."

하이번은 너무나 당황한 나머지 말을 더듬으면서도 자신의 의사를 밝히려 했지만, 곧 레오의 말에 가로막혀 버렸다.

"그대는 이제부터 가이안 제국의 신하다."

"가이안 제국! 하지만……."

퍽.

레오는 할 말이 끝나자 하이번이 말하는 것을 듣지도 않고 다시 그의 머리를 때렸다. 레오의 기가 머리 속까지 침투하여 흔들어대자 하이번은 버티지 못하고 그대로 정신을 잃었다.

"얼굴이 말이 아니군."

레오는 하이번의 얼굴을 보며 그렇게 중얼거렸다. 그의 얼굴은 이곳

저곳이 튀어나와 있고 또 푸르죽죽하게 변해 있었다.

사실 레오의 실력이라면 굳이 이렇게 무식한 방법을 쓰지 않고도 별 고통 없이 기절시킬 수 있었다. 하이번이 몇 차례에 걸쳐 검집으로 두들겨 맞은 데는 레오에게 함부로 반말을 했다는 중요한 이유가 있었다.

콸콸콸콸.

레오는 품속에서 최상급 회복 포션을 꺼내 하이번의 얼굴에 아낌없이 부었다. 그러자 하이번의 얼굴에 난 혹과 멍들이 점점 사라지고 어느새 깨끗하게 변했다.

턱.

"그럼 돌아가야겠군."

레오는 말의 등에 하이번을 얹고는 말의 고삐를 끌고 걷기 시작했다. 그가 향하는 쪽에는 애슐론의 수도가 있었다.

*   *   *

"으음, 헉!"

하이번은 정신을 차리자마자 놀라서 벌떡 일어났다. 침대였다.

"꿈인가?"

얼굴을 만져보니 멀쩡했다. 머리 뒤에 만져지던 혹도 느껴지지 않았다. 그는 자신도 모르게 안도의 한숨을 내쉬었다.

"휴우, 하도 그자의 생각을 했더니 결국 꿈에서까지 나타나는군."

목을 이리저리 움직여 굳어진 몸을 푼 하이번은 침대 머리 위에 달린 줄을 당겼다. 하인을 부르는 벨이 그 줄에 이어져 있다.

딸랑, 딸랑.

종이 맑은 소리를 내며 두어 번 울렸다. 이제 곧 하인이 들어와 정중하게 인사를 할 것이다.

다다다닥, 덜컹.

"아! 후작님, 돌아오셨군요!"

하인은 전력으로 달려와 문을 거세게 열어 하이번을 확인하고는 놀라서 외쳤다.

하이번은 하인의 경거망동한 행동에 화를 내려다가 그가 한 말의 뜻을 깨닫고는 입을 다물었다. 그리고는 조심스럽게 물었다.

"어제는 무슨 일이 없었나?"

"후작님께서 사라지신 것만 빼고는 아무 일도 없었습니다. 어딜 다녀오신 겁니까?"

하인은 자신도 모르게 흥분하여 말했다가 곧바로 움찔했다. 평소 아랫사람에게 온화한 성품인 주인의 표정이 극히 좋지 않았다. 그러고 보니 마구 달려와 노크도 없이 문을 열지 않았던가? 그는 우물쭈물하며 눈치를 보기 시작했다.

"물러가게."

하이번은 굳은 표정으로 간단하게 명했다.

"아, 예."

하인은 안도한 표정으로 정중하게 예를 갖추어 인사를 하고 재빨리 문밖으로 나가 방문을 닫았다.

"후, 어떻게 된 거지?"

혼자 남은 하이번 후작은 혼란으로 인해 다리에 힘이 빠지는 듯 그대로 침대에 걸터앉았다.

"응? 이것은?"

그는 침대의 이불 속에 무엇인가 길쭉한 막대기와 같은 것이 있다는 것을 깨닫고는 그것을 꺼냈다.

청색의 보석으로 치장된 롱 소드, 바로 슈란 왕의 검이었다.

"꿈이 아니었군."

그는 허탈한 음성으로 중얼거렸다. 꿈이었으면 얼마나 좋았을까?

흑사자는 제국을 세운다고 했다. 대륙을 통일한다고 당당하게 말했다.

"제국, 제국은 스스로 설 수 없다. 모든 사람의 인정을 받아야만 설 수 있다."

하이번은 자신이 읽은 과거 제국의 병법서에 적힌 글귀를 생각했다.

300년 전에 붕괴된 3대 제국 중 드래곤의 비호를 받았다는 카라엘 제국의 황가에 내려오는 병법서라고 했다. 초대 황제가 투신을 만나 그에게 '인간의 강함은 사람을 모아 그 중심에 서는 것' 이라는 가르침을 받아 쓴 병법과 정치에 대한 내용이 그 안에 담겨 있었다.

"흑사자는 대륙의 모든 무사들이 인정하고 존경하는 자, 그가 제국을 세운다면 그들은 납득할 것이다. 현재 대륙에서 제국을 세울 수 있는 존재는 미노 왕국과 흑사자 이외에는 없다."

한숨이 나왔다. 마음이 격렬하게 뒤흔들리는 것이 느껴졌다.

모든 무사들이 인정하고 존경하는 강자, 모든 사람들 중에는 바로 자신도 끼어 있지 않은가? 제국, 그 위대한 이름을 들은 이상 재간이 있는 자는 가슴에 불이 붙을 수밖에 없다.

더군다나 하이번은 그 제국을 세울 자신이 있었다. 흑사자 정도의 인물을 왕으로 섬긴다면 충분히 가능했다. 전략가로서 저러한 강자를 주군으로 삼는 것은 꿈같은 일이다.

하이번은 머리를 세차게 흔들며 불순한 아쉬움을 지우려고 했다. 전략가로서의 야심이 기사와 귀족으로서의 절대적인 충성심에 우선할 수는 없다.

"나는 애슐론의 신하다."

하이번은 자신의 흔들리는 마음을 고정시키려는 듯 그렇게 말했다. 그러나 그의 목소리에는 힘이 없었다.

어두운 침실, 오직 그의 손에 들린 슈란의 왕검이 덧창의 틈을 타고 들어오는 아침 햇살의 빛을 받아 찬란하게 빛나고 있었다.

＊　　　＊　　　＊

'거참, 재밌는 놈들이라니까!'

네로는 그야말로 심오한 표정으로 한곳을 뚫어지게 주시하고 있었다.

이곳은 새로 국왕으로 등극한 레오의 개인 서재이다. 국왕의 서재라고는 하지만, 원래 책과 담을 쌓은 자가 왕이 되는 바람에 요즘은 다른 이들이 애용하고 있다. 네로는 지금 그 서재에 들어와 있었다. 그녀의 지위 또한 영주님의 고양이에서 국왕의 고양이로 승격된 지 오래이다.

티모라가 존재를 드러내는 것은 한정된 이들에 한해서이다. 다만 바로크 백작은 선대 국왕을 치료하는 자리에 있었기에 네로가 단순한 고양이가 아님을 알고 있었다.

지금 여기 있는 에고른은 행인지 불행인지 아직 이 검은 고양이의 진실한 정체를 모르고 있었다.

니아아~

네로는 자신에게 쏟아지는 애원의 눈동자를 애써 외면하면서 딴청을 부렸다. 그와 동시에 에고른의 불호령이 떨어졌다.

"지금 어디를 보시는 겁니까?"

휴케바인은 허겁지겁 고개를 돌렸지만 이미 에고른의 눈꼬리는 하늘로 치켜 올라가 있었다. 지그시 입술을 깨무는 모양이 꽤나 화가 난 듯했다.

'헉! 큰일났다!'

휴케바인은 불길한 예감에 몸을 떨며 나름대로 애교있는 표정을 지어 보였다. 보통 거인의 덩치에 흉터가 있는 휴케바인이 이런 표정을 지으면 그를 아는 이들은 웃음을 참지 못한다. 마치 불곰이 강아지 흉내를 내는 것 같아 참을 수 없는 것이다. 하지만 이 최후의 필살기도 에고른의 철벽같은 깐깐함을 무너뜨리지는 못했다.

"호오, 지금 제 말을 무시하신 겁니까?"

"아, 아닙니다. 절대 아닙니다."

"아니라는 말씀이군요, 그럼 자작과 백작이 국왕에 대해 갖추어야 하는 예의의 차이점에 대해 말할 수 있겠지요?"

"그, 그게……."

옷차림부터 시작하여 몇 가지 사항을 지나가는 말처럼 나열해 놓고 즉시 말해 보란다. 진지하게 듣고 있었어도 어려운 일인데, 네로 쪽에 구원을 청하느라 제대로 듣지도 않았으니 대답할 수 있을 리가 없다.

휴케바인은 잔뜩 주눅이 든 표정으로 에고른의 눈치를 살피며 순간적으로 떠오른 변명을 덧붙였다.

"제가 원래 머리가 나쁩니다. 공부에는 재능이 없는 편이라 열심히 해도 잘 안 되는군요. 정말 죄송합니다."

"후우, 그래요? 열심히 해도 안 된다니… 그걸 탓할 수는 없는 법이죠. 사람마다 타고난 재능은 각각 다르니까요."

에고른의 깐깐한 표정이 살짝 풀어지며, 약간 동정하는 표정이 드러났다. 휴케바인은 때를 놓칠세라 얼른 맞장구를 쳤다.

"그러게 말입니다. 제가 워낙 무식하고 이쪽으론 머리가 잘 안 도는지라 에고른 경만 고생시키고 있으니 면목이 없습니다."

순간 에고른의 얼굴에 미묘하게 웃음기가 돌았다. 워낙 순간적으로 나타났다 사라졌기에 휴케바인은 보지 못했지만, 이들을 유심히 보던 네로는 알 수 있었다.

'쯧쯧, 멍청한 놈. 쟤는 싸울 땐 안 그런데 왜 저리 둔하데?

네로는 한심하다는 듯 고개를 숙이며 나름대로 의뭉을 떨고 있는 휴케바인을 바라보았다. 실제로 그는 내심 에고른이 자신의 말에 반쯤은 넘어왔다고 안도하고 있었다.

"너무 걱정하지 마십시오. 저야 원래 이런 일을 위해 있는 사람이 아닙니까? 폐가 된다고 생각지 마십시오."

에고른의 말은 꽤나 상냥하게 들렸기에 휴케바인은 번쩍 고개를 들고 최대한 불쌍한 표정을 지어 보였다. 에고른은 자상한 어조로 말을 이었다.

"세상에 노력하면 안 될 일이 없습니다. 재능이 좀 떨어진다고 해도 바보가 아닌 이상 누구나 이런 정도는 익힐 수 있지요. 단지 시간이 얼마나 걸리느냐가 문제일 뿐입니다."

그는 여기까지 말하고는 동의를 구하는 표정을 지었다. 휴케바인은 때를 놓칠세라 열성적으로 고개를 끄덕이며 대답했다.

"물론입니다. 역시 노력이 최고지요!"

"역시! 휴케바인 경다우십니다. 그렇게 열의를 가지고 계시니 저 또한 힘이 솟아납니다. 그럼 당장 오늘부터 공부 시간을 두 배로 늘리도록 하죠."

"네?"

"폐하께서 오시기 전에 그분의 호위 기사로서 부끄럽지 않도록 제가 온 힘을 다해 가르쳐 드리겠습니다."

휴케바인은 터져 나오는 비명을 억지로 참으며 고개를 숙였다. 어차피 대꾸해 봐야 이 강적을 이길 수 있을 리가 없다. 탄탄하게 벌어진 그의 어깨는 땅에 가까워 보일 정도로 눈에 띄게 축 쳐지고 있었다.

'주군, 얼른 돌아오십시오. 아니면 이 휴케바인은 피 말라 죽을지도 모릅니다.'

오늘도 패자는 휴케바인이었다. 레오를 제외하고는 연전연승하던 그는 요즘 아침, 저녁으로 깨지기 바빴다.

'쯧쯧, 사실 잘못이야 단순무식한 흑사자가 한 거지. 쟤가 무슨 죄라고⋯⋯.'

네로는 상황이 일단락되자 흥미를 잃은 듯 앞발 위에 머리를 얹고 눈을 감았다.

사실 흑사자가 없는 왕궁에서 시작된 휴케바인의 버릇 고치기 작전은 네로의 심심함을 상당히 덜어주고 있었다. 회의에서 하이번의 이름을 거론한 휴케바인의 거동에 여럿이 일치단결하여 행동에 들어간 것이다.

첫 시작은 바로크 백작이었다. 마스터인 그가 대련을 신청했을 때 휴케바인은 멋모르고 기뻐했다. 오직 강해지는 수련에 일생을 바쳤다고 할 수 있는 그에게 마스터와의 대련은 두 손 들어 환영할 일이었으니까.

하지만 정작 바로크 백작은 대련을 빙자하여 휴케바인을 신나게 두드려 팼다. 물론 휴케바인은 그것도 훈련의 일환으로 생각하며 참아냈지만 문제는 그 후였다.

마스터인 바로크 백작과의 대련으로 힘이 쭈욱 빠진 휴케바인은 발렌과의 대련에서도 패했다. 좋은 컨디션이라면 보통 발렌보다 휴케바인이 약간 앞서는 실력이다. 하지만 마스터와의 대결 이후라면 당연히 발렌이 앞설 수밖에 없다. 그 결과 몇 군데의 타박상을 얻었다. 거기까지도 견딜 만했을 것이다.

어찌 되었던 대련으로 두들겨 맞고 육체적으로 피로한 것은 그의 일상이었고, 강해지는 과정이기에 충분히 참을 만했다.

하지만 정말 힘든 것은 그게 아니었다.

"잘하셨습니다. 왕실 예법을 모두 마스터하셨군요."

"정말입니까?"

휴케바인은 두 눈을 휘둥그레 뜨고 반문했다. 에고른이 이렇게 긍정적으로 말하는 것은 수업이 시작한 이래 처음이었다.

"그렇습니다. 이제 휴케바인 경은 명실공히 왕실근위 기사라고 할 수 있습니다."

"흐흐흑. 그럼 이제 수업은 없겠군요?"

"그럴 리가요? 내일부터는 제국 황실의 예법에 대해 공부해야 합니다."

“네?”

휴케바인은 자신의 귀를 의심하며 반문했다.

“사실 제국의 예법은 문헌으로 전해지며 실제로 행해지지 않은 지 꽤 되었지요. 덕분에 저와 유스 경도 공부해야 할 것이 많이 있습니다. 그 격식도 실로 복잡해서 왕실 예법의 세 배에 이릅니다.”

“아흐흑!”

수많은 적에게 둘러싸여서도 끄떡도 하지 않던 거인 기사의 얼굴에서 핏기가 사라졌다. 죽음의 사자와도 같은 악몽이 그의 머리 속을 스쳐 지나갔다.

그날, 점심을 먹으며 휴식을 취하고 있는 그에게 다가온 것은 마법사 유스였다. 그는 국왕의 근위 기사로서 알아야 할 것이 있다며 그를 서재로 데려갔다.

서재 안에는 에고른이 칼날 같은 눈빛을 발하며 그를 기다리고 있었다. 이때부터 휴케바인은 교육을 빙자한 온갖 잔소리를 하루에도 수 시간씩 들어야만 했다.

가끔 졸기라도 하다가 들킬라치면 곧바로 보충 수업이 뒤따랐다. 에고른과 유스는 아예 번갈아가면서 왕궁의 온갖 예절에 대해 떠들어댔다.

이는 하루로 끝나지 않았다. 바로크 백작은 시간이 날 때마다 찾아와 대련을 신청했고, 그 후엔 꼭 발렌이 나타나곤 했다. 오후에는 유스와 에고른의 연합 전선에 시달리는 것이 완전히 일과가 되어버린 휴케바인이었다.

그렇게 지옥 같은 날들이 흐른 후, 휴케바인은 드디어 왕국의 예법에 대해 통달할 수 있었다.

에고른과 유스의 폭포수 같은 질문에 모두 제대로 답을 할 수 있었다. 그런데 이게 끝이 아니라 시작이라니!
레오가 없는 나날, 그 매일매일 휴케바인은 정신적으로나 육체적으로 끊임없이 강해지고 있었다.

❈ Chap 3 ❈
동맹의 증거

동맹의 증거

　　레오가 슈란의 수도인 헬룬에 돌아온 것은 그가 사라진 뒤 열흘이
지난 후였다.

　　아무도 그가 어디를 다녀왔는지 알지 못했다. 단지 측근의 몇몇 사
람만이 설마 하면서도 대충 짐작을 할 뿐이었다.

　　야옹!

　　"네로, 잘 있었니?"

　　평소와 같이 네로가 먼저 뛰어나왔다. 레오는 반갑게 머리를 부비는
네로를 안아 들며 인사를 했다.

　　"폐하, 다녀오셨습니까?"

　　네로의 뒤를 따라 나온 한 소년이 정중하게 인사를 하자 레오의 얼
굴은 확 밝아졌다가 다음 순간 조금 찌푸려졌다. 영지에서 로엔이 와
있었다는 반가움에 미소 짓다 조카가 자신을 부른 호칭에 대한 섭섭함

때문이었다.

"로엔, 도착했구나? 어서 와라. 그리고 그냥 삼촌이라고 불러라."

그는 걱정했다는 듯한 소년의 얼굴 표정에는 별로 신경 쓰지 않았다. 오직 이제는 왕이 된 자신에게 정중한 말투를 사용하는 로엔에게 불평을 했다.

"어떻게 그럴 수 있습니까? 이제 폐하는 이 나라의 왕이십니다."

"왕이 된 건 한 달도 안 되고, 너의 삼촌이 된 건 10년도 넘었다. 적어도 이 방 안에서는 삼촌이라고 불러라. 왕명이다."

이건 마치 삼촌이 조카에게 어리광이나 투정을 부리는 것 같았지만 그러는 삼촌만큼이나 조카의 태도는 완강했다. 로엔은 레오의 말에 미소를 지으면서도 고개를 설레설레 저었다.

"그럴 수는 없습니다."

"음, 넌 정말 적당히 넘어가지를 않는구나."

레오는 속으로 어떻게 로엔을 꼬실까를 고민하면서 한숨을 쉬었다. 하이번을 상대할 때와는 전혀 다른 상황이라고 할 수 있었다.

'나중에 잘 달래봐야지.'

여기까지 생각하고는 두 손으로 안아 올린 네로를 이리저리 흔들며 장난을 쳤다. 네로는 연신 고양이과 동물 특유의 하악거리는 소리를 내며 괜히 나에게 화풀이를 하지 말라고 항의를 했다. 하지만 레오는 그런 네로를 데리고 장난치는 것이 더욱 즐거운 듯했다.

하아악, 야옹(그만 해라).

"그래그래, 여전히 귀엽구나, 우리 네로."

대롱거리며 기분 나쁘다는 기색을 역력히 드러내는 네로의 태도에도 마치 재롱이라도 보는 듯 기뻐하는 모습이다. 결국 사력을 다해 버둥거리던 네로는 아예 잡아 잡수 하는 태도로 몸에 힘을 빼고 축 늘어졌다.

네로가 움직이지 않자 재미가 없어졌는지, 레오는 비로소 괴롭히기를 중단하고 얌전하게 안아 들었다.

야옹(못살아, 정말).

기운이 빠진 네로는 그야말로 처량하게 한 번 울고는 얌전하게 레오의 손에 몸을 맡겼다.

상당히 망가진 레오의 모습에 로엔은 신기하다는 듯 잠시 쳐다보았다.

자신과 단둘이 있을 때의 레오는 부하들과 있을 때와는 조금 다르긴 하지만 이 정도까지는 아니다. 로엔은 직감적으로 느낄 수 있었다, 레오가 지금 극도로 기분이 좋다는 것을.

"가신 일이 잘되셨나 보군요, 폐하?"

"응, 그렇다. 귀찮은 짐을 덜 수 있었지. 생각보다 편하게 지낼 수 있겠어. 이제 너만 날 삼촌이라고 부르게 하면 상당히 만족스러운 황제 생활을 하게 될 것 같다."

"황제라고요?"

로엔은 레오의 농담에 웃으려다가 그 뒤에 이어진 단어에 놀라 두 눈을 휘둥그렇게 떴다.

"아직 이야기를 못 들었니? 난 제국을 세울 거다. 가이안 제국! 가이안의 이름이 전 대륙을 뒤덮을 거다. 하하하!"

"폐하……."

로엔은 뭐라고 대답할 수가 없었다. 기가 막히기도 했지만 무엇보다 가이안의 이름이 전 대륙을 덮는다는 말이 가슴에 와 닿았다.

'삼촌은 아빠의 영전에서 맹세하신 것을 지키시려는 거야!'

그는 기억하고 있었다. 최선을 다해 가이안을 키우고 발전시키겠다고 맹세하던 레오의 모습을! 놀랍게도 이 위대한 삼촌은 그걸 대륙 단위로 이룰 생각이었던 모양이다.

꿀꺽.

로엔은 침을 삼켰다. 영지에 전령이 와서 레오가 왕위를 계승한다는 전갈을 받았을 때만 해도 크게 놀라 어안이 벙벙했는데, 지금 레오의 모습을 보니 왕위조차도 그에게는 하찮은 것처럼 느껴졌다.

그의 두 눈이 몽롱하게 변했다. 고양이를 끌어안고 소파 위에서 뒹굴다시피 움직이고 있는 남자의 위대함에 소년의 가슴이 세차게 뛰었다.

똑똑똑!

"폐하, 유스입니다."

"아, 들어오게."

레오는 마법사 유스가 들어오자 그나마 체면을 생각하는 듯 자세를 바로잡고 앉았다.

유스는 정중하게 왕에 대한 예를 취하고는 레오의 손짓에 따라 소파에 앉았다.

"무슨 일로 부르셨는지요?"

"그대가 할 일이 있다."

레오는 조금 전과는 전혀 다르게 차갑게 가라앉은 목소리로 말을 꺼냈다. 이미 그의 얼굴에서 웃음기는 사라져 있었다. 열두 살 때부터 부하를 가진 레오는 거의 본능적으로 수하들을 다루는 법을 알고 있었다.

휴케바인이나 발렌 등보다 먼저 유스를 부른 것은 그에게 볼일이 있어서이다.

"말씀하십시오."

유스 역시 그런 레오의 말투가 당연하다는 듯 대답했다. 마법사는 주군의 해결사와 같은 존재, 심복이라고 할 수 있는 휴케바인보다도 먼저 자신을 불렀을 때부터 일이 있다는 것을 예상하고 있었다.

"이번에 나는 하이번 후작을 만나고 왔다."

"예상하고 있었습니다."

역시나 그럴 줄 알았다.

유스의 얼굴은 그렇게 말하고 있었다.

레오는 그렇다면 이야기가 빠르겠다는 듯 고개를 끄덕이며 다시 말했다.

"가서 하이번을 데려와라. 그를 내 군사로 삼기로 했다."

"네? 설마 정말로 그자를 회유하는 데 성공했다는 말입니까?"

믿을 수 없다는 표정, 군사라는 것은 그야말로 왕에 다음가는 실권을 가지는 지위. 그러나 유스는 그런 지위를 적국의 귀족에게 맡긴다는 레오의 말보다는 하이번 후작이 레오의 편이 되기로 한 것에 더 놀랐다.

그가 알기로 하이번 후작은 남에게 회유될 인물이 아니다. 죽으면 죽었지, 애슐론에 대한 충성을 버리지 않을 것이라고 생각했다.

레오는 그런 유스의 믿음이 틀리지 않았다는 듯 간단하게 대답했다.

"아니, 단호하게 거절하더군."

"휴우, 역시 그렇군요."

야옹!

감정을 너무 쉽게 드러낸다! 네로의 경고성 울음에 담긴 뜻은 명확했다.

유스는 순간적으로 한숨을 집어삼키고는 자세를 똑바로 했다. 어느새 그의 눈은 명경지수와도 같이 가라앉아 유려한 마법사의 모습을 보이고 있었다.

네로는 그 모습을 마치 채점하듯 보다가 가볍게 고개를 끄덕이고는 다시 눈을 감고 엎드려 졸기 시작했다.

'으으으, 내가 이 방에 들어올 때마다 머리카락이 한 움큼씩 빠지니 이제 머지않아……'

유스는 속으로 우는 소리를 냈지만 이제는 어느 정도 수련이 된 듯 겉으로는 전혀 감정의 동요를 보이지 않았다.

레오는 손으로 네로의 머리를 가볍게 한 번 쓰다듬고는 다시 말했다.

"그러니 유스 그대가 가서 그를 데려와라."

"그러니까, 저보고 하이번 후작을 회유하란 말씀이시군요?"

이제는 정말 레오의 말뜻을 냉정하게 객관적으로 해석해서 받아들이기 시작했다. 확실히 긴장을 하니 좋은 점이 있었다. 유스는 확인하듯 레오에게 물었다.

"만약 그가 끝까지 거절하면 어떻게 하시겠습니까?"

"거절하지 않는다. 그는 이미 검을 받았다."

"검이요?"

"아, 즉위식 때 받은 검을 그에게 주었지."

"그건 왕의 검이 아닙니까?"

유스는 다시 비명을 지르려다 가까스로 참았다.

어떤 상황이 오더라도 놀라면 안 된다. 레오를 대상으로 하는 이 규율은 극악의 난이도를 자랑하는 것이지만 그만큼 정신 수련의 효과는 컸다.

"그가 그 검을 받은 이상, 일단 이곳으로 데려오기만 하면 나에게 충성을 맹세할 것이다. 그러니 그대가 방법을 강구해라."

사실 하이번이 그 검을 받지는 않았다. 단지 레오가 주었을 뿐이다. 그러나 레오는 같은 것이라고 생각했다.

그의 생각에는 하이번의 마음은 이미 자신에게 기운 것 같았다. 레오는 본능적으로 자신에게 호감을 가진 사람과 그렇지 않은 사람을 느낄 수 있었다.

'애슐론이, 애슐론의 국왕이 하이번을 내친다면 그는 반드시 내 사람이 된다!'

레오는 내심 이렇게 믿고 있었다.

하지만 유스는 그런 레오의 생각을 알 수도 없었고, 안다고 해도 동의할 수 없었을 것이다. 그는 잠시 생각을 하더니 천천히 고개를 저었다.

"으음… 쉽지 않은 일이군요."

"어려운가?"

"애슐론 왕국에서 하이번 후작을 내줄 것이라고는 생각할 수 없습니다만."

"애슐론이 감히 하이번을 내놓지 않으면 왕국을 멸망시켜 버리겠다."

레오는 당연하다는 듯 말했다.

"진심이십니까?"

"진심이다."

할 말이 없었다. 하기야 지금 레오가 전군을 이끌고 애슐론 왕국을 침공하면, 아무리 하이번이 지휘를 한다고 해도 애슐론이 오래 버틸 수 있을 것 같지는 않았다.

'인재 한 명에 왕국의 운명이라…….'

유스는 다시 조심스럽게 생각에 잠겼다. 확실히 감정을 모두 배제하고 상대의 말을 들으니 냉정한 정보 분석이 가능해지는 것 같았다. 이전의 자신이었다면 놀람의 감정에 일단 모든 가능성을 부정했을 것이다.

"너는 전혀 마법사답지 않아. 그 사람에게 절대적인 충성심을 가지고 있는 것도 그렇고, 감정이 쉽게 변하는 것도 그래. 마법사는 마나를 무엇보다 우선하지 않으면 안 되지. 마나를 위해서라면 그를 배신할 정도의 배짱이 있어야 해. 그리고 감정이 아무리 변해도 이성은 흔들리면 안 돼. 그런 경지에 이르기까지는 감정의 변화를 가능한 한 죽여야 하고. 우선 그것을 수련해라. 심장에 마나 서클을 하나 더 쌓는 것보다 그게 훨씬 중요하다는 것을 얼마 안 있어 알게 될 거야."

지금 레오의 옆에서 졸고 있는 검은 고양이는 유스에게 그렇게 말했었다. 물론 그때에는 고양이가 아니라 마녀의 모습이었고, 유스는 그녀를 보기만 해도 몸을 움직이기 힘들 정도로 공포에 빠질 때였다.

유스는 그날 이후로 마법 수련을 하지 못했다. 금지당했기 때문이다.

그의 생활은 오직 스크롤의 제작과 정신 수련으로 집중되었다. 그 수련은 마법의 연구와 수련보다 훨씬 힘든 것 같았다.

마력은 조금도 증가되지 않고 고통은 점점 커졌다. 차라리 모든 것을 포기하고 싶었지만, 이 강제적인 수련 뒤에는 마녀의 그림자가 있었기에 포기할 자유도 없었다.

그러던 어느 날, 유스는 새로운 경지를 보았다. 놀랍게도 마나의 수련을 멈추었는데도 자신의 심장은 스스로 마나 서클을 형성했다!

6서클! 10년 이상을 5서클에 머물렀던 유스는 수련을 시작하고 1년도 되지 않아 다음 단계에 도달한 것이다.

지금까지 자신이 마법사였다는 것이 부끄럽게 느껴질 정도로 그의 눈앞에 새로운 세계가 펼쳐졌다.

"알겠지? 고위 마법은 단순히 마나의 양이 많다고 되는 것이 아니야. 너의 몸은 5서클에 도달하는 순간, 이미 스스로 움직이고 있었어. 그걸 깨닫지 못하고 그때까지 하던 대로 초보 마법사의 인위적인 수련만 하니 문제가 되는 거지. 일정한 수준이 되면 몸은 알아서 성장해. 의식이 그걸 깨닫고 돕기만 하면 저절로 고위 마법사가 되는 거지. 물론 7서클 이후부터는 새로운 깨달음을 얻어야 하지. 뭐, 거기까지는 무린가?"

현자의 탑의 수련법! 천 년이 넘는 세월 동안 고위 마법사를 끊임없이 배출해 낸 그 위대한 마법사의 탑은 마녀에 의해 사라졌다.

하지만 아이러니하게도 그 수련법을 모두 정확하게 알고 있는 유일한 사람은 바로 마녀 티모라뿐이었다.

그날 이후부터 유스는 티모라의 제자가 되었다. 물론 이는 그 자신이 그렇게 생각한 것일 뿐, 그녀가 승인한 사실은 아니었다. 유스 스스로 고위 마법사로 가는 길을 열어준 티모라를 스승으로 생각하게 된 것이다.

그의 또 다른 윗사람은 너무나도 무서운 존재였지만, 그가 원하는 모든 것을 가능하게 하는 존재였다. 그녀는 마치 마법 그 자체와도 같았다.

그리고 지금은 잠자는 시간까지 쪼개가며 매일같이 6서클의 스크롤을 제작하는 신세가 되었다. 마녀의 수업은 결코 공짜가 아니었다.

"유스."

레오가 상념에 잠겨 있던 유스를 현실 세계로 이끌어내었다. 유스는 천천히 고개를 들어 레오를 보았다. 그리고는 절제된 동작으로 정중하게 고개를 숙였다.

"알겠습니다. 폐하께서 명하신 대로 하이번 후작을 데려오겠습니다."

"좋아. 이만 나가보게."

"네, 그럼 발렌 경과 휴케바인 경에게는 폐하께서 직접 말씀하시는 걸로 알겠습니다."

"그러지."

레오는 알았다 대답하고는 다시 네로의 머리를 쓰다듬었다. 옆에서 조용히 듣고 있던 로엔은 유스가 나가자 레오에게 물었다.

"폐하, 하이번 후작은 애슐론의 총지휘관이 아닌가요?"

"그렇단다. 직접 만나 보니 소문처럼 식견이 뛰어난 자더구나."

"하지만 그는 아버지의 원수입니다."

로엔의 말소리는 작았지만 그 속에 담긴 감정은 강렬했다.

'그때는 그토록 노하셨으면서 벌써 잊으신 걸까?

삼촌과의 첫 만남을 그토록 강렬하게 만들었던 것은 바로 형의 죽음 앞에 보인 분노였다. 유스와 휴케바인에게 화를 내던 그 모습에 로엔은 오히려 위로를 받았었다. 유일하게 남은 혈육인 삼촌이 돌아가신

아버지를 정말 사랑했음을 확인할 수 있었기에.

그 후로 지금까지 레오의 앞에서는 슬픈 표정을 보이지 않으려고 노력해 왔다. 하지만 레오가 아버지를 죽인 자를 중용한다는 뜻을 내비치자 로엔은 쉽게 납득할 수 없다는 태도를 보였다.

레오는 잠시 동작을 멈추고 자신의 조카를 보았다.

자신을 보지 않으려는 듯 약간 고개를 숙이고 감정의 격류를 참기 위해 숨을 조절하는 모습, 좀처럼 볼 수 없는 로엔의 토라진 모습이었다.

레오는 왠지 안타까운 감정을 느끼며 손을 뻗어 로엔의 머리를 쓰다듬었다. 오직 조카에게만 하는 위로의 손길이다. 큰 손이 머리를 쓰다듬는 느낌에 약간 안정을 찾은 로엔은 애써 눈물을 삼키며 고개를 들어 레오를 보았다.

"로엔, 다인은, 너의 아버지이자 내 친형은 누구에게도 죽임을 당하지 않았다. 스스로 죽음을 선택한 것이지. 왕국과 가문을 위해서 말이야. 형님이 살려고 했다면 누가 그를 죽일 수 있었겠니?"

복수를 할 수 없다. 원수가 없기 때문이다. 그래서 오히려 그의 죽음은 자신의 사슬이 되었다.

'만일 복수할 대상이 있었다면, 나는 영지에 얽매이지 않았을지도 모르지. 원수만 죽이면 되는 일이었을 테니.'

레오는 속으로 그렇게 생각했다. 하지만 그것까지는 로엔에게 말하지 않았다.

"하지만 애슐론은 슈란의 원수잖아요?"

로엔은 그래도 확실히 이해가 되지 않는 듯 다시 물었다. 어떻게든 삼촌 의도를 받아들이고자 하는 태도에 레오는 싱긋 웃으면서 조카의 말을 되받았다.

"반대로 슈란은 애슐론의 원수이기도 하지. 실제로 전쟁을 시작한 것은 슈란 왕국 쪽이었고."

"그, 그건……."

로엔은 난감한 표정이 되었다. 삼촌의 말을 들으니 마치 슈란이 잘못한 것 같지 않은가? 레오는 습관처럼 로엔의 머리를 헝클어놓으면서 가볍게 말했다.

"어느 쪽이 잘했다 잘못했다를 따지자는 게 아니란다. 국가 간의 일은 원래 그런 거니까. 무엇보다 중요한 건 말이다."

중요한 일이라는 말에 로엔은 놓치지 않으려는 듯 눈을 동그랗게 떴다. 레오는 피식 웃으면서 말했다.

"난 하이번을 슈란의 신하로 삼지 않았다. 가이안의 신하로 삼았을 뿐이다."

"그, 그럼?"

"대륙을 통일할 거다. 슈란도 애슐론도 모두 대륙의 일부분, 나의 영토이다. 가이안이 곧 대륙을 뜻하는 단어가 될 것이다. 그게 바로 나의 아버지와 형, 주군, 그리고 나 자신의 뜻이다!"

레오는 허공을 보며 맹세하듯 말했다.

집중해서 레오를 보던 로엔은 갑자기 눈이 부시다는 생각을 했다. 햇살을 정면으로 받는 것도 아닌데 눈이 시려왔다.

'가이안, 나의 고향의 이름이 제국의 이름이 된다!'

그리고 그 제국의 이름 앞에 슈란이니 애슐론이니 하는 것은 이미 의미가 없어지는 것이다. 레오를 보는 로엔의 눈빛은 평소보다 더욱 존경과 애정으로 가득 차 있었다.

소년의 눈에 삼촌은 이미 대륙의 지배자로 보이고 있었다.

＊　　　＊　　　＊

"나는 하이번에게 왕의 검을 맡기고 왔다. 유스는 이번에 그를 데리러 애슐론으로 간다."

레오는 일전에 회의에 참석했던 인원들은 모아놓고 그렇게 말했다. 에고른이 무언가 반박하려 했지만, 발렌의 눈빛을 받고는 한숨을 쉬며 입을 다물었다.

"어째서 제가 말하지 못하게 하신 겁니까?"

레오가 자리를 떠난 후 에고른은 이해할 수 없다는 듯 발렌에게 따져 물었다. 휴케바인은 에고른과 발렌을 한 번씩 바라보더니 들으라는 듯 크게 한숨을 내쉬었다.

"하아아……."

"휴케바인 경은 어떤 고견이라도 있는 것이오?"

신경을 곤두세우고 있던 에고른은 잘 걸렸다는 듯 공격의 화살을 돌렸다. 하지만 이번만큼은 휴케바인도 할 말이 있었다.

"고견이라고까지는 할 수 없지만, 발렌 경이 말리신 이유는 알고 있습니다."

"말해 보시오."

에고른이 거의 살기에 가까운 눈빛으로 말하자 휴케바인은 난감한 표정을 지었다. 무언가를 논리적으로 말하는 것은 그의 성격에 맞지 않는다. 그는 속으로 괜히 나섰다는 생각을 하면서 눈짓으로 지원을 요청했다.

"주군께서는 설득이 먹히는 분이 아닙니다. 저도 가끔 의견을 말씀 드리긴 하지만, 그건 결정되지 않은 부분에 한한 것입니다."

결국 처음 에고른의 질문을 받았던 발렌이 나서서 정리하기 시작했다. 어찌 되었든 휴케바인 덕에 에고른은 말을 들을 준비가 된 것 같았다. 발렌은 아직도 찜찜한 표정을 보이는 에고른에게 조금은 허망해 보이는 한숨을 지으면서 말했다.

"말릴 생각이었다면 주군께서 애슐론으로 떠나기 전에 시도해야 했습니다. 하지만 그럴 수 없었지요. 솔직히 하이번 후작 이상의 군사로 추천할 사람도 없었구요. 하아… 지금에 와서 주군의 말에 반대하는 것은 그분의 결정을 정면으로 반박하는 것이 됩니다."

그때서야 에고른은 레오가 사라진 후 보였던 발렌의 태도를 이해할 수 있었다. 그는 주군이 사라진 순간부터 이런 결과를 예상하고 고민했을 것이다.

"주군의 뜻이 정 그러시다면 따를 수밖에 없군요. 잘 알겠습니다."

수하가 충성을 다짐한 주군의 뜻을 꺾고자 해서는 안 된다. 에고른도 발렌이 말하고자 하는 바를 확실히 알아들었기에 승복할 수밖에 없었다.

레오는 하이번에 대한 선언에 가까운 말을 한 후부터 곧바로 방 안에 틀어박혀 유유자적한 시간을 보냈다. 그는 영지에 머물 때와 마찬가지로 하루에 꼬박 12시간은 잤다.

그 외에 심심할 때는 왕의 집무실에 자신 대신 자리를 하고 있는 로엔과 함께 보냈다. 물론 일은 로엔이 하고 레오는 소파에서 네로와 뒹굴거리는 것이 대부분이었다. 가끔씩 휴식 시간을 가질 때면 로엔과 대화를 나누는 것이 그의 일상의 전부였다.

레오의 행동 패턴이 정해지자 바로크 백작은 나름대로 머리를 써서 그에게 기초적인 왕의 행동 방식을 교육시켰다. 원래 의전 담당인 신하가 해야 할 일이지만 하루 만에 두 손을 들어버렸기 때문이다.

결국 아주 기초적인 왕의 행동 방식에 대한 교육 이외에 복잡한 왕의 권리와 의무는 로엔이 대신 배웠다.

레오는 가이안 왕가의 제일 왕위 후계자의 서열을 로엔에게 내렸기에 그는 사실상 황태자라고 할 수 있었다.

유스는 레오의 뜻에 따라 모든 준비를 하기 시작했다. 레오의 뜻은 결국 하이번을 데려와 군사로 삼는 것이다. 그걸 마법사의 세련된 머리로 가장 부드럽게 일을 진행시키는 것이 그의 임무라고 할 수 있었다.

"애슐론에 사신으로 가시게 되었다구요?"

"그렇습니다."

킬번의 방문은 의외라고도 할 수 있었다. 사실 킬번의 출신은 유스에게 호감을 주지 못했지만 최근에 이 둘의 사이는 상당히 돈독해진 상태였다. 이 둘은 공식적으로 티모라라는 무서운 윗사람을 공유하는 동병상련의 처지였던 것이다.

"주제넘지만 도움이 될 만한 정보를 좀 모아봤습니다."

킬번은 말을 하면서 두툼한 서류 뭉치를 꺼내놓았다. 유스는 담담한 미소를 지으며 사양하지 않고 그것을 받아들며 정중하게 사의를 표했다.

"고맙습니다."

적국에 결코 환영받지 못할 용건을 들고 갈 자라고는 생각되지 않는 침착함이다. 킬번의 호의에 대해서도 마음을 담은 미소를 보일 뿐, 그 어디에도 감정적인 대응은 보이지 않았다.

'이것이 저 마녀 티모라의 실력인가?

일견하기에도 확연히 달라져 있는 유스의 모습을 보며 킬번은 내심 감탄했다. 그는 이 마법사가 이번 임무를 성공적으로 수행할 것이라 믿어 의심치 않았다. 그가 미리 모은 정보로 미루어볼 때 이번 일은 성공할 가능성이 높았다. 지금 유스 정도의 정신력이라면 충분히 가능할 일이다.

"돌아오시면 차라도 한잔 같이하지요."

"꼭 좋은 차를 준비해 대접하겠습니다. 다시 한 번 호의에 감사 드립니다."

용건을 마친 킬번은 미련없이 자리를 털고 일어섰다. 유스 또한 그런 킬번을 굳이 붙잡지 않았다. 그는 곧 떠나야 했고 낭비할 시간은 없었다. 킬번 또한 그것을 알기에 이처럼 서둘러 자리를 피하는 것이리라.

한편 황제 즉위식이 다가오자 수도의 귀족들의 불안과 불만은 점점 더 심화되기 시작했다.

하나의 왕조가 끝나고 새로운 왕조가 시작된 것도 이변이라 할 수 있다. 거기에 새 왕이라는 자는 시골 영지의 영주였던 하급 귀족 출신이다.

일단 정통성과 혈통을 중시하는 귀족들은 이 부분에서 크게 불만을 가지게 되었다. 유일한 대안으로 제시한 샤를로트 영애와의 혼사가 거절된 것이 그들의 불만에 기폭제가 되고 있었다.

여기에 아무리 선왕의 복수를 위해서라고 해도 이렇게 갑자기 제국이 될 수는 없는 법이란 의견이 암중에 깔리기 시작했다. 제국을 선포하는 것은 없던 적도 만드는 일이다. 당연히 전쟁을 치러야 하며, 귀족들은 군사와 자금을 대야 한다.

그런데도 레오는 그들을 불러 권익을 약속하며 다독거리려 하지 않았다.

사실 그들이 가진 것을 어떻게 할 생각도 하지 않았지만 더 잘해줄 마음도 없었기 때문이다. 그런 것이 기존의 귀족들에게는 불안 요소로 작용했다.

그렇게 모든 일이 한편으로는 단순명료하게, 또 한편으로는 복잡하게 진행될 동안 마법사 유스는 왕의 사자 자격으로 애슐론을 향해 떠났다.

그가 무슨 명을 받고 떠났는지 아는 사람은 극히 소수였다. 이들은 하나같이 레오의 마음을 알고 나름대로 포기한 자들이었다. 그들이야말로 레오의 심복이라 할 수 있었다.

*　　　*　　　*

케이비 4세는 항상 불안했다. 그의 불안은 왕좌에 오른 그 순간부터 시작되었다고 할 수 있다.

처음엔 왕관의 중압감을 견디기 위해 하이번을 의지했다. 그러나 일정한 시간이 지나자 이번에는 지나치게 뛰어난 하이번의 능력 때문에 불안해지기 시작했다.

하이번이 은거에 들어간 후 슈란 왕국의 침략이 있기까지는 그나마 아주 괜찮은 시기였다. 입의 혀처럼 자신의 비위를 맞추는 귀족들 사이에서 그는 짧으나마 마음껏 국왕의 지위를 누릴 수 있었다.

하지만 슈란의 침략에 나라가 비틀거렸고, 하이번을 불러 그들을 막아냈지만 그 후로 모든 상황은 악화일로를 달리고 있었다.

원래부터 소심한 편인 그는 최근 극심한 불안감과 불면증에 시달려 왔다. 그것은 시간이 지날수록 나아지기는커녕 극도로 악화되고 있었다.

'태자 시절에는 그렇지 않았는데…….'

그는 태사의에 앉아 아래쪽에 서 있는 적국의 사자를 보며 문득 그렇게 생각했다.

유스, 흑사자의 마법사인 그가 사자로서 이곳을 방문할 줄이야!

그는 흔들리는 눈으로 마법사가 하는 얘기를 들었다.

"위대하신 레오 가이안 폐하께서는 황제의 자리에 오르시기로 하셨습니다. 새로 탄생하는 제국의 명호는 가이안 제국, 대륙이 그 이름 앞에 경의를 표해야 할 것입니다."

"제국이란 말인가?"

케이비 4세는 마치 한탄하듯 중얼거렸다. 자신은 꿈에서도 상상해 보지 못한 일이다. 머리가 멍해지는 것 같았다.

마치 구원을 바라는 듯 주변의 신하들을 둘러보았다. 실망스럽게도 신하들 역시 모두 놀라고 당황하는 모습이 역력했다. 오직 한 사람, 애슐론의 군사 총책임자인 하이번 후작만이 의연한 모습으로 마법사의 말을 듣고 있었다.

케이비 4세는 그 모습을 보고 오히려 기분이 나빠졌다. 역시 그 밖에는 없단 말인가? 한 번도 그가 놀란 감정을 드러내는 것을 본 적이 없다. 완벽한 자, 모든 것에서 자신을 앞서는 자!

'흥, 하지만 그럼에도 불구하고 슈란 왕국을 정복하진 못했지. 그도 흑사자에게는 패했단 말이야.'

미노 왕국의 지원에도 불구하고 결국 목적을 달성하지 못했다. 흑사자의 영지를 점령하는 것도, 쓰러진 타카 2세를 포로로 잡는 것도 모두 실패했다. 이 순간 그는 그 전쟁 자체에 대해 하이번이 반대했음은 까맣게 잊고 있었다.

비록 큰 피해 없이 후퇴를 했다고 하지만, 그것은 반대로 말하면 하이번 후작이 소극적이었다는 것을 의미한다.

적어도 소문은 그랬다. 그는 수비에는 강해도 공격에는 약할 것이다. 정밀하게 병사를 다루는 것은 몰라도 광기에 찬 격렬한 공격력이 없다.

그런 하이번 후작의 평가를 떠올리자 케이비 4세는 왠지 모르게 기분이 약간 나아지는 것을 느꼈다. 하지만 현실로 말하자면 흑사자를 막을 방법은 없다.

"그래서 레오 폐하께서는 귀국의 의향을 물으셨습니다."

유스의 말소리가 케이비 4세의 귀에 들어왔다. 케이비 4세는 시선을 돌려 유스를 보았다. 딴생각을 하느라 중간의 말을 자세히 듣지는 못했지만 내용은 뻔했다. 동맹을 할 거냐, 아니면 거부를 할 거냐?

케이비 4세는 조심스럽게 물었다.

"현재의 영토 제국을 선포하기에는 문제가 있지 않겠나? 아무리 흑사자의 명성을 가지고 말해도 슈란의 영토로 제국을 칭하기에는 문제가 있다고 보는데?"

사실 이건 말이 안 된다. 자신만이 아니라 누구라도 그렇게 판단할 거라고 케이비 4세는 생각했다. 하지만 흑사자의 명성을 생각해서 상당히 정중하고 조심스럽게 물었다. 그는 자신이 흑사자를 두려워하고 있다는 것을 알았다. 그리고 그것을 굳이 부정하려 하지 않았다.

유스는 소리없이 환하게 웃었다. 그 질문을 기다렸다는 듯 자신만만한 웃음이었다.

"물론입니다. 레오 폐하께서는 말씀하셨습니다. 일단 제국을 선포한 뒤, 동맹에 응하지 않는 왕국을 정복하면 충분한 제국의 이름에 어울리는 영토를 얻을 수 있지 않겠느냐고."

"뭐라고?"

케이비 4세는 자신의 귀를 의심하며 체면도 잊은 채 소리쳤다. 당장이라도 태사의에서 굴러 떨어질 듯 상체를 앞쪽으로 한껏 내민 모습이다.

유스는 그런 추태를 슬쩍 외면하면서 짐짓 모르는 척 초연하게 말을 이었다.

"정복을 먼저 하고 제국을 선포하는 것보다 이 방법이 더 깨끗하다고 하시더군요. 적어도 다른 왕국들을 음모나 모략으로 하나씩 점령하는 것보다는 말입니다."

"으음, 흑사자가 그런 말을……."

웅성웅성.

케이비 4세는 힘이 빠지는 것을 느끼며 태사의의 등받이에 몸을 기댔다. 신하들이 질린 표정으로 옆 사람과 자신의 의견을 나누는 것이 보였다.

적국의 사신이 와 있는 상황에서 할 만한 행동은 아니다. 그만큼 저들이 동요했단 증거이다.

'과연 흑사자다! 자신의 뜻을 만천하에 밝히고, 그것에 따르지 않는 자를 치겠다니… 세력과 힘의 균형을 전혀 생각하지 않다니!'

그들은 하나같이 그렇게 느끼고 있었다. 모든 왕국이 어떻게 나올지 충분히 알면서도 오히려 그걸 정면에서 극복하겠다고 선언한 것이다.

과연 흑사자는 그럴 힘이 있을까? 아무리 흑사자라고 해도 그건 힘들지 않을까?

그들은 필사적으로 머리를 굴렸다. 지극히 회의적인 기분이 들었다. 그러나 아무리 생각해도 일어나지 않은 일의 미래를 정확히 알 수는 없다.

특히 흑사자가 패배할 것이라는 예상은 정말로 하기 힘든 일 중 하나이다. 적어도 그는 지금까지 모든 상식을 파괴한 강함을 보여왔고, 거의 혼자만의 힘으로 왕국을 지켜냈다.

왕도 신하들도 뭐라고 말하지 못하고 망설이고 있었다. 마법사 유스는 그 가운데서 단아한 자세로 서서 기다려 주었다. 그들이 마음속으로 어느 정도 정리를 할 때까지는 여유를 주어야 한다.

그는 승리를 확신하지 않았다. 패배도 생각하지 않았다.

마법사! 오직 현상을 있는 그대로 받아들이며 그 가운데에 자신의 의지를 실현하는 자.

유스는 이런 정략적인 순간에도 자신이 마법을 수련하고 있다는 것을 알았다. 정신은 곧 마나를 담는 그릇이고, 심장의 서클은 그 결과물에 불과하다.

하이번은 그런 유스를 보며 속으로 한숨을 쉬었다.

'이미 모든 사람이 저 마법사의 말에 넘어갔다. 과연 흑사자의 마법

사군.'

그러고 보니 미노 왕국의 팔콘 백작이란 자도 이렇게 사람의 무의식을 장악해 나갔다. 그때의 쓰디쓴 정략적 패배는 잊기 어려운 것이었다.

왕인 케이비 4세는 거의 순간적으로 세뇌를 당하고 있었다. 다른 귀족들도 마찬가지였다. 자신도 모르는 사이 스스로의 소유라고 생각하고 있는 무의식의 영역을 그에게 빼앗기고 있었다.

'내가 할 수 있는 일은 없는가?'

하이번은 고민했다. 하지만 지금 그는 지극히 미묘한 위치에 있었다.

슈란 왕국의 침략 작전이 실패로 돌아간 이후, 귀족들은 그들의 마음속에 있는 질투심을 드러내기 시작했다. 특히 문관 귀족들은 더 심했다.

그리고 왕도 자신을 의지하면서도 경계했기 때문에 결정적인 순간에 항상 자신의 발언을 막고는 했다.

언제나 불안에 찬 눈으로 흑사자에 대한 대책을 물어오다가도 몇 가지 의견을 말하면 어떻게 해서든 트집을 잡고야 만다. 그리고 곧 잊은 듯 다시 불안해하며 대책을 내라고 안달하는 것이다.

'여기서 만약 내가 무슨 발언을 하면, 그건 오히려 저 마법사를 돕는 일이 되겠지.'

하이번은 그렇게 생각하며 조용히 서서 때를 기다렸다. 왕이 자신에게 의견을 물어올 때까지 기다려야 한다. 그것이 하이번의 판단이었다.

"그래서."

그 순간 유스는 기다리던 순간이 다 되었음을 깨닫고 약간 강하게 말을 꺼냈다. 모든 사람들의 시선이 유스에게 집중되었다. 공기는 급속도로 팽팽해져 갔다.

유스는 왕의 두 눈을 정면으로 바라보며 말했다.

"레오 가이안 폐하께서는 애슐론이 첫 번째 동맹국이 되거나, 아니면 첫 번째 전투의 상대가 될 것이라고 말씀하셨습니다."

"으음… 그가……!"

노골적인 협박이다. 케이비 4세는 불같이 끓어오르는 분노를 느꼈다. 그리고 한편으로는 극도의 공포도 느꼈다. 하지만 유스는 조금도 아랑곳하지 않고 말했다.

"그리고 만약 동맹을 선택하신다면, 그 증거로 하이번 경을 가이안 제국에 보낼 것을 원하셨습니다."

"하이번 후작을?"

케이비 4세는 갑자기 튀어나온 그의 이름에 놀라 하이번을 보았다. 하이번은 여전히 당당하게 서서 감정을 알 수 없는 표정을 짓고 있었다. 그 모습을 보니 열등감이 심화되었다. 왕인 자신은 당황하고 놀라고 있는데, 정작 목숨이 간당거리는 저자는 초연하기만 하다.

'언제나 그런 표정이지, 그대는.'

자존심이 상한 케이비 4세는 속으로 욕을 하면서도 겉으로는 짐짓 생각에 잠긴 표정을 지었다. 그는 잠시 후 어느 정도 감정이 진정되고 나서야 유스를 보았다. 유스는 할 말을 다 했다는 듯 정중하게 고개를 숙여 인사를 하고는 가만히 서 있었다.

케이비 4세는 최대한 왕의 위엄을 지키려 애쓰며 말했다.

"귀국의 뜻은 잘 알았네. 일단 물러가서 애슐론의 답을 기다리도록 하게."

“알겠습니다. 아무쪼록 현명한 판단을 내리시기를.”

유스는 그렇게 답하고는 대전을 나왔다. 이제부터 안에서는 왕국의 미래를 건 중요한 회의가 열릴 것이다. 그 결과가 어떻게 될 것인지 굳이 생각할 필요는 없다.

하이번도 케이비 4세도 그들 나름대로의 결정을 내릴 것이고, 그들은 그것에 대한 책임을 지게 된다.

‘순리에 따라 모든 것이 흐른다. 그것이 바로 마나의 힘이다. 마법, 무엇이든 가능한 힘. 하지만 가장 자연스러운 힘. 그 모순된 성질을 언젠가는 이해할 수 있을 것이다.’

유스는 그렇게 생각하며 복도에 깔린 붉은 융단의 무늬를 보았다. 최상급의 융단은 통로 끝까지 길게 뻗어 언제라도 이곳을 드나드는 사람을 위해 봉사한다. 융단이 하는 일은 가만히 깔려 있는 것, 그것으로 자신이 해야 할 일을 다하는 것이다.

유스는 자신이 저 융단처럼 되고 싶다고 생각했다.

＊　　　＊　　　＊

유스가 나간 후, 케이비 4세는 하이번 후작의 눈치를 보았다. 그리고는 그를 향해 물었다.

“경의 생각은 어떠한가? 흑사자가 우리 애슐론 왕국을 침범해 온다면 막을 수 있겠는가?”

이제 결정을 내려야 한다. 흑사자의 침공은 기정사실화 된 셈이다. 그것을 막는 방법은 상대가 황제임을 인정하고 종속 동맹을 맺는 수밖에 없다.

모든 사람들이 하이번을 보았고, 하이번은 조용히 고개를 들어 케이비 4세를 보았다.

유스가 마지막으로 던지듯 말한 것은 정말로 무서운 말이다. 하이번을 가이안 제국에 바쳐라! 그것은 정말 운명을 결정짓는 선언과도 같았다.

'빠져나갈 구석은 없는가?'

하이번은 그렇게 생각했다. 하지만 그는 곧 생각을 바꿨다.

'하지만 나는 해야 할 일을 한다.'

그렇게 결심하고 입술을 가볍게 한 번 깨물고는 드디어 말을 하기 시작했다.

"있습니다. 아무리 흑사자라고 해도, 그가 슈란의 전 병력을 이끌고 쳐들어온다고 해도 우리 애슐론을 멸망시킬 수는 없습니다."

"과연 후작다운 말이군!"

케이비 4세는 감탄한 듯 외쳤다. 모든 귀족들도 하이번이 일단 장담하자 눈도 깜박이지 않고 그를 보았다. 하이번 후작이란 사람은 절대로 허언을 할 사람이 아니다. 그런 만큼 그가 막을 수 있다고 하면 막을 수 있는 것이다.

"그래, 어떻게 막을 수 있지? 설명할 수 있는가, 후작?"

케이비 4세는 다시 물었다. 그의 시선에는 여전히 경탄의 감정이 남아 있었다. 그러나 한편으로는 다시 질투의 감정이 나타나고 있었다.

하이번은 그걸 알 수 있었다. 하지만 그는 모든 것을 운명에 맡기고 자신의 전략을 설명하기 시작했다.

"흑사자를 이길 수는 없습니다. 하지만 저번 전쟁과 마찬가지로 그를 피하며 2년 만 버티면, 흑사자는 더 이상 전쟁을 계속할 수 없을 것입니다."

"피한다고?"

"그렇습니다. 흑사자와 싸우는 것은 불가능합니다만 그의 손에서 벗어나는 것은 가능합니다. 저는 이미 그것을 증명해 보였습니다."

"으음, 그건 그렇지."

케이비 4세는 고개를 끄덕였다.

확실히 하이번 후작은 흑사자가 돌격해 오는 상황에서 장군의 복장을 벗어던지고 병사의 복장을 한 채 후퇴를 하는 데 성공했다. 그러면서 군의 지휘력은 전혀 잃지 않았다고 하니 나름대로 훌륭한 전술이라 할 수 있었다.

"하지만 그건 다시 말해 병사의 복장을 한 채 도망가는 것을 의미하지 않는가? 경은 지금 2년간 그 일을 계속하겠다고 말하는 것인가?"

"그렇습니다. 때로는 가장 단순한 전술이 뛰어난 효과를 발휘할 수 있습니다. 흑사자를 상대하지 않는 것, 이것이 그를 상대하는 유일한 방법입니다."

"그게 말이 되는가?"

케이비 4세는 하이번 후작의 설명을 이해하지 못했다. 싸우지 않고 도망만 가면 이긴다니? 병사의 복장을 하고 도망가는 것은 말하자면 수치이다. 상대가 흑사자였기에 망정이지, 보통의 전투라면 군의 완전 붕괴라도 하지 않는 한 지휘관이 할 짓이 못 된다.

하지만 하이번은 당연하다는 듯 설명을 계속했다.

"흑사자는 제국을 건립하겠다고 선언했습니다. 그런데 만약 그가 우리 애슐론 왕국을 상대로 2년간 완전한 승리를 얻어내지 못하면, 다른 모든 왕국이 흑사자를 두려워하지 않게 될 것입니다."

"아!"

"일단 주변의 왕국이 슈란의 영토를 침략하기 시작하면 아무리 혹사
자라고 해도 막기가 쉽지 않습니다. 만약 막을 수 있다고 해도 그 위에
다른 왕국을 침략하는 것까지는 불가능합니다."

"그렇지. 후작의 말이 옳은 것 같군."

케이비 4세는 반쯤 얼이 빠진 얼굴로 말했다. 하이번의 말을 듣고
보니 그의 말이 옳은 것 같았다.

"2년이면 충분합니다. 어쩌면 1년 안에 다른 왕국이 전쟁 준비를 끝
내고 슈란을 칠지도 모릅니다. 그 후부터는 두 번 다시 애슐론이 위기
에 빠지지 않도록 할 자신이 있습니다."

웅성웅성.

귀족들은 하이번의 호언장담에 크게 감명을 받은 것 같았다. 과연
하이번이라고 칭찬하는 소리가 장내에 가득 찼다.

케이비 4세는 불안이 점점 가라앉는 것을 느꼈다. 하이번에게 대책
을 물을 때마다 절망의 어둠이 옅어지고 희망이라는 빛의 줄기가 그의
정신 세계를 비추어주었다.

그러나 그 빛에 비추어 정체를 드러내는 것은 언제나 질투. 왜 나는
저놈처럼 대책을 생각하지 못할까? 나는 항상 잠을 이루지 못하고 자
다가도 몇 번씩이나 악몽에 깨어나는데, 저놈은 언제나 편하게 잠을 자
겠지? 그에게는 해결하지 못할 일은 없다!

케이비 4세는 애증이 복잡하게 뒤섞인 눈으로 하이번을 보았다. 하
이번도 아무런 감정이 섞이지 않은 눈으로 그를 보았다.

'나를 질투하고 미워하셔도 좋습니다, 폐하. 하지만 제 말이 옳다는
것을 알아주십시오. 이번만 넘기면 됩니다. 그러면 저는 다시는 폐하
의 심기를 거슬리지 않게 될 것입니다.'

일단 흑사자를 막아내기만 하면 당분간 애슐론에 위기는 없다. 하이번은 그 뒤에는 은퇴를 하고 영지로 돌아가 두 번 다시 밖으로 나오지 않을 생각이었다.

그는 케이비 4세가 어서 결단을 내리기를 원했다. 자신이 말하지 않은 부분을 알아차리지 못하고 흑사자의 마법사를 불러 동맹을 거절하고 싸우겠다고 선언하기를 기원했다.

그런데 그 순간, 귀족 중에 한 사람이 물었다.

"하이번 후작께서 그렇게 피하신다면 이곳 수도는 어떻게 되는 겁니까? 폐하께서도 피하셔야 하는 겁니까?"

'이런!

하이번은 속으로 비명을 질렀다. 결국 누군가는 그 사실을 말할 가능성이 높다고 생각했지만, 그것이 사실로 드러나자 절망감이 눈앞을 가렸다.

'이것이 운명인가?

하이번은 천천히 고개를 돌려 그 귀족을 바라보며 남 모르게 한숨을 쉬었다. 그리고는 그 사실에 대한 설명을 시작했다. 일이 결정 난 다음에 말할 계획이었지만 이제는 소용이 없게 되었다.

"물론 수도도 안전한 장소가 못 됩니다. 모든 귀족들은 흑사자를 피해 다녀야 합니다."

"병사의 옷을 입고 말이오?"

상대의 목소리가 날카로워졌다. 하이번은 대답했다.

"그렇습니다."

"폐하께서는? 폐하께서도 병사의 옷을 입고 계속 피해 다니셔야 한다는 말이오?"

이 말만은 듣고 싶지 않았다. 이 말만은 하고 싶지 않았다. 하이번은 그렇게 한탄하며 다시 말했다.

"폐하께서 2년간 도망 다니시는 것은 힘들지도 모릅니다. 제가 생각하기에 흑사자가 쳐들어온다면, 폐하께서는 당분간 왕국을 벗어나셔서 외국에 계시는 것이 좋을 것 같습니다."

"무엄한!"

쾅!

"왕국을 지키는 자가 폐하께 망명을 권하다니!"

"수도를 지킬 수 없다고? 그럼 이미 진 것이 아닌가?"

귀족들이 분노의 호통을 내질렀다. 케이비 4세도 자신이 2년간 병사의 복장으로 떠돌아다니거나 외국에 망명해 있어야 한다는 말에 크게 화가 난 모양이었다. 전신을 부들부들 떨며 뭐라고 말을 하려 하지만 잘 나오지도 않는 모양이었다.

그때 다른 문관 귀족이 한 걸음 앞으로 나오며 말했다.

"폐하, 소신이 감히 생각하건대 지금 하이번 후작은 스스로가 살기 위해 불충을 하고 있습니다. 왕이 망명하고 지휘관이 병사의 복장을 한 채 숨어서 다닌다면, 주변의 어떤 왕국이 우리 애슐론을 인정하겠습니까? 안타깝게도 후작은 흑사자가 그를 원하자 이성을 잃은 모양입니다."

"소신의 생각도 그렇습니다."

"하이번 후작은 반역을 생각하는지도 모릅니다."

"적어도 제정신이 아닌 것은 확실합니다!"

귀족들은 하나같이 큰 소리로 떠들어대기 시작했다. 그들은 하이번이 이성을 잃었다고 주장했지만, 지금 이 순간 이성을 잃고 있는 것은 바로 그들이었다.

　호의호식을 버리고 2년간이나 도망 다니며 살아야 한다는 현실이 눈앞에 닥치자 국가의 독립성 따위는 안중에도 없었다. 하지만 케이비 4세는 그들을 탓하지 않았다. 왜냐하면 그도 분노로 이성을 잃고 있었기 때문이다.

　"하이번 후작! 선왕 때부터 그대를 중용했는데, 그대가 감히 그런 말을 하다니?"

　"……."

　하이번은 말이 없었다. 이미 승부는 났다. 모든 사람들이 자신이 죽음을 두려워하고 있다고 생각하는 것 같았다. 흑사자 앞으로 가기 싫어서 억지를 부리는 것이라 여기고 있었다.

　하지만 하이번은 확신하고 있었다. 흑사자를 막을 수 있는 유일한 방법, 그것을 지금 말했다. 이 정도의 각오와 희생이 없다면 어찌 그를 막을 수 있겠는가?

　'내가 슈란, 아니, 가이안에 가도 죽지 않는다고 말하면 받아들여 줄까?

　처음부터 하이번은 알고 있었다. 저 흑사자가 보낸 마법사가 자신을 보내라는 말을 했을 그때부터, 아니, 흑사자가 사신을 보냈다며 알현을 요청하던 그 순간부터일지도 모른다.

　지금 흑사자가 자신의 수하로 쓰기 위해 자신을 부른다고 말해 봐야 아무도 믿지 않을 것이다.

　'미리 말을 했어야 할까?

　이 순간 하이번은 자신의 행동 모두를 돌아보고 있었다. 하지만 그는 이내 고개를 저었다. 만약 그 말을 했다면 더 더욱 의심의 눈초리만 더해졌을 것이다.

그가 국왕의 신임을 받아야 적국의 침입을 막을 기회를 얻을 수 있었다. 그것이 그의 조국 애슐론의 독립을 지키는 유일한 길이었음은 아무리 돌아봐도 여지가 없었다.

"하이번 후작! 그 말도 안 되는 억지 말고는 할 말이 없는가?"

케이비 4세가 다시 물었다. 하이번은 고개를 들어 케이비 4세를 보았다. 그의 눈은 분노로 타오르고 있었다. 그런데 신기하게도 그 속에 희열이 있었다.

'그는 정말로 내가 살기 위해 발버둥 치고 있다고 생각하고 있다!'

하이번은 그것을 느끼자 두 다리에 힘이 빠져 똑바로 서 있기도 힘들 지경이 되었다. 겨우 한 줌의 의지로 억지로 버티고 서 있을 뿐이었다.

"없습니다. 오직 그 방법만이 흑사자를 막을 수 있습니다."

"그런가? 경은 끝까지 그렇게 주장하는가? 도너번 백작! 가이안 제국의 사자를 불러라!"

"옛!"

왕의 명을 받은 자가 즉시 대전 밖으로 나갔다. 하이번은 다시 고개를 숙이고 가만히 서서 대기했다.

"부르셨습니까, 폐하."

"어서 오시오. 방금 신하들과 함께 귀국의 제안에 대해 논의를 했소."

"그렇습니까? 그렇다면 저는 애슐론의 결정을 존중하겠습니다. 말씀하시지요."

"우리는 대륙의 최강자인 레오 가이안 경이 충분히 황제가 될 수 있다고 인정하기로 했소. 그렇기에 귀국의 제안대로 동맹을 수락하겠소."

케이비 4세는 마치 흑사자의 명성에 자신이 감복한 것처럼 말했다.

유스는 속으로 웃었다. 사실 그의 말은 거짓이 아니다. 단지 케이비 4세가 감복이 아닌 공포에 졌다고 해야 맞을 것이다.

하지만 그런 것을 겉으로 드러낼 수는 없다. 유스는 천천히 허리를 굽혀 정중히 인사를 하며 말했다.

"현명하신 판단이십니다."

"하지만!"

케이비 4세의 말에 유스는 고개를 들고 침착하게 말했다.

"말씀하십시오."

"일단 동맹을 맺으면 제국을 반대하는 왕국과는 적대적이 될 것이오. 우리 애슐론 왕국의 힘만으로 그들의 압력을 벗어나기는 쉽지 않을 것 같소. 가이안 제국에서는 그 점에 대해 어떻게 생각하시오?"

'그래도 아주 멍청한 자는 아니었군.'

순간 유스는 그렇게 생각했다. 자신의 목숨을 유지하는 데에는 제법 민감하게 반응을 한다. 용기가 없고, 그릇이 작을 뿐이다.

'잘못 태어나서 고생한 거지. 그냥 평화로운 시대의 왕이었다면 나름대로 행복하게 살았을 텐데.'

적국의 왕이지만 처지가 처지이다 보니 이런 생각마저 들었다. 유스는 여전히 속내를 드러내지 않고 부드럽게 웃으며 말했다.

"애슐론 왕국은 가이안 제국의 첫 번째 동맹국으로서 크나큰 의미가 있습니다. 더욱이 과거의 관계가 별로 좋지 못했기에 이 동맹이 잘 유지되면 다른 왕국들의 모범이 될 수 있습니다."

"흠."

“염려 마십시오. 가이안 제국이 존재하는 한 애슐론 왕국은 크게 융성할 것입니다. 폐하께서는 모든 근심을 버리셔도 될 것입니다.”

“그런가? 하하하!”

케이비 4세는 유스의 말에 웃음을 터뜨렸다. 흑사자는 결코 허언을 안 한다. 그의 대변인인 마법사가 선언한 이상 흑사자가 죽기 전에 애슐론이 망할 가능성은 없다고 봐야 할 것이다.

그 순간 신기하게도 케이비 4세의 가슴속에 담겨 있던 불안이 사라지기 시작했다. 마치 선왕이 살아계시고 자신이 태자였던 시절 같았다. 왕국을 지탱해야 한다는 부담감이 사라지자 그는 아주 오랜만에 웃을 수 있었다.

하이번은 그 모습을 보며 한숨을 쉬었다. 그가 충성을 맹세한 주군은 결국 왕의 그릇은 아니었던 모양이다.

홀로 남의 위에 설 수 있는 자는 다른 사람의 밑에 들어가는 것을 참지 못한다. 하지만 이제 케이비 4세는 자신을 보호해 줄 그늘을 찾았다, 가장 무서운 흑사자라는 그늘을!

‘결국 이것이 폐하가 원하는 것이었던가? 내가 제국으로 떠남으로써 폐하는 모든 것을 얻게 되는 것인가?’

허탈했다. 왕국을 지탱하기 위해, 케이비 4세를 진정한 왕으로 존재시키기 위해 반평생을 바쳤는데, 결국 그것이 그에게는 조금도 도움이 되지 못했다니…….

“하이번 후작.”

케이비 4세의 목소리가 귀를 찔렀다.

“예, 폐하.”

“그대는 유스 경을 따라 가이안 제국으로 가야 한다. 경의 명예와 가문을 위해 이 일을 받아들여라.”

케이비 4세는 실로 일국의 국왕다운 위엄을 담아 하이번에게 명했다.

하이번은 그의 목소리에 실린 자신감을 엿보고 씁쓸하게 웃었다. 그야말로 오랜만에 케이비 4세가 진정한 왕으로서 명령을 내리는 듯한 느낌이 들었다.

그리고 그 명령은 다름 아닌 자신이 흑사자에게 가서 분풀이의 대상이 되라는 것이다. 죽으라는 것이다!

저 흑사자가 내민 손을 그는 잡지 않았었다. 하지만 지금 그의 조국이, 그의 왕이 그를 버렸다.

“명을 받들겠습니다.”

하이번은 정중하게 말하며 허리를 아주 깊이 굽혔다. 그것은 마치 영원한 이별을 고하는 듯 처연하기까지 한 인사였다. 실제로 그는 이 순간 그렇게 하고 있었다.

케이비 4세는 두말없이 대답하는 하이번을 복잡한 눈으로 보았다. 하지만 더 이상 뭐라고 말을 하지는 않았다. 다른 귀족들도 죽은 사람을 보는 눈으로 하이번을 보았다.

하이번만 죽어주면 더 이상의 분풀이는 없다. 그것이 바로 세상에 알려진 흑사자의 성격이다. 무엇보다 먼저 제국을 선포하고 정복 사업을 하겠다는 데에서 그의 신의를 알 수 있었다.

일부 귀족들은 여태까지 자신들을 지켜준 것이나 다름없는 하이번 후작을 죽음으로 내몬다는 점에서 양심의 가책을 느꼈다. 하지만 지금으로서는 다른 대안이 없다. 만약 흑사자가 죽이고자 한다면, 하이번이 이곳에 있다고 해서 못할 리가 없다고 스스로를 정당화했다.

‘어차피 죽을 사람이니 국가를 위해 죽는다면 후한도 없을 것이다.’

말도 안 되는 생각이지만 대충 이렇게 스스로의 양심을 달래고 있는 자들이 대부분이었다.

약간 가라앉은 분위기를 조금이라도 부드럽게 만들려는 듯 유스는 미소를 지으며 말했다.

"그럼 가이안 제국과 애슐론의 동맹 결성을 다시 한 번 축하드리며 소신은 이만 물러가겠습니다."

"그러도록 하게. 하이번 후작도 가문을 정리할 시간이 필요할 테니, 가능하면 서로 상의하여 귀국으로 가는 날짜를 정하는 것이 좋겠네."

케이비 4세는 마지막 양심을 충족시키려는 듯 약간 사정하는 투로 그렇게 말했다.

"역시 폐하께서는 한 나라의 국왕답게 자상하신 성품을 지니고 계십니다. 그 성품에 복이 깃들 것입니다."

유스는 역시 웃으면서 왕의 너그러움을 칭송했다.

하이번은 그렇게 부드러운 분위기로 변한 대전의 곳곳을 보았다. 귀족들의 얼굴을 하나하나 살폈다. 그들은 지금 자신의 왕국이 다른 나라에 종속되었다는 것을 깨닫고 있을까? 그걸 오히려 좋아하는 것일까?

이해가 되지 않았다. 하지만 모든 것을 납득하기로 했다.

"폐하, 그럼 소신도 물러가겠습니다."

"그렇게 하게."

하이번의 마지막 작별 인사에 케이비 4세는 그를 보지도 않은 채 대답했다. 양심상 차마 그의 눈을 볼 수 없는 모양이었다. 그것은 다른 귀족들도 마찬가지였다. 자신들을 대신해 희생양으로 가는 사람을 대할 면목이 없는지 다들 시선을 피했다.

하이번은 그대로 몸을 돌려 대전 밖으로 나갔다. 유스는 그런 그의 뒷모습을 보면서 생각했다.

'생각했던 것보다 케이비 4세는 그를 경계하고 있었다. 그런 상황에서 저 하이번 후작은 어떻게 애슐론을 지켰나? 어쩌면 그는 내가 생각했던 것보다 더 뛰어난 자일지도 모른다. 하이번 후작, 흑사자라는 주군 밑에서 그대는 과연 어떤 능력을 발휘할 수 있소?'

유스는 심장이 조금 빨리 뛰는 것을 느꼈다. 흥분하고 있었다. 그의 미래를 상상하는 것만으로 마법사인 자신이 흥분하고 있다! 하지만 그런 유스의 감정 변화는 다른 사람은 전혀 알 수 없는 것이었다.

그렇게 회의는 끝났고 하이번은 합법적으로 애슐론에서 가이안으로 이적하게 되었다.

＊　　　＊　　　＊

레오는 오늘도 로엔과 함께 오후의 아침 식사를 끝내고 소파에 가로누워 있었다. 그의 배 위에는 네로가 앉아 있었는데, 둘은 테이블 위의 과자를 집어먹다가 어젯밤의 잠이 모자랐는지 곧 졸기 시작했다.

로엔은 옆에 있는 책상에 앉아 여러 서류를 살피며 레오를 대신해서 황제의 직인을 찍고 있었다. 그는 이미 요령이 생긴 듯 상당히 어려운 서류도 단번에 읽고 결단을 내렸다.

서류는 세 부분으로 나누어져 있었는데, 하나는 직접 결재한 것과 결재 전에 질문이 있는 것, 그리고 삼촌의 의사가 필요한 것이다.

세 번째 서류가 가장 얄팍했다. 레오의 결정이 필요한 서류는 이렇게 모아서 요점만 정리해서 설명해 주어야 한다. 로엔은 군말없이 그러한 일을 훌륭하게 해내고 있었다.

그러던 중 밖에서 궁녀가 안에 대고 말하는 소리가 들려왔다.

"바로크 백작이 폐하께 면회를 요청했습니다."

로엔은 고개를 돌려 방문 쪽을 보고는 의자에서 일어나며 대답했다.

"들어오라고 하세요."

그리고는 얼른 레오가 누워 있는 소파로 갔다. 그가 완전히 잠들면 깨우기가 힘들다.

"폐하, 바로크 백작이 오셨습니다."

"으음, 나중에 오라고 해라."

"오늘 근위 기사단의 명단을 확인한다고 말씀하셨잖아요. 이건 중요한 일이니 꼭 폐하께서 확인을 하셔야 돼요."

로엔은 상냥한 말씨로 끈기있게 삼촌을 재촉했다.

"으윽, 너 의외로 성깔이 있구나."

레오는 상당히 아쉬운 표정을 지으며 겨우 소파에서 몸을 일으켰다.

그 바람에 같이 잠이 깬 네로는 잠시 방 안을 두리번거리며 상황 판단을 하다가 곧 자신마저 깰 필요가 없다는 것을 깨닫고는 소파 반대편 쿠션 의자로 가 계속 잠을 청했다.

문이 열리고 바로크 백작이 들어왔다. 그리고 그의 뒤에는 휴케바인도 있었다.

"아아, 왔는가?"

레오는 격식이 전혀없는 동작으로 그들에게 손짓을 해 앉으라고 권했다.

바로크 백작도 휴케바인도 그런 레오를 탓할 생각은 없는지 순순히 레오의 맞은편 소파에 앉았다.

휴케바인은 레오를 부러운 표정으로 쳐다보았다.

'역시 주군은 자유로운 분이야. 황제는 저래야 되지. 암! 에고, 그런데 나는 왜 이리 힘들지? 부하의 숙명인가?'

그는 요즘 완벽한 기사가 되기 위한 훈련을 받고 있었다. 실력이 아닌 예절과 행동 면에서의 완벽함이었다. 그에게 있어서 더 이상의 개인 시간은 없다고 할 수 있었다.

레오가 조금 더 자유로운 몸이었다면 그를 따라 같이 놀러 나갔을 것이다. 그러나 사실 레오도 황제가 된 이후 밖으로 나갈 수가 없어서 이렇게 매일같이 늘어져 잠만 자고 있는 형편이기에 어쩔 수가 없었다.

"근위 기사단의 명단인가?"

"예, 모두 60명으로 구성되어 있습니다. 견습 기사들은 그 세 배인 180명이고, 그들은 다른 기사단의 주요 기사들입니다."

"그런가?"

레오는 바로크 백작의 설명을 들으며 명단을 뒤적였다.

황궁을 호위하는 기사 중 가장 안쪽에서 근무하는 자를 근위 기사라고 한다. 실력도 혈통도 모자람이 없는 자들, 그러나 그들에게 가장 중요한 것은 황제에 대한 충성심이다.

그와 반대로 황제 또한 자신의 몸을 보호하는 근위 기사들의 인생을 책임져 줄 의무가 있다.

레오는 그들의 이름을 하나하나 읽어 내려갔다. 가능하면 외어야 한다는 것을 알고 있었고, 또 그럴 생각이었다. 자신의 충직한 부하들에 대한 배려였다.

"휴케바인, 네 이름도 있구나?"

레오는 의외라는 듯 물었다. 바로크 백작에게 근위 기사의 선임을 맡긴 이상 휴케바인이 들어갈 수 없으리라 생각했었다.

바로크 백작은 고위 귀족 출신이고, 그런 자가 평민 출신의 기사인 휴케바인을 인정하지 않으리라 생각했기 때문이다.

공과 사를 엄격하게 구분하는 바로크 백작이다. 평소의 그라면 다른 부대의 지휘관이라면 몰라도 전통적으로 혈통을 중시하는 근위 기사에 평민 출신의 기사를 넣지 않아야 정상이다.

"무슨 소리입니까? 저는 무조건 폐하의 가장 가까운 곳에 있어야 말이 됩니다."

휴케바인은 반쯤 무례한 말투를 써가며 당연하다는 듯 말했다. 에고른이 없으니 정말 살 만했다. 이 방은 황제의 방, 그야말로 성역이고 근래에 들어 휴케바인이 가장 마음 놓고 흐트러질 수 있는 장소이기도 했다.

요즘의 예절 교육에는 가끔씩 바로크 백작까지 참여하곤 한다. 사실 이 모든 것에는 레오 옆에서 떨어질 수 없다는 기특한 생각이 있었기 때문이다. 만일 레오가 아니었다면 근위 기사 따위는 되고 싶은 생각도 없었다.

휴케바인은 당장이라도 침을 튀기면서 그간의 노력을 말하고 싶었지만 이미 들어주는 이가 없었다. 레오는 이미 바로크 백작과 휴케바인에 대한 말을 시작했던 것이다.

"바로크 경은 휴케바인이 마음에 든 모양이로군?"

"휴케바인 경은 확실히 뛰어난 재능을 가지고 있습니다. 이대로 계속 수련하면 저보다 빠른 나이에 마스터의 경지에 들어설 가능성이 큽니다."

휴케바인의 얼굴에 희색이 돌았다. 저 엄한 바로크 백작은 휴케바인

앞에서는 한 번도 칭찬을 한 적이 없었다.

"흠, 그건 그렇지."

레오 역시 그렇게 생각하고 있었다. 바로크 백작의 마음을 알 수 있었다. 마스터! 그 정도의 재능을 보면 역시 황제의 측근으로 키우고 싶을 것이다.

레오가 바로크 백작의 말에 수긍을 하자 휴케바인의 입은 한껏 옆으로 벌어졌다. 그가 역시 주군만이 자신을 알아준다고 생각하며 흐뭇한 상상에 빠져들 찰나,

"상관없겠지. 그가 근위 기사의 규율과 품위를 지킬 수 있도록 철저하게 교육시키게."

레오가 명단을 다시 바로크 백작에게 넘겨주며 말했다.

"폐하! 그 무슨 섭섭한……."

규율, 교육이라는 단어에 정신이 퍼뜩 든 휴케바인은 놀라 소리쳤지만 바로크 백작은 이미 진지하게 대답하고 있었다.

"명심하겠습니다. 너무 심려치 마십시오."

그토록 믿었던 주군마저 자신을 배신하자 휴케바인은 울상이 되었다. 그리고는 옆에서 엄한 표정으로 자신을 바라보는 바로크 백작을 보며 더욱 괴로운 표정을 지었다.

그래도 자신을 이해해 줄 것이라 믿었던 휴케바인은 좌절과 절망에 몸부림치다가 고개를 숙이고 입을 쑤욱 내밀었다. 한마디로 삐친 것이었는데 주군 앞에서 지을 수 없는 표정이기에 고개를 숙인 것이다.

'자기나 잘하지…….'

속으로 조금 전까지 감탄하던 레오의 자유분방함에 이제는 불평을

했지만 그렇다고 해서 그걸 입 밖으로 낼 수는 없었다. 그는 황제이고, 흑사자이기 때문이다.

휴케바인이 삐쳤든 말든 상관할 리 없는 레오는 나름대로 궁금했던 일을 바로크 백작에게 묻고 있었다.

"그건 그렇고, 유스는 아직 연락이 없나?"

"아, 그것도 말씀드리려 했습니다. 오전에 전령이 왔습니다."

바로크 백작의 대답에 레오는 눈을 빛냈다. 그로서는 보기 드물게 깊은 관심을 보이고 있었다.

바로크 백작은 과연 황제인 레오의 눈에 하이번 후작이 어떻게 비쳤기에 이 정도까지 관심을 보일까 하는 생각을 했지만, 곧 자신이 상관할 바가 아니라는 것을 깨달았다.

그리고 그도 하이번의 능력은 인정을 하고 있었다.

"마법사 유스는 성공적으로 애슐론과 동맹을 체결하고, 그 증거로 하이번의 신변을 확보했다고 합니다. 지금 그와 함께 이곳으로 향하고 있는데, 앞으로 3일 정도면 도착할 것 같습니다."

"3일이라… 딱 즉위식 날이군."

"그렇습니다."

"잘됐군. 그럼 즉위식 이후 바로 그의 임명식을 가지면 되겠어."

레오는 번거롭지 않아서 좋다는 듯 만족한 표정을 지었다. 그러자 바로크 백작은 약간 불안한 눈빛을 하고 물었다.

"정말로 그자를 군사로 임명하실 겁니까?"

"그렇다."

"반대가 심할 것입니다."

바로크 백작의 말은 예상이라기보다는 사실이었다. 얼마 전까지 적이었던 상대를 상관으로 섬기라는 것은 무장들에게는 모욕적인 일일 수밖에 없다.

하지만 상대는 레오이다. 그는 그래서 어떠냐는 표정으로 대답했다.

"상관없다. 나는 이미 제국의 전군을 그에게 맡긴다고 말했다. 그러니 반대를 해도, 동의를 해도 제국의 전군은 하이번이 지휘한다."

"으음… 그러지 마시고 그를 일반 모사로서 곁에 두시고 천천히 키우시는 것이 어떻습니까? 그럼 하이번 후작도 자리를 잡기까지 부담이 적을 것입니다."

"그가 그걸 원하면 몰라도 그렇지 않다면 이미 결정한 대로 하겠다."

역시 레오는 설득이 통하지 않는다. 하지만 이건 정말 중요한 문제였다. 그리고 하이번 후작의 입장에서는 자신의 목숨이 달린 일이기도 하다. 하이번이 지금 군사가 된다면 아마도 그를 암살하려는 시도가 있을 것이다.

바로크 백작은 그것에 대해 차분히 설명했다. 정말로 하이번이 넘어오게 됐으니 그의 처우에 대해 진지하게 논의해야 한다.

레오는 그런 바로크 백작을 보며 고개를 갸웃했다. 바로크 백작은 지금 하이번을 군사로 삼지 말자는 의견을 내는 것이 아니었다. 오히려 하이번이 군사로 자리잡기 쉽게 하는 방법을 제안하고 있었다.

'이제 보니 이자 역시 의외로 하이번에게 호감을 가지고 있었군.'

레오는 일이 생각보다 어렵다는 바로크 백작의 설명을 들으며 오히려 자신이 판단했던 것보다 훨씬 상황이 좋다는 생각을 했다.

"상관없다. 하이번이 만약 그렇게 당하면 그건 그자의 능력이 그것밖에 안 되는 것이지."

모든 이야기를 다 들은 후에도 레오의 대답은 한결같았다.

"폐하께서는 그를 시험하시는 것입니까?"

바로크 백작은 약간 놀란 눈으로 물었다. 그러자 옆에 있던 휴케바인이 답답하다는 듯 말했다.

"그게 아니라 말입니다. 폐하께서는 하이번 후작의 능력을 믿어 의심치 않는다고 말씀하신 겁니다."

레오는 천천히 고개를 끄덕였다. 역시 오래된 놈이 조금이라도 낫다는 생각이 들었다.

"나는 이미 하이번에게 맡겼다. 불만이 있다면 그걸 해소하는 것도 모두 그의 일이다."

레오는 그렇게 말하고는 턱으로 문을 가리켰다. 이만 물러가라는 뜻이다. 바로크 백작은 잠시 레오를 보다가 일어나서 인사를 하고 방에서 나갔다.

'어쩌면 폐하께서 진정 강한 점은 검술이 아니라 사람의 능력을 알아보고 그걸 믿어주는 마음일지도 모른다.'

방문을 나서 복도를 걸어가면서 바로크 백작은 문득 그런 생각을 했다. 어떤 면에서 레오의 주장은 타당했다. 최소한 제국을 세울 군사라면 이러한 어려움 정도는 혼자서 이겨내야 한다. 그렇지 않다면 결코 제국을 세울 수 없으리라.

3일 후, 레오는 정식으로 황제 즉위식을 가졌다. 그리고 그 직후에 모든 사람이 처형을 하리라 생각했던 하이번을 불러 그에게 군사의 직위를 하사했다.

슈란의 왕을 상징하는 검은 그 증표로 하이번이 지니게 되었다.

다른 모든 귀족들이 경악으로 인해 변변한 항의도 하지 못하는 사이 벼락치기로 통과된 군사 임명식이었다.

❖ Chap 4 ❖
전화(戰火)

전화(戰火)

탕!

분노를 참지 못해 탁상을 내려친 것은 전형적인 무관의 거친 손이었다.

“하이번 후작이라니!”

탁상에 댄 손을 부들부들 떨며 아인돌프 백작이 으르렁거렸다. 현재 이 자리에 모인 이들은 모두 슈란 왕국의 무관들이다.

즉위식에서의 폭탄 같은 군사 임명은 오늘 이들을 한자리에 모이게 만들었다. 방금 탁자를 치며 분노에 찬 말을 토한 아인돌프 백작도 맹장으로 이름 높은 인물이었다.

“믿어지지 않소. 타국의 인물인 것은 둘째치고 그는 얼마 전까지만 해도 우리의 최대의 적이었지 않소?”

아인돌프 백작의 말은 이 자리에 모인 이들의 심중을 대변하는 것과 다름없었다. 두 차례에 걸친 애슐론과의 전쟁에서 이들 모두는 하이번 후작의 이름만 들어도 치가 떨릴 정도의 경험을 했다.

아인돌프 백작은 하이번 후작의 유인 작전에 말려들어 적지 않은 수의 수하를 잃은 경험이 있었다. 다행히도 당시에는 슈란 왕국이 애슐론을 압박하던 시기여서 무사할 수 있었다. 만일 그것이 발도어 왕국에게 뒤를 얻어맞던 때였다면, 지금 이 자리에 서 있을 수 없었을지도 모른다.

이는 유독 아인돌프 혼자만의 생각은 아니었다. 두 차례에 걸친 전쟁에 참전했던 이들은 모두 하이번이라면 이를 갈았다. 그들 모두에게 적장 하이번은 가장 상대하기 싫으면서도 최우선적으로 제거해야 할 적이었던 것이다.

몇몇 무장들이 아인돌프 백작의 말에 동감하며 나서려 할 때 먼저 말하는 이가 있었다.

"아인돌프 백작, 그대는 하이번 후작의 능력을 인정하지 않는 것인가?"

내키지 않는 듯한 목소리. 그 어조만으로도 말을 하는 자신도 결코 원해서 하는 소리가 아니라는 것을 알 수 있다.

아인돌프 후작은 욕이 나오려는 것을 억지로 참고 숨을 두어 번 내쉬었다. 말을 한 사람이 그의 상관이라고 할 수 있는 발튼 후작이었기 때문이다.

"이것은 능력 이전의 문제입니다."

아인돌프 백작은 확신에 찬 어조로 대답했다. 이 자리에서 하이번 후작의 능력을 능가한다고 자신할 이는 없다. 만약 그런 인물이 있었다면, 그간 하이번 후작의 전략에 그토록 고생했을 이유가 없다. 하지만 지금은 그것이 문제가 아니다.

발튼 후작은 아무 말 없이 눈을 내리깔고 생각에 잠긴 듯한 표정을 짓고 있다. 그것은 마치 아인돌프 백작의 말에 동의하는 것처럼 보였다.

아인돌프 백작은 확인하듯 되물었다.

"후작 각하께서는 승복하실 수 있으십니까?"

"없다!"

발튼 후작의 대답에는 한 치의 망설임도 없었다. 아인돌프 백작을 비롯한 무관들의 얼굴에 그러면 그렇지 하는 표정이 동시에 떠올랐다.

사실 하이번 후작을 불러들였다는 것은 원래의 총대장인 발튼 후작을 무시한 처사이다. 무관들은 발튼 후작으로부터 풍기는 기운이 험악해진 것을 느낄 수 있었다. 그것은 맹장으로 소문 난 아인돌프 백작마저 움찔할 기세였다.

으드득.

발튼 후작이 이를 가는 소리가 또렷이 들리자 장내에는 긴장감이 팽배했다. 무관들 중 일부는 기대에 찬 눈빛으로, 다른 일부는 우려의 눈빛으로 후작을 주시했다.

꿀꺽!

누군가가 긴장감에 마른 입술을 축이다가 자신도 모르게 침을 삼키는 소리가 들렸다. 하지만 누구도 그 장본인을 찾으려 할 생각은 하지 못했다. 그럴 여유가 없었다.

사실 이대로라면 군부의 반란이 일어나도 이상하지 않은 상황이다. 발튼 후작이 선동을 하기만 하면 충분히 가능하다.

모든 이의 시선을 한 몸에 받고 있는 발튼 후작의 입은 굳게 닫힌 채였다. 마치 표정을 감추려는 듯 그의 고개는 숙여져 있었고, 시선은 탁자에서 떠나지 않았다. 마음속에서 여러 가지 감정이 싸우고 있는 것일까?

"후작 각하……."

발튼의 고뇌와 고통이 느껴진 것인지 아인돌프는 안타까운 마음을 담아 그를 불렀다.

그에 대답이라도 하듯 후작은 고개를 들어 아인돌프 백작을 보았다. 정면으로 아인돌프를 바라보는 발튼의 눈빛에서는 한 점의 망설임도 보이지 않았다. 그는 그 상태로 한 자 한 자 또박또박 말했다.

"그를 인정하지 않는다. 하지만 나는 폐하께 충성을 맹세했다."

이는 유독 발튼 후작 혼자만 겪는 갈등이 아니다. 하이번 후작을 받아들이지 않는다면 국왕의 명을 정면으로 거역하는 것이 된다. 이 사실만 아니라면 고민할 필요조차 없을 터였다.

"따라서 나는 폐하의 명을 받아 그를 받아들이겠다. 하지만!"

여기까지 말한 발튼 후작은 아인돌프로부터 시선을 돌려 무관들을 찬찬히 돌아보며 선언하듯 뒷말을 이었다.

"단 한 번, 하이번 후작이 단 한 번의 실수만 하면 그때는 내가 직접 그의 목을 벨 것이다. 이곳에서 나를 막을 자가 있는가?"

발튼의 말이 끝나기 무섭게 일정한 소리가 나기 시작했다.

탕!

탕!

탕!

무장들은 자신들의 왼손으로 탁자를 강하게 두드렸다. 그것은 무관의 맹세와도 같은 것이다. 오른손은 검 위에, 왼손은 탁자 위에 둔 무언의 맹세가 한동안 이어진 후 절정에 이르렀을 때 아인돌프가 외쳤다.

"없습니다! 하이번 후작을 편들 사람은 아무도 없습니다!"

"없습니다! 우리 모두는 후작 각하를 믿습니다!"

결연한 선언이 기다렸다는 듯 잇따랐다. 발튼 후작은 당당한 태도로 주위를 돌아본 후 고개를 끄덕였다.

"좋다. 경들의 마음은 잊지 않겠다. 폐하께서 나를 처벌한다고 해도 나는 후회하지 않겠다."

상관을, 그것도 한 나라의 군 총책임자를 왕명도 없이 베는 것은 하극상을 넘어서 반역죄를 짓는 것과 같다. 이는 아무리 발튼 후작이라고 해도 처형을 면할 수 없는 중대한 죄이다.

지금 발튼 후작은 그러한 일을 모두의 앞에서 맹세하고 있었다. 모든 것을 감수하겠다는 듯한 그의 눈빛은 당장이라도 불을 뿜을 것처럼 과격한 의지와 진심을 내보이고 있었다.

무장들은 다들 숙연한 표정으로 묵묵히 고개를 끄덕였다.

국왕의 명이므로 일단 받아들인다. 저 발튼 후작 같은 인물이 그렇게 말했다. 한때 적장이었던 자의 지휘에 따라 움직이겠다는 것이다. 이는 개인적인 모욕감을 넘어선 진정한 충정의 표현이라고 할 수 있다.

'하지만 그가 실수한다면 무사하지는 못할 것이다!'

그때까지는 그의 뜻대로 움직여 주겠다고 다들 결심하고 있었다. 그들 모두의 뜻은 지금 이 순간 하나로 모아졌다.

그자를 처리한 후 발튼 후작 각하를 지켜내야 한다!

그들은 상관의 성격을 너무나 잘 알고 있었다. 발튼 후작은 저 하이번을 처단한 후 변명 따위는 하지도 않을 인물이다. 바로 그때 자신들이 나서야 한다고 말없이 결심을 굳히고 있었다.

그것으로 회의는 끝났다. 아인돌프 백작마저도 두말없이 발튼 후작에게 묵례를 하고 회의장을 나갔다.

혼자 남은 발튼 후작은 탁상 위에 올린 두 주먹을 꾸욱 쥐고 여전히 이를 악문 채 생각에 잠겼다.

'하이번 후작, 큰소리를 쳤겠다? 그대의 뜻대로 했다. 두고 보지.'

전날 밤, 발튼 후작은 하이번 후작의 방문을 받았다. 오늘 그가 한 행동은 자신의 의지이기도 했지만 당시 하이번의 제안이기도 했다.

"발튼 후작의 도움이 필요합니다. 제가 한 번이라도 실수를 하면, 즉시 저의 목을 베고 대신 군의 지휘를 맡아주십시오. 그리고 그렇게 하기로 했다는 것을 다른 무장 분들께 선언해 주십시오. 폐하께는 이미 말씀을 드리고 허락을 받았습니다."

기가 막힌 말이다. 그는 완전무결을 선언했다, 그것도 자신의 목숨을 걸고.

"그대의 목을 벨 수 있는 기회라? 좋소! 내 그대로 하리다."

발튼 후작은 냉소를 지으며 하이번 후작의 제의를 받아들였다. 그러면서도 사실 내심으로는 그런 하이번 후작에게 감탄할 수밖에 없었다.

오늘 발튼 자신의 맹세는 특별한 의미를 가진다. 최악의 상황이 일어났을 때, 그를 따르는 무관들은 나중에 하이번 후작의 명대로 움직인 것이 모두 발튼 후작의 공이라고 주장할 것이다.

그러기 위해서라도 전군은 하이번 후작의 명을 충실히 따를 것이다. 적어도 그가 조그마한 실수라도 하기 전까지 가이아의 제국군은 모두 그의 것이다!

'하지만……'

발튼 후작은 절대로 적당히 할 마음이 없었다. 그가 수하들 앞에서 행한 맹세에는 한 점의 거짓도 없었다. 그들이 본 그대로 그것은 목숨을 걸고 한 맹세이며, 명예를 건 서약이다.

'내가 할 일은 했다. 그러므로 그가 할 일을 하지 못하면 당연히 목을 친다! 그의 말이 헛소리여서 폐하께 나 또한 목이 잘린다고 해도 후회는 없다.'

재차 다짐을 하면서도 마음 한구석으로부터는 하이번 후작이 실수하지 않기를 바랐다. 왠지 그라면 충분히 가능하다고 믿고 싶었다.

자존심과 상대에 대한 경탄이 뒤섞여 이제는 스스로의 감정이 미움인지 아닌지조차 분간할 수 없었다.

*　　　　　*　　　　　*

"발도어 왕국을 친다."

"네?"

"아직 사신이 돌아오지 않았습니다만."

레오의 돌연한 선언에 발렌과 유스는 당황했다. 사신을 보낸 지 보름도 되지 않았다. 발도어에서는 아직 레오가 제국을 선포한 것도 모를 것이다.

사실 지금 슈란 왕국 내에서도 아직 레오가 제국을 선포하고 국호가

슈란에서 가이안으로 바뀐 것을 모르는 귀족도 상당히 많았다. 지방
쪽의 귀족들은 중앙의 일을 바로바로 알 수 없는 것이다.

가이안 제국! 이것은 정말 땅에서 갑자기 솟아난 것이나 마찬가지이
다. 그러므로 주변 왕국에 사신을 보내 천천히 인정을 받아야 한다. 아
마 대부분 인정을 안 할 것이라 예상하고 있지만, 그래도 일단 애슐론
왕국과는 동맹을 맺었다.

제국과 왕국의 동맹, 그것은 일종의 충성 서약이나 마찬가지이다.
제국에 충성하고 보호를 보장받는 불평등 조약인만큼 왕국들이 쉽게
인정할 리가 없다. 당장 연합군을 결성해 사방에서 동시에 쳐들어오지
나 않을까 걱정하는 자들도 많았다.

유스는 일단 그런 사실을 레오에게 다시 한 번 말하려 했다. 머리 속
에서 정리된 생각을 말하기 위해 입을 열려는 순간 레오가 손을 들어
막으면서 말했다.

"발도어에 왕이 있나? 사신을 접견하고 동맹을 맺을 것인지를 결정
할 수 있는 자가 있나?"

"그런……!"

유스는 하려던 말도 잊고 신음 소리에 가깝게 중얼거렸다. 레오는
그런 반응에 전혀 개의치 않고 말을 이었다.

"주변 왕국이 어떻게 나올지는 나도 모른다. 하지만 일단 발도어 왕
국은 친다."

지금 레오의 말은 그야말로 억지에 가까웠다. 하지만 그럼에도 불구
하고 말은 된다. 그쪽은 절대로 동맹을 허락하지 못한다. 안 하는 것이
아니라 못하는 것이다.

발도어에는 현재 동맹을 허락할 수 있는 권한을 가진 자가 없다. 왕

족은 레오가 모두 쓸어버렸기에 현재 발도어의 왕위는 공석이다. 그 왕위를 차지하기 위해 몇 명의 힘있는 귀족들이 내란을 벌이고 있는 중인 것이다.

유스는 뭐라고 말할 수 없어 난감한 표정으로 입을 다물었다. 그때 무언가를 생각하던 발렌이 묘한 표정으로 물었다.

"폐하, 설마 전에 발도어 왕국의 수도를 점령했을 때부터 지금 상황을 예견하신 겁니까?"

주군은 발도어 왕국을 점령할 작정이었던 것일까? 그렇다면 이 얼마나 주도면밀한 것인가! 만일 그것이 사실이라면 지금까지 그가 알던 레오라는 사람은 모두 허상이었다는 뜻도 된다.

어쩌면 주군은 천재 전략가이자 무적의 기사인지도 모른다. 지금 발렌은 그렇게 생각하고 있었다.

그러나 레오는 무심하게 고개를 저었다.

"아니, 그때는 그때고 지금은 지금이다. 본보기를 생각하다 보니 발도어 왕국이 떠오르더군."

역시 그는 단순했다. 발렌은 왠지 모르게 실망감보다는 안도에 가까운 기분을 느끼면서 길게 숨을 내쉬었다.

"하하하! 발렌 경, 너무 폐하를 어렵게 생각하시면 안 됩니다. 최대한 단순하게, 있는 그대로를 받아들이십시오."

휴케바인이 아직도 모르겠냐는 투로 의기양양하게 웃으며 말했다. 이 점에 관한 한 그는 벌써 10년도 전부터 확실하게 정해놓았고, 그 덕을 보아왔다.

발렌이 일국의 국왕 앞에서 말을 함부로 하는 휴케바인을 보며 눈짓을 했지만 통하지 않았다. 결국 옆에 있던 에고른이 발렌의 의도를 대변하듯 엄하게 말했다.

"휴케바인 경, 폐하의 앞이니 말을 아끼게."

"앗! 그렇지? 조심하겠습니다."

휴케바인은 얼른 자세를 바로하고 진지하게 대답했다. 발렌이라면 몰라도 에고른에게 책을 잡혔다가는 후환이 두려워짐을 너무나 잘 알고 있는 휴케바인이었다.

레오는 에고른의 말에 곧장 꼬리를 마는 휴케바인을 보고 한순간 눈을 가늘게 떴다. 이전부터 에고른을 껄끄러워하던 것은 알고는 있었지만, 오늘은 그 정도를 넘어섰다. 지금 휴케바인의 모습은 까불다가 목줄을 잡아채인 강아지 같다고나 할까?

잠시 물끄러미 휴케바인과 에고른을 번갈아 보던 레오는 곧 관심을 끊고 회의를 마무리하기로 했다.

"좋아, 그럼 이야기를 끝내지. 하이번 후작에게 가서 전해라. 가장 빠른 시일 내에 발도어 왕국의 수도를 점령할 준비를 하라고."

레오는 그렇게 말하고는 태사의에서 일어나 새롭게 자신의 침실이 된 왕궁의 후궁으로 걸어갔다.

아침이 밝았다. 하이번 후작은 지난밤 발렌으로부터 레오의 명을 받은 후 잠시도 쉬지 않고 밤을 꼬박 새워 군사 개편을 서둘렀다. 그 결과, 새벽이 될 무렵에는 이미 몇몇의 기사단이 명을 받고 이동하기 시작했다.

군량의 준비는 이미 어느 정도 되어 있는 상황이었기에 수레와 마차를 동원하는 계획만 세우면 되었다.

새벽에 일어나 평소와 같이 훈련을 마친 휴케바인은 왕궁 밖으로 나갔다가 그 광경을 보고는 크게 감탄했다.

"역시 대단하군. 이건 너무 빨라! 정말 최단시일이라는 명에 충실하게 따르는데?"

그는 누가 듣기라도 하는 양 큰 소리로 감탄사를 연발하고는 천천히 수도를 구경하며 성문 쪽으로 걸어갔다.

"여어! 휴케바인 남.작! 아침부터 웬일인가?"

성벽 위에서 누군가가 소리를 질렀다. 턱에 털이 덥수룩하게 난 남자, 머리에는 드워프들이 즐겨 쓰는 뿔이 두 개 달린 투구를 쓰고 있었다.

휴케바인은 그를 보고는 손을 흔들며 외쳤다.

"좋은 아침입니다! 타로스 남.작.님! 배가 고파서 같이 아침이나 먹자고 왔습니다!"

"하하하, 그런가? 마침 잘됐군. 이쪽도 막 새벽 훈련이 끝난 참일세. 어서 오게."

휴케바인은 웃으며 성벽 위로 올라갔다. 그곳에는 그와 함께 남작 작위를 받아 정식 세습 귀족이 된 타로스가 있었다.

철벽의 타로스, 그의 이름은 지난번 전쟁에서 널리 알려졌다.

레오가 황제가 되자 그는 자연스럽게 수도 성벽 경비대장이 되었다. 그의 부인인 미세스 타로스도 같이 상경하여 성벽 바로 아래에 집을 지었다. 성벽의 규모는 수십 배 커졌지만 부부는 별로 신경 쓰지 않고 자신들의 방식대로 병사들을 훈련시키고 있었다.

휴케바인이 성벽 위로 올라가 바깥쪽을 보니 시야 가득히 평원이 들어왔다. 성 바깥쪽의 밭이 지평선 끝까지 펼쳐져 있었다.

"정말 좋군요!"

"그렇지? 이 광경 때문에 그럭저럭 이곳에도 정을 붙일 수 있을 것 같네."

타로스는 웃으면서 그렇게 말했다. 그때 아래쪽에서 미세스 타로스가 아침 식사가 들어 있는 바구니를 들고 왔다. 두 개였다. 언제나 세심한 그녀는 휴케바인의 외침 소리에 하나를 더 준비한 것이다.

"호호호. 어디를 가든 성벽 위는 경치가 좋아요, 휴케바인 남.작.님."

앞서 두 사람의 인사를 따라하기라도 하듯 유난히 작위를 강조하여 부르는 소리에 휴케바인은 머리를 득득 긁으면서 얼굴을 붉혔다.

"그만두십쇼. 형수님에게까지 그렇게 불리니 등에 두드러기가 나는군요."

"어머? 저이는 작위를 안 부르면 화를 내던데요? 호호호호."

"내, 내가 언제?"

타로스는 항의를 하다가 장난기 어린 미소를 짓고 있는 아내와 시선이 마주치자 '또 당했군' 하는 듯한 표정이 되었다.

"하하하하!"

그 모양을 본 휴케바인이 크게 웃기 시작했고, 타로스 부부도 서로 옆구리를 찔러가면서 한참을 웃었다.

아침에 막 구운 빵과 닭고기, 그리고 우유를 마시며 탁 트인 벌판을 바라보는 것은 정말 기분이 좋은 일이었다.

휴케바인은 잠시 멍하니 경치를 감상하다가 문득 지나가는 어조로 말했다.

"폐하께서 또 출정하십니다."

고기를 들고 크게 한 입 베어 물던 타로스는 그 말에 잠시 멈칫하는 것처럼 보였다. 하지만 그것은 아주 순간의 일이었다. 그는 곧 아무 일도 없었다는 듯 다시 음식을 먹으며 말했다.

"그런가? 그럼 또 나는 주인 없는 성을 지켜야겠군."

"타로스 영감님……."

휴케바인은 고개를 돌려 타로스를 보았다. 타로스는 별것 아니라는 듯 웃었다.

"염려 말게. 이제 폐하께서 떠나서도 꼭 돌아오신다는 확신이 있으니. 하하하! 언제든지 돌아와서 쉬실 수 있게 이곳을 지키겠네. 그 누구도 내 허락을 받지 않고는 이 성벽을 넘지 못할 걸세."

"영감님!"

휴케바인은 감격한 표정으로 철벽의 타로스라 일컬어지는 남자를 불렀다.

"남. 작. 님. 이라고 부르게."

"호호호호. 그것 봐요, 염려 마세요. 과연 수도답게 영지에서 볼 수 없었던 병법서가 있더군요. 공성전에 대한 전술서 세 권을 새로 구했어요. 아마 세상에서 성벽에서의 싸움에 가장 익숙한 사람은 저이일 거예요."

아내의 말에 타로스는 쑥스럽게 웃으며 속으로 생각했다.

'물론 당신 빼고 겠지.'

미세스 타로스의 말처럼 10년간 거의 성벽에서 살며 취미로 공성전과 성벽 방어에 대한 연구를 한 사람은 없을 것이다.

휴케바인은 미소를 지었다.

태양이 점점 높이 떠오르고 있었다. 구름이 군데군데 있었지만 태양의 강렬한 빛을 막을 수는 없었다. 아침 식사를 하는 세 사람의 그림자는 성벽에 새겨지듯 선명하게 나타나고 있었다.

*   *   *

가이안 제국이 동원할 수 있는 정예병의 총수는 약 10만, 하지만 황제가 직접 명령을 내릴 수 있는 직속 병사는 3만 정도에 불과하다. 수도 방위군 1만, 사방에 주둔하는 국경 방어군 각 5천씩 2만이 그것이다.

국가의 정예병 중 70%는 각 귀족들이 보유하고 있는 병력이다. 이들은 대부분 영지에 흩어져 있고, 대규모의 군대를 편성하려면 일단 동원 명령이 선행되어야 한다.

새로운 국왕이 내린 명에 의해 각 귀족들의 사병들이 모두 수도 헬룬으로 모이기 시작했다.

하지만 아직 흑사자가 모든 귀족에게 인정을 받은 것은 아니었다. 때문에 많은 귀족들은 자신들의 안위를 생각하며 병사들을 선뜻 보내기를 꺼려했다. 이들은 직접적으로 명을 거부하지는 않았지만, 차일피일 시간을 늦추거나 최소한의 병력만을 내놓았다.

결국 하이번 후작이 정한 1차 선발군 기한에 모인 병사는 1만 남짓에 불과했다. 타카 2세가 살아 있을 때에 총동원령이 떨어지면 3만이 바로 모였던 것을 생각하면 상당히 작은 숫자였다.

"예상했던 일입니다. 수도 근처의 병력은 대부분 대귀족들의 사병인데, 아직 폐하께서는 그들의 인심을 얻지 못하셨지요."

이 정도는 이미 예상한 일이다. 병력의 숫자를 파악하고도 하이번은 전혀 실망하는 기색없이 느긋하게 예측했다.

“이 정도라면 2차 동원 기간까지 2만 정도가 더 모일 것입니다. 아무래도 지방 귀족들은 공을 세우기 위해 나름대로 노력을 하겠지요.”

“그렇겠지.”

레오는 하이번의 말에 동의했다.

지방 귀족이 공을 세울 기회는 많지 않다. 전쟁을 통해 공을 세우는 것은 가장 정도에 속하는 방법이다. 그 외의 출세나 작위의 상승은 보통 중앙 귀족과의 연계를 통해서 가능하다.

레오의 선친인 구스타프 자작이 선택한 방법이 바로 전자이다. 그는 가문의 재산을 소모해 가면서까지 군대를 육성했다. 그렇기에 레오 또한 하이번이 무엇을 말하려는지 알 수 있었다.

대귀족들의 병력은 3분의 1정도밖에 모이지 않았지만 지방 귀족은 그보다는 더 나을 터였다. 수도에서 떨어진 곳에 위치하므로 1차 소집에 맞추지 못하였지만, 그 참여율은 더 높을 것이다.

하이번은 주변에 모인 무장들을 한 번 둘러보았다. 표정을 보는 것만으로도 자신이 환영받지 못하고 있다는 것을 알 수 있었다. 하지만 그는 그 적대적인 시선이 오히려 편하게 느껴졌다.

적어도 그들이 노골적으로 자신을 적대하는 이상 뒤통수를 맞을 염려는 없다. 오히려 웃으면서 다가오는 자를 조심해야 한다.

그는 다시 고개를 돌려 발튼 후작을 보았다. 때마침 그도 하이번을 보고 있었기에 둘의 시선이 마주쳤다. 발튼 후작의 눈빛이 강렬하게 빛났다. 노골적이고 도발적인 시선이다.

‘약속을 지킨 모양이군. 좋았어.’

발튼 후작의 태도는 마치 ‘목을 조심하라’ 고 대놓고 말하는 것처럼 보였다. 이에 하이번은 오히려 자신의 의도대로 되어간다고 생각하며 나름대로 만족감을 느꼈다.

스스로의 목을 걸기는 했어도 무장들의 분위기를 보건대 이상한 마음을 먹은 자는 없는 것 같았다.

확실히 슈란 왕국의 무장들은 지금의 애슐론 왕국과 비교하기 힘들 정도로 뛰어나고 또 신용이 있다. 다시 말하자면, 고지식하며 정직하다.

하이번은 문득 이자들이 좋아질 것 같은 기분이 들었다.

'그들도 나를 좋아하기를 바라는 것을 무리일까?'

스스로에게 반문하자 웃음이 날 것 같아 얼른 시선을 돌렸다. 지금 웃어봐야 저들의 적대감을 부채질하는 격이 된다. 이미 미움을 받는 처지지만 굳이 악감정을 키울 필요는 없다.

하이번은 생각을 접고 레오를 향해 말했다.

"일단 폐하께서 선발대 2만을 이끌고 국경으로 가십시오. 저는 후발대를 모두 긁어모아 4만을 채운 후 출발하겠습니다."

후발대로 2만을 모으고 또 국경 방어군 2만을 모두 동원하면 4만이란 숫자가 된다. 그 외 기존에 있던 가이안 영지의 병사 6천 중 5천도 수도에 있다.

결국 지금 동원할 수 있는 총 군사의 수는 6만 5천이란 결론이 나온다. 하이번은 지난밤 이러한 계산을 끝내놓은 후였다.

"4만이라… 알겠다."

레오는 아무런 이의도 제기하지 않았다.

황제인 자신에게 선봉을 서라는 의미인데도 화를 내기는커녕 당연하다는 표정이다.

사실 오히려 천천히 기다렸다가 후발대와 같이 출발하라고 했다면 기분이 좋지 않았을 것이다.

"자세한 작전은 어떻게 됩니까?"

발렌이 물었다. 황제의 측근 기사 중 한 명인 그는 이번에 자작의 작위를 받았다.

군무회의에 참석할 수 있는 작위는 보통 백작부터이지만, 발렌의 경우 레오를 대신해 군대를 지휘하는 역할을 맡고 있기에 참석할 수 있었다.

레오의 뒤에 서 있는 휴케바인의 경우는 황제의 근위 기사이다. 가이안 영지의 기사들은 대부분 근위 기사로 임명되어 레오를 호위하고 있었다.

"전반적인 작전은 비밀입니다."

하이번 후작은 다른 모든 무장들을 향해 말했다. 질문을 한 것은 발렌이지만 모든 무장들이 들어야 하는 내용이었다.

"비밀이라니? 작전의 내용을 모르는데 어떻게 작전을 수행하라는 것이오?"

한 사람의 무장이 말도 안 된다는 듯 항의했다.

"그렇소. 정식으로 경의 작전을 밝히고 회의를 통해 검토를 해야 하오."

다른 무장이 당연하다는 듯 말했다.

지금 그들이 하려는 것은 국가 간의 전면전이다. 보급부터 진군 경로, 그리고 상대의 움직임에 대한 각 부대의 대처 등이 이루 말하기 어려울 정도로 복잡하다.

그리고 이 자리에 있는 무장들은 왕국, 아니, 이제는 제국에서 고위의 자리에 있는 무장들이다. 출군하기 전에 군의 움직임을 논의해야 하지 않는가?

그러나 하이번 후작은 무장들의 주장을 전혀 들으려 하지 않았다. 그는 눈앞에 보이는 자들의 얼굴 표정을 놓치지 않으려는 듯 눈 한 번 깜박이지 않고 말했다.

"이번 발도어 왕국 정벌의 작전은 제가 임의대로 정했습니다. 여러 분들은 제가 주는 명령서대로 움직이시면 됩니다."

쾅!

"뭐라고! 그런 건방진!"

발끈한 것은 아인돌프 백작이다. 그는 탁자를 치며 벌떡 일어나 부르짖고는 금방 자신의 실태를 깨달았다. 황제의 면전에서 행하는 회의에서 엄청난 결례를 한 셈이었던 것이다.

하지만 그의 생각과 달리 레오는 무덤덤한 표정으로 사태를 관망하고 있었다. 황제의 심기를 살핀 아인돌프 백작은 언제 움찔했냐는 듯 다시 기슴을 폈다.

그는 전쟁을 하는 것도, 레오가 황제가 되는 것에도 불만이 없었다. 단지 하이번 후작에게 불만이 있을 뿐이었다. 그리고 방금 하이번 후작이 한 말은 그의 이성을 잃게 만들 정도의 것이었다.

명령서대로 움직이라니? 자신들은 병졸이 아니다!

하이번은 아인돌프가 화를 내는 이유를 뻔히 알고 있었다. 그는 속으로 웃었다. 이 정도는 예상했던 반응이다.

자존심이 강한 자들, 이런 자들을 명대로 따르게 하는 것은 결코 쉽지 않은 일이다. 하지만 해야 한다.

"아인돌프 경, 경에게 말씀드리지만 6만의 병사를 이끌고 내란 상태의 발도어 왕국을 치는 것은 저에게는 아주 쉬운 일입니다. 신중하게 논의할 정도로 어려운 일이 아니지요."

"……!"

하이번의 이 말에 아인돌프는 물론이고, 다른 무장들도 그대로 굳어 버렸다. 하이번은 생각했던 반응에 속으로는 회심의 미소를 지으면서도 겉으로는 평이하게 말을 계속했다.

"문제는 경들이 제가 명하는 대로 움직이는가 하는 것입니다. 명령서대로 움직이기만 하면 무조건 가장 빠른 기간 내에 발도어 왕국을 완전히 정복할 수 있습니다."

"으음……."

반발을 할 수 없다. 아인돌프는 왕국 하나를 완전히 정복하는 것이 쉽다고 단언하는 말에 힘이 쫙 빠져 버렸다.

정작 이런 황당한 말을 하는 하이번의 표정은 그야말로 너무나 초연했다. 단순한 허세가 아닌 스스로 정말 믿고 있는 자의 모습으로밖에 보이지 않는다.

"두고 보겠소."

결국 아인돌프는 이 한마디를 겨우 내뱉고 자리에 앉았다.

사실 이 정도 되면 굳이 발튼 후작이 나설 필요도 없다. 그는 황제 앞에서 무장들 전체를 무시하는 발언을 했을 뿐만이 아니라 전쟁의 승리, 그것도 일방적인 승리를 단언했다.

황제 앞에서 허언을 하는 자는 사형감이다. 이번 일에 실패할 경우 하이번의 목은 절대 무사하지 못할 것이다.

이 상황을 뒤쪽에서 보고 있던 휴케바인은 보일락 말락한 미소를 지었다.

'폐하께서 왜 저 사람에게 병권을 넘겼는지 알 만하군. 비슷한 부

류야.'

말이 안 통한다. 모든 것을 힘으로 해결한다. 그는 이렇게 명쾌한 부류를 좋아했다. 거기에 시키는 대로 하면 확실히 이긴다는 건 휴케바인에게는 아주 익숙한 상황이다.

이것만으로도 하이번이 왠지 괜찮은 사람처럼 느껴졌다. 따지고 보면 그를 처음 천거한 것도 자신이 아닌가?

'흐흐. 아마 적어도 이 슈란 왕국에선 내가 처음으로 저자에게 호감을 느낀 기사일 거야.'

여기까지 생각하니 뿌듯한 느낌이 들었다. 휴케바인은 특유의 음흉한 미소를 지으며 하이번을 주시했다.

이 순간 누군가의 머리 속에서 레오와 동일한 부류로 판단된 사실을 전혀 모르는 하이번은 자신의 임무를 수행하고 있었다.

"그럼 모두 납득하신 것 같으니 회의를 끝내겠습니다. 내일 아침 폐하께서는 친히 출정해 주십시오."

"그러도록 하지."

레오는 손을 약간 들어 승낙했다. 하이번은 공손히 고개를 숙여 황제의 윤허에 감사를 표했다.

그것으로 회의는 끝났다. 거의 아무런 토의도 없이 일방적으로 하이번 후작의 마음대로 전쟁을 진행하기로 결정이 나버렸다.

대부분의 무장들은 마음속으로부터 불쾌감과 괘씸한 감정이 치솟았지만 애써 참았다. 어차피 결과를 보면 알 일이다. 오히려 후일을 위해서는 하이번 후작의 명령서에 충실히 따라야만 한다.

명령서대로 안 했다가 죄를 뒤집어쓰거나, 그가 실수했을 때 빠져나갈 구멍을 만들어서는 결코 안 되기 때문이다. 그들은 하나같이 두고 보자고 이를 갈았다.

황제 앞에서 단언한 이상 하이번이 빠져나갈 구멍은 없다.

하지만 마음 깊은 곳에서는 하이번 후작의 허풍과도 같은 장담에 묘한 감동이 생기는 것만은 막을 수 없었다.

다음날 새벽, 해가 아직 뜨기도 전에 레오는 2만의 병사와 함께 출정했다.

수도의 방어는 재론의 여지없이 타로스에게 맡겨졌다. 그에게는 기존의 가이안 영지의 병사들 중 영지에 남겨놓은 1천을 뺀 5천이 귀속되었다.

부대의 가장 선두 중앙에는 흑사자의 상징이 된 검은 갑옷을 입은 레오가 있었다. 휴케바인은 바로 그 옆에서 가장 큰 말을 타고 가이안 제국을 상징하는 검은 사자가 포효하는 문양의 깃발을 들었다.

깃대의 길이가 5m에 달하고 그 위에 휘날리는 천의 폭만 해도 2m가 넘는 거대한 깃발이었다. 휴케바인을 제외하고 이 깃발을 한 손으로 들 수 있는 자는 레오 정도밖에 없을 것이다.

바람도 레오와 함께 출정하듯 세차게 불었다. 휴케바인이 들고 있는 황제의 깃발을 비롯한 각 부대의 기들이 거세게 펄럭이고 있었다.

"출발하자."

레오가 말하자 휴케바인이 그를 대신해서 황제기를 높이 들어올리며 외쳤다.

"진군!"

"와아아아아아아!"

둥, 둥, 둥, 둥!

함성과 함께 출군을 축하하는 북이 울리기 시작했다. 2만의 행렬은 상당히 길고 웅장했다. 그리고 그 가장 선두에 대륙 최강의 존재인 그들의 새로운 황제가 검은 망토를 휘날리며 나아갔다.

*   *   *

"출발하는군."

"이제 보름 후에는 하이번이 이끄는 2차 군도 전장으로 향할 것이오."

"수도의 수비군은 5천이 남을 뿐이지."

"흥, 제국이라니? 다들 제정신이 아니오."

몇몇의 귀족들이 성문을 나서는 1차 출정군을 보고 속삭이는 목소리로 대화를 나누고 있었다. 그들은 하나같이 과거 두카 공작의 밑에서 중앙 대귀족으로서 영화를 누리던 자들이었다.

그중 갸름한 얼굴을 한 남자가 교활해 보이는 미소를 지으며 말했다.

"모든 일은 계획대로 될 것이오. 슈란 왕국은 정통한 혈통을 지닌 왕이 다스리게 될 것이오."

"암, 우리는 반역을 하는 것이 아니라 구국을 하는 것이오."

다른 자들도 질세라 미소를 지으며 맞장구를 쳤다.

그러나 역시 불안감을 완전히 감출 수는 없는지 얼굴 한구석에는 그늘이 져 있었다.

그중 한 사람이 결국 참지 못하고 사람들에게 물었다.

"정말 괜찮겠소? 흑사자의 명성을 보건대 만약 그가 살아남는다면 우리는 편히 잠을 잘 수 없을 거요.”

“잘텐 백작! 그대는 왕국의 정통을 세우는 일에 일신의 안전을 이야기하자는 것이오?”

갸름한 얼굴의 남자가 날카롭게 추궁했다. 잘텐 백작은 급히 입을 다물었다.

그러자 얼굴이 통통해서 사람이 좋아 보이는 자가 잘텐 백작을 위로하듯 말했다.

“염려 마시오. 아무리 강해도 혼자서 만 명을 이길 수는 없고, 어떤 강병이라도 굶고서 싸울 수는 없소. 만약 흑사자가 살아남는다 해도 그의 조카인 로엔을 인질로 잡을 것이니, 위험할 일은 절대 없소.”

“그, 그렇군요.”

잘텐 백작은 황궁에 남아 있는 흑사자의 조카를 떠올리자 약간 안심이 되는 듯 고개를 끄덕였다.

갸름한 얼굴의 남자는 그런 잘텐 백작을 보며 의미심장하게 웃어 보이고는 다시 말했다.

“가장 중요한 것은 우리가 일을 꾸민 것 자체가 겉으로 드러나지 않는다는 것이오. 흑사자의 목을 확인하기 전에는 절대로 그가 우리를 모르게 해야 하오.”

“그게 가장 좋겠습니다!”

잘텐 백작은 완전히 자신감을 얻은 듯했다. 무엇보다 흑사자 레오가 적이 누군지를 모르게 한다는 것이 마음에 들었다.

“흑사자와 애슐론 왕국의 하이번 후작의 목을 베고 슈란 왕국의 정통 왕위 계승자인 샤를로트 공녀를 여왕으로 옹립하면, 우리는 구국의 영웅이 되는 셈이오. 자부심을 가집시다.”

통통한 얼굴의 남자가 하는 말에 다른 자들도 모두 그의 말이 진리라는 듯 기쁜 얼굴을 했다.

그들은 흑사자가 황제가 되면서 새로운 기득권 세력이 생기는 것을 원하지 않았다. 이들 대부분이 문신 귀족들이었기에 전쟁으로 인해 무관 귀족들의 세력이 강해지는 것도 탐탁지 않게 생각했다.

심지어 왕국이 제국이 되어 더욱 부강해진다고 해도 상대적으로 자신들의 영향력이 줄어드는 것이 더 큰일이라고 생각하였다.

무엇보다 일개 자작에 불과했던 레오란 자가 일대의 강함으로 인해 단번에 왕위를 잇는 것을 참을 수 없었다.

이번 일이 성공하면 정통 왕위 계승자이자 공작 영애인 샤를로트가 여왕이 된다. 그리고 자신들은 그녀를 옹립한 공으로 작위가 올라 막강한 권력을 휘두를 것이다!

비록 왕국이 일시적으로 약해지더라도 그것은 어쩔 수 없다고 생각했다. 장기적으로 볼 때 귀족의 권위와 서열이 문란해지는 것이 더욱 큰 문제라고 믿었다.

작위와 혈통! 그것은 이미 그들에게 있어서 신앙과도 같은 것이라 할 수 있다.

*   *   *

레오가 이끄는 선발대는 정해진 경로를 따라 진군을 계속했다. 수도에서 국경선에 도착하는 데에 3주가 소모되었다. 대군을 이끌고 진군하는 속도치고는 무척 빠르다고 할 수 있었다.

그럼에도 불구하고 그들이 국경에 도달했을 때에는 이미 발도어 왕국의 군사들도 방어 성채에 모이고 있었다. 옆 나라에서 대군이 움직이는 것도 모를 정도로 정신이 없지는 않은 모양이다.

발도어 국경 근처에서 마지막 야영 준비가 이루어졌다. 다음날 치를 전투를 위해 지휘관들은 모두 모여 회의에 들어갔다.

"어떻게 하라고 되어 있지?"

레오는 발렌에게 확인하듯 물었다. 국경에 도착했으니 이제는 하이번 후작의 작전대로 움직여야 한다. 이번 전쟁은 그에게 맡겼기 때문이다.

"예. 작전 계획서에 따르면, 우선 이곳 체윈 성을 제압하라고 되어 있습니다. 그 후엔 다른 곳의 방어 성채는 무시한 채 곧바로 적의 수도를 향해 전력으로 진군하랍니다."

"나쁘지 않군."

레오가 마음에 든다는 듯한 태도를 보이자 발렌은 이 작전의 문제점을 거론했다.

"하지만 그럴 경우 잘못하면 보급이 힘들어집니다."

"그건 본대가 알아서 할 것이다. 우리는 가장 빠른 시기에 적의 심장을 뚫기만 하라는 것 같군."

레오는 하이번의 작전을 그렇게 판단했다. 다른 무장들은 위험하다고 말하지만 레오는 별로 위험하다고 생각하지 않았다.

방어 준비를 겹겹이 하고 기다리는 적을 상대하는 것보다는 선발대가 하루라도 빨리 심장부를 점령하는 것이 더욱 효율적인 것 같았다.

물론 그 선발대는 적의 군대 전체의 압력을 이겨내야 한다. 하지만 그것도 조직화 된 움직임이 아닌 개별적인 움직임이다. 거점만 점령하면 적은 뭉칠 수 없게 된다.

"그렇다면 우리 선발대는 적의 중심으로 파고들어 그들이 뭉치지 못하게 하는 역할인 겁니까?"

휴케바인도 레오와 비슷한 생각을 한 듯 물었다.

"그런 것 같군. 바로 진군하여 체윈 성을 함락시킨다. 휴식은 그 다음이다."

레오는 자리에서 일어나며 선언했다.

야영 준비를 시켜놓고 회의를 하다가 갑자기 무슨 진군이란 말인가? 주변 무장들은 레오의 변덕스러운 명령에 난감한 표정으로 발렌을 바라보았다. 그들 모두는 이럴 때 이의를 제기할 수 있는 이가 누군지 알고 있었다.

"이제 저녁입니다. 병사들에게 휴식할 시간을 주지 않으면 전투력이 떨어질 겁니다."

간절한 시선을 한 몸에 받은 발렌은 조심스럽게 모두의 의견을 대표하여 말했다. 발렌의 말에 기다렸다는 듯 지휘관들의 고개가 위아래로 열심히 움직였지만, 레오는 받아들이지 않았다.

"지금부터 진군하면 새벽녘에는 전투를 할 수 있지. 하루다. 제대로 준비되지 않은 체윈 성 따위라면 하루가 가기 전에 함락시킬 수 있다!"

"알겠습니다. 준비시키겠습니다."

발렌은 어쩔 수 없다는 듯 명을 받았다. 병사들의 불만이 상당할 것으로 생각되지만 주군의 단호한 명에 따를 수밖에 없었다.

다른 무장들도 불만이 있는 얼굴이었다. 병사들의 사기를 떨어뜨리면 별로 좋지 못하다는 것은 상식이다. 무리한 행군과 전투가 장기적으로 볼 때 결코 좋지 못한 영향을 끼칠 것이다.

　오직 휴케바인만이 흥분한 얼굴로 입에 웃음을 한가득 띠며 막사를 나왔다. 그는 실제 전쟁을 경험했기에 군사적 상식도 풍부했다. 하지만 그 이전의 경험으로 상식적인 군사 활동과는 다른 레오의 명령이 가지는 진짜 의미도 알 수 있었다.

　'이거야말로 옛날하고 똑같군. 얼른 끝내고 쉬자에 넘어간 놈들이 어디 한둘인가? 막싸움이나 전쟁이나 결국 같은 요령으로 하는 거지.'

　휴케바인은 자신이 과거 레오의 밑에서 영지 내의 왈패들을 지휘했던 기억을 떠올리며 생각했다. 기사가 되고 이제 또 작위까지 받은 후 나름대로 긴장을 했었는데, 그게 다 소용없는 일이라는 것을 깨달았다.

　결국 황제가 되었어도 레오는 그때나 지금이나 비슷하다. 완전히 같을 수는 없지만 성격이나 싸우는 방법에 있어서는 거의 비슷한 방식을 고집한다.

　군대를 지휘하는 것과 동네 왈패들을 부리는 것은 엄연히 다른 것이지만 사람을 다룬다는 점에서는 같다. 휴케바인은 나름대로 자신감을 얻었다.

　부웅, 부웅, 부웅.

　"진군이다! 천막 설치를 중지하고 이동 준비를 해라!"

　각 부대의 지휘관들은 본대로부터 달려온 전령의 명령서를 보고 인상을 구기며 외쳤다. 진군을 알리는 뿔고동 소리가 이 명령을 증명이라도 하듯 울려 퍼지고 있었다.

　이미 야영을 하기 위해 진군을 멈춘 상태의 병사들은 갑자기 전투 진군 명령이 떨어지자 투덜거리기 시작했다.

　"이건 너무하잖아! 자고 싸우면 어디가 덧나나? 적이 쳐들어온 것도 아니고 우리가 공격하는 건데 편할 때 싸우자고!"

"이보쇼, 사관 어른! 웬만하면 자고 가자고 위에 말 좀 해보시오!"

"명령서에 쓰여 있다! 황제의 명으로 체윈 성을 함락하기 전까지는 휴식이 없다."

"이런 젠장!"

황제의 명이라는데 무슨 할 말이 있겠는가? 병사들은 이를 갈면서 짐을 꾸렸다. 부대기와 함께 각 분대별로 등잔을 매단 창이 그들의 선두에서 길을 인도했다.

"서둘러라! 날밤을 새우는 것은 건강에 좋지 않다. 빨리 끝내고 해가 뜨기 전에 잔다!"

앞쪽에서 누가 외쳤다. 병사들은 투덜대면서도 걸음걸이를 더욱 빠르게 했다. 그러나 한참을 가도 목적지인 체윈 성은 나타나지 않았다. 반나절 이상을 가야 나오는 거리인데, 앞쪽의 지휘관은 한두 시간이면 나올 것처럼 말하고 있었던 것이다.

해가 질 무렵 진군을 시작해서 어느덧 자정이 되었다. 병사들은 노골적으로 짜증을 내기 시작했다.

채윈 성이 나타나면 목숨을 건 전투를 벌여야 한다. 다른 전쟁이었다면 이들은 당연히 불안한 감정을 느껴야 했다. 하지만 이들 모두는 자신들도 모르게 도착만 하면 모든 것이 끝날 것이라 생각하고 있었다.

흑사자의 힘을 믿고 있기에 성에 도착하기만 하면 즉시 성이 함락되리라는 믿음인 것이다.

그런데 아무리 걸어도 성의 모습은 보이지 않고 있었다.

"체윈 성은 언제 나오는 거야? 빨리 끝내고 쉬자던 사람이 누구야?"

"이거 날 새겠잖아!"

그들이 그렇게 중얼거리고 있을 때 앞에서 외치는 소리가 들렸다.

"체윈 성이다!"

"와아아아아아!"

갑자기 전군이 함성을 지르기 시작했다. 이제는 쉴 수 있다! 그런 의미의 함성이었다.

레오는 그런 병사들의 기분을 피부로 느끼는 듯 지체없이 몸 안의 힘을 끌어모아 크게 외쳤다.

"즉시 공격을 가한다! 이제 곧 해가 뜬다. 늦기 전에 끝내라!"

둥, 둥, 둥!

"가자!"

휴케바인이 깃발을 앞으로 세우고 달려나갔다. 그가 이끄는 부대원들이 뒤를 따랐다. 그리고 다시 그 뒤쪽의 부대들이 성벽을 오르기 위한 갈고리와 사다리를 들고 진격했다.

전열을 가다듬기 위해 멈추는 일조차 없었다. 그들은 도착하는 순서대로 성벽에 달라붙기 시작했다. 체윈 성의 병사들은 밤중에 자신들의 바로 앞까지 진군해 온 적군에 놀라 화살을 쏘는 것도 잊을 정도였다.

이렇게 보자면 공격하는 자나 수비하는 자, 서로가 전혀 마음의 준비가 안 된 상황이라는 점에서는 동일한 조건이다.

단지 이쪽은 레오의 명에 따라 각 부대의 지휘관들이 이곳까지 오면서 성 공략의 순서를 논의해 그대로 움직일 뿐이다.

레오는 가장 앞에서 달리고 있었다. 성벽까지 도달해 뒤를 보니 휴케바인이 그의 바로 뒤를 따르고 있었다.

"휴케바인, 깃발을 나에게 넘기고 너는 부하들을 지휘하라."

"알겠습니다!"

휴케바인은 두말없이 황제의 기를 레오에게 넘겼다. 레오는 친히 자신의 기를 들고 명했다.

"사다리를 걸쳐라!"

휘익, 탁!

성벽 위쪽으로 사다리가 걸쳐졌다. 다음 순간 레오는 두 발만으로 사다리를 밟고 뛰어오르기 시작했다.

타타탁.

높이가 20m나 되는 성벽에 걸쳐진 사다리를 마치 평지에서 달리는 것처럼 뛰어올랐다. 레오가 한 손에 들고 있는 길이 5m의 황제기가 공격하는 자와 방어하는 자 모두의 시야에 들어왔다.

"막아랏! 화살을 쏴!"

성벽 위에서 누군가가 외쳤다. 그러자 수천 발의 화살이 레오에게 쏟아지기 시작했다.

슈슈슈슈슝—

그들은 기를 든 자가 누구인지 몰랐을 것이다. 단지 가장 눈에 띄는 자를 처리하여 상대의 사기를 꺾으려 했을 것이다.

하지만 레오는 멈추지 않았다.

그는 어깨에 걸쳐져 있던 망토의 한쪽 고정쇠를 풀었다. 그리고 오른손으로 그 풀어진 고정쇠를 잡고 망토를 사방으로 휘두르기 시작했다.

파파파팡!

검은 망토가 요란한 바람 소리를 내며 폭풍처럼 휘둘러졌다. 화살들은 그 망토의 힘에 모두 튕겼다. 일반 화살뿐만 아니라 수성용 대형 궁노인 발리스터의 화살도 튕겼다. 명중하기만 하면 바위도 부수는 파괴

력을 지닌 거대한 강철 화살이 레오의 망토에 맞아 속 빈 갈대처럼 꺾
여 버렸다.

"바위를 굴려라!"

목이 찢어질 것 같은 고음이 공기 중에 울려 퍼지자 레오가 달려 올
라가던 사다리 위쪽으로 사람 몸통만한 바위가 올려졌다. 성을 지키던
병사들도 레오가 든 기가 성 위로 올라오면 안 된다는 것을 느낀 듯 필
사적으로 막으려 했다.

구르르릉, 타타탁!

바위는 사다리를 타고 굴러 내려왔다. 사다리의 발디딤대들이 바위
의 무게를 견디지 못하고 부러지는 소리가 들렸다. 레오는 자신의 바
로 앞까지 다가온 바위를 본 순간,

"찻!"

탁—

기합을 지르며 허공으로 뛰었다. 그리고는 순간적으로 망토를 몸에
두르고 자유롭게 된 오른손으로 등에 멘 검을 뽑았다.

촤악—

"아! 저럴 수가!"

성을 지키던 병사들은 경악으로 가득 찬 비명을 질렀다.

검은 망토를 어둠의 날개처럼 펄럭이며 공중으로 솟아오른 자가 떨
어져 내리는 바위와 스쳐 지나갔다. 다음 순간 바위는 허공에서 정확
하게 둘로 갈라졌다.

거대한 깃발을 든 자는 그대로 성벽 위에 올라섰다. 병사들은 감히
그의 주변으로 다가가려 하지 못했다. 겁에 질린 그들은 이 괴물 같은
존재로부터 조금이라도 멀어지기 위해 뒷걸음질쳤다.

쾅, 펄럭펄럭.

레오는 성벽 위에 버티고 서서 자신이 들고 올라온 기를 그 자리에 박았다. 성 위의 밤바람을 받은 사자의 깃발이 펄럭여 밤하늘에 그 모습을 드러냈다.

레오는 주변을 한 번 둘러보고는 자신을 바라보고 있는 모든 사람들에게 들으라는 듯 외쳤다.

"나는 가이안의 황제 레오다! 이 성은 지금부터 나의 것이다!"

"흑사자다!"

성을 지키던 병사들은 그때서야 가장 먼저 성에 오른 자가 누구인지를 알았다. 흑사자에 대한 공포가 빠르게 퍼져 나가기 시작했다.

와아아아아아—

반면 성 밑에서는 커다란 함성이 울려 퍼졌다. 가이안의 병사들은 미리 예상했던 것처럼 성에 도착하기만 하면 그 즉시 성이 함락되는 것을 눈으로 확인했다. 이제는 잔병의 처리만이 남았을 뿐이다.

양군의 사기는 극도로 갈렸고, 체원 성의 병사들은 순식간에 싸울 의욕을 잃어 뒤쪽 성문을 열고 도망가기 시작했다.

레오는 일단 황제의 기를 성벽 위에 꽂은 후에는 단 한 걸음도 움직이지 않고 버티고 서서 실제로 성이 함락되는 광경을 지켜봤다. 수많은 병사들의 생과 사가 걸린 전투이다.

그 광경을 보고 있으면 심장이 뛰고 자신도 무리 중에 섞여 피를 뒤집어쓴 채 검을 휘두르고 싶은 충동마저 느껴졌다.

하지만 이제는 움직일 필요가 없다. 이미 자신이 할 일은 끝났다.

레오는 하이번이 자신에게 한 말을 회상했다.

"제국은 대륙을 점령하고 전쟁에서 이긴다고 세워지는 것이 아닙니다. 황제는 스스로 될 수 없는 직위입니다. 제국은, 진정한 황제는 대륙의 인정을 받은 존재가 되는 것입니다. 폐하께서 저에게 물으시고 제가 대답했던 것처럼 혹사자는 제국을 세우고 황제가 될 자격이 있습니다. 강함! 인세의 상식을 뛰어넘는 강함을 대륙 모두가 인정했기에 폐하가 스스로 황제가 되어도 모든 사람이 납득할 것입니다."

그는 그렇게 말하며 레오에게 충성을 맹세했다. 그리고 그 뒤에 덧붙였다.

"패도의 극을 걸으십시오. 사람들이 혹사자가 전신이라고 믿게 하십시오. 움직이지 않는다면 몰라도 일단 움직이면 폐하의 힘을 보이셔야 합니다. 그냥 이기는 것으로는 안 됩니다. 모든 사람의 예상을 뛰어넘는 신위를 보이며 이겨야 합니다. 패황! 패황의 위엄을 세우십시오. 그것이 바로 제국을 세우는 길입니다."

'어려운 주문을 하는 놈이지.'
레오는 피식하고 웃었다. 그냥 이기면 되지 무슨 신위까지 보이란 말인가? 하지만 하이번이 말하는 의미를 납득할 수 있었다. 납득하면 의견대로 해준다. 그게 옳은 일이라는 것을 아는데 무엇을 망설이겠는가?
성은 거의 함락되고 있었다. 이제 병사도 지휘관들도 불평을 말하는 자는 없었다. 피와 승리에 취한 자들은 일시적으로 피로를 잊는다. 그리고 승리 뒤의 여유로운 휴식은 모든 것을 잊게 해준다. 남는 것은 승리했다는 사실뿐이다.

'귀찮군. 한 번 했으니 다음부터는 장군들에게 일임하는 게 좋겠어.'

레오는 그렇게 생각하며 손으로 머리를 긁적였다. 생각해 보니 이번 전투에서 그는 검을 뽑아 바위를 한 번 잘랐을 뿐이다. 사람은 단 한 명도 베지 않았다.

❖ Chap 5 ❖
제국의 영토

　흑사자 레오가 이끄는 가이안 제국의 선발대 2만은 파죽지세로 발도어 왕국을 둘로 가르며 전진했다. 그들은 얼마 전 레오가 점령했던 수도를 향해 일직선으로 나아가는 중이었다.

　이에 발도어 왕국 내에서 왕위를 다투던 세 명의 대귀족은 내란을 중지하고 일단 외세를 몰아내기로 협약을 했다. 그러나 그런 협약도 강력하게 주도하는 자가 없으니 실질적으로 큰 힘을 발휘할 수 없었다.

　무주공산! 주인이 없는 산은 먼저 자리잡는 자가 주인이 된다. 지금의 발도어 왕국이 바로 그랬다.

　레오는 하이번의 작전서에 따라 보급 문제를 전혀 고려하지 않고 앞으로만 나아갔다. 점령한 영지에 주둔군도 두지 않았다.

　반면에 하이번이 이끄는 후발대 4만은 전투보다 레오가 지나간 영지의 점거를 주목적으로 했다. 그리고 그곳을 기점으로 각 지방의 주요 거점을 각개격파하는 식이었다.

레오가 무시하고 지나간 각 영지에 있는 성을 하나씩 함락시키고는 일정 수의 병사들을 그 성에 남기고 다음 영지로 진군하는 식이었다. 대부분의 성에는 소규모의 병사들만 남아 있었기 때문에 점령 자체는 아주 쉬웠다.

하지만 여기서 문제가 발생했다.

"병사들을 성 밖에 절대로 나가지 못하게 하다니? 성 주변에는 저항군이 판을 치고 있소. 그들을 토벌하지 않으면 절대로 이 지역을 점령했다고는 말할 수 없을 것이오."

모든 무장들을 대표한 발튼 후작은 하이번에게 와서 정식으로 항의했다.

하이번은 점령한 영지를 관리하기는커녕 농성이라도 하듯 병사의 출입을 금지시키고 있었다.

이미 주요 성채 여섯 개를 함락시키고 그 주변의 주요 요새들도 손에 넣었다. 발도어 왕국의 영토 중 3분의 1은 가이안 제국군의 손에 들어온 셈이다.

하지만 그뿐이었다. 성이나 요새 안에는 충분한 병력을 주둔시키면서 정작 도시나 마을 안쪽에는 치안을 담당하는 병사조차 보내지 않고 있었다.

도시나 마을, 그리고 논과 밭에서 세금이 걷힌다. 재물도 그곳에서 나온다. 성에 틀어박혀 있어봤자 생기는 것은 없다.

발튼 후작은 다시 말했다.

"이곳 모리넨 성도 마찬가지가 아니오? 모리넨 시티에 사는 시민들은 우리 가이안 제국군이 왔는지조차 모른다고 병사들이 농담을 할 정도요."

성만 함락시키고 그 안에 들어가 나오지 않으니, 피난을 가려던 자들이 주저앉아 눈치만 보는 실정이라고 한다. 레오가 지나갈 당시 놀라서 도망갔던 사람들도 돌아오는 중이다.

심지어는 도시의 치안 병사들도 그냥 하던 일을 하기 시작했다는 것이다. 보통 치안 병사들이라고 해도 적병은 적병, 다른 왕국에서 쳐들어올 경우 숨거나 도망가야 한다. 그렇지 않으면 처형당하기가 쉽다.

모두의 걱정을 뒤로한 채 하이번은 웃었다. 자신이 구상한 대로 모든 것이 아주 잘 진행되고 있었다.

"매우 좋습니다. 이대로 전쟁이 끝날 때까지 우리 군은 절대로 도시나 마을 쪽으로 들어가면 안 됩니다. 이것은 폐하의 정식 명으로 취급하여 가장 엄하게 금지해야 할 부분이니, 발튼 후작께서도 유념해 주십시오."

"음, 무슨 고견이 있소이까?"

이쯤 되면 발튼 후작도 묻지 않을 수 없었다. 하이번 후작의 말에서 도시를 건드리지 않는 것이 보통 일이 아니라는 것을 알 수 있었다.

하이번 후작은 미소를 지으며 차를 따라 발튼 후작에게 내밀었다. 이야기가 길어진다는 뜻이다.

발튼 후작은 사양하지 않고 자리에 앉아 찻잔을 들어 안에 든 홍차를 한 모금 마셨다. 그리고는 조용히 가라앉은 눈으로 하이번 후작의 설명을 기다렸다.

하이번 후작은 드디어 슈란 왕국의 무관들 중 자신의 설명을 편견없이 들을 준비가 된 사람을 만났다고 생각했다.

지금까지는 어떻게 설명을 하고 무슨 작전을 주장해도 모두 반발을 당했을 것이다. 완벽하고 뛰어난 작전일수록 반발이 심할 가능성이 높다.

슈란 왕국과 애슐론 왕국의 사이는 그만큼 좋지 않았고, 자신의 계략에 걸려 죽은 슈란 왕국의 무장들도 적지 않았기 때문이다.

그래서 오히려 반대로 일체의 설명없이 무조건 작전을 시행했다. 나는 완벽하다! 무조건 내가 하자는 대로 하면 성공한다! 그렇게 주장했다. 그것에는 반박이 불가능하기 때문이다.

하지만 이제 한 명, 한 명 설득을 해야 한다. 진정으로 이들의 믿음을 얻어야 할 것이다. 그 첫 번째 대상이 지금 앞에 있다. 그것도 제국의 무관들 중 최고위에 속하는 발튼 후작이다.

그는 신중하게 설명을 시작했다.

"병사들이 도시나 마을로 들어가게 되면 아무래도 영지민들이 피해를 입게 됩니다. 약탈이 일어날 수도 있고, 그것을 금한다고 해도 적어도 거리에 무장 병사가 지나간다는 것만으로도 시민들이 불안해할 것입니다."

"그것은 어쩔 수 없는 것이 아니겠소? 처음에는 약간 엄격하게 영지민들을 관리해야 그들이 굴복할 것이오."

발튼 후작은 이해할 수 없다는 표정이었다. 그 역시 대대로 내려온 대귀족이었기에 영지민들의 특성과 영주로서 다루는 법은 알아도 그들 개개인의 생각은 잘 이해하지 못하고 있었다.

하이번 후작은 고개를 저었다. 그가 슈란 왕국의 침공에 대비해서 2년간이나 버틸 수 있었던 힘은 병사가 아닌 영지민의 힘이었다. 발튼 후작은 그것을 아직 깨닫지 못하고 있었다.

"발도어 왕국의 귀족들을 굴복시킬 수는 있습니다. 하지만 영지민은 굴복시킬 수 없는 존재입니다."

"영지민을 굴복시킬 수 없다? 영지민은 영주의 명에 따르는 존재일 뿐이오."

"영지민들에게도 왕국에 대한 충성심은 있습니다. 그것을 바꾸는 것은 귀족을 회유하는 것보다 오히려 어렵습니다. 왜냐하면 귀족들에게 영지란 재산이지만 영지민들에게는 고향이기 때문입니다."

"발튼 영지는 내 고향이오! 나에게도 소중한 곳이오!"

"경의 말씀이 틀리다는 것은 아닙니다. 하지만 대부분의 귀족들은 새로운 영지를 하사받으면 기존의 영지를 반납하고 더 좋은 영지로 떠나고는 하지요."

"……."

발튼 후작은 입을 다물었다. 과연 하이번 후작의 말은 틀리지 않다. 대귀족이라면 몰라도 하급 귀족들은 작위가 오르면서 아예 거점을 옮기는 경우가 많았다. 그 경우 아예 성을 새로운 영지의 것으로 바꾸어 버리는 경우도 있었다.

"하지만 영지민은 다릅니다. 영주가 바뀐다 해도 영지민은 영지에 남습니다. 그렇기 때문에 귀족은 칠 수 있어도 영지민은 건드리면 안 됩니다. 한 번 영지민의 원망을 사면 그 원망은 아주 오랫동안 지속될 것입니다."

하이번 후작은 그렇게 말하면서 과거 슈란 왕국이 쳐들어왔을 때 자신이 어떻게 애슐론 왕국의 영지민들의 충성심을 이용해 교란 작전을 펼쳤는가에 대해 예를 들어 설명하기 시작했다.

겉으로는 나타나지 않아도 안에서는 끊임없이 문제가 발생한다. 모든 지역에 주둔군을 둘 수 없는 이상 항상 저항의 의지는 남아 있기 마련이다.

주둔군이 엄격하면 할수록 나중에 더 큰 원망이 저주처럼 남게 된다. 약간의 방법만 가르쳐 주면 그들은 절대로 포기하지 않는 가장 은밀하고 질긴 조직으로 변한다.

발튼 후작은 고개를 끄덕일 수밖에 없었다. 승승장구하던 슈란 왕국이 밀리기 시작한 원인이 바로 그것이었다. 하지만 아직은 할 말이 남아 있었다.

“으음, 경의 말을 대충은 알겠소. 하지만 그렇다고 해서 병사들을 아예 도시로 들어가지도 못하게 하는 것은 처음부터 점령을 하지 않는 것과 다름없지 않겠소?”

“도시나 마을은 점령하지 않습니다. 우리가 점령하는 것은 발도어 왕국과 발도어의 각 귀족들입니다. 그들이 제국에 굴복하면 그들의 영지는 자연적으로 제국의 영토가 될 것입니다.”

하이번 후작은 단호하게 말했다.

“발도어는 점령하되 도시나 마을은 점령하지 않는다? 그것은……”

무엇인가 이상하다. 발튼 후작은 입으로 하이번 후작의 말을 중얼거리며 생각했다. 그리고 곧 그 이상한 점을 발견했다.

“그렇다면 발도어의 영지는 발도어의 귀족들에게 맡긴다는 말이오?”

“그렇습니다.”

“하나도 남김없이 모두?”

“발도어의 귀족들이라면 영지민들의 관습을 잘 알고 있는 만큼 쉽게 인심을 얻을 수 있을 겁니다.”

“그렇다면 이번 전쟁에 들어간 비용은 어디에서 충당하오? 또한 우리 군의 논공행상은? 폐하를 위해 공을 세운 자들에게는 무엇을 상으로 준단 말이오?"

왕국을 점령하면 그 영지를 빼앗아 전공을 세운 자에게 내리는 것이 상례가 아닌가? 도시에 들어가지 않으니 재물도 모을 수 없다. 그 위에 영지조차 얻지 못한다면 목숨을 걸고 싸운 무관들의 공은 무엇으로 보상한단 말인가?

만약 왕실이 존재한다면 국가 차원의 전쟁 보상금이라도 받겠지만 지금 발도어에 왕실은 없다. 결국 전쟁에 이긴다고 해도 별 소득 없는 소모전을 치른 셈이 된다.

발튼은 말을 하다 말고 갑자기 입을 다물었다. 무언가 이상하다. 저 하이번은 이런 단순한 사실을 놓칠 사람이 아니다.

아니나 다를까, 발튼의 말에 하이번 후작은 의미심장하게 웃었다.

그 점이 바로 이번 전쟁에서 가장 어려운 점이었다. 제국에 항복한 발도어 왕국의 귀족들에게 발도어의 영지를 내리는 것은 이곳을 자연스럽게 제국에 흡수시키는 뛰어난 방법이다. 왕국이 없어지고 충성의 대상이 제국으로 바뀔 뿐이니 민심은 쉽게 안정될 것이다.

하지만 그것으로는 싸우는 자들의 인심을 얻을 수 없다. 불만은 나날이 격화될 것이고, 결국 무장들은 황제를 위해 충성을 바치는 것을 꺼려하게 될 것이다.

하이번 후작은 아주 작은 목소리로 발튼 후작에게 말했다.

"지금까지 말한 내용은 비밀로 해주십시오. 일이 완성되기 전까지 다른 무장들이 이런 정책에 대해 알아서는 곤란합니다."

발튼 후작이 알았다는 의미로 고개를 끄덕이자 하이번은 다시 말을 이었다.

"이번 전쟁이 끝나기 전에……."

하이번의 설명이 끝나자 발튼은 자신도 모르게 버럭 고함을 질렀다.

"뭐라고? 그런!"

그는 질린 눈으로 하이번을 쳐다보았다. 분노와 당혹 등의 복잡한 감정이 발튼 후작을 괴롭히고 있었다.

그러나 하이번은 눈 한 번 깜박이지 않고 발튼 후작의 흔들리는 눈을 직시했다. 그리고는 조용히 고개를 끄덕였다.

자신의 예상은 틀림이 없을 것이고 무장들은 충분한 보상을 받게 될 것이다. 그의 눈은 그렇게 말하고 있었다.

*   *   *

선발대는 발도어의 수도를 눈앞에 두고 있었다. 여기에 오기까지 있었던 몇 번의 전투는 그들에게 있어 아무런 위협도 되지 못했다.

하지만 수도는 이야기가 다르다. 레오는 2만의 병사가 수도인 블라도스의 방어 성채 앞에 주둔시켜 놓고 작전회의를 열었다.

"항복을 요구하러 간 자는 아직 돌아오지 않았나?"

"옛."

"그럼 거절이라고 봐야겠군."

레오는 별로 심각하지 않은 얼굴로 그렇게 중얼거렸다. 그러자 옆에 있던 에고른의 안색이 변했다.

레오의 뒷말이 부담스러웠다. 주군의 성격으로 보아 지금 당장 공격을 시작한다고 선언할 것만 같았다. 무엇보다 일단 전투가 시작되면 적은 항복할 기회를 잃는다.

"아닙니다. 오히려 시간이 걸린다는 것은 저들이 망설이고 있다는 증거입니다."

"그런가?"

"그렇습니다. 지금 블라도스를 점거하고 있는 자는 데고트 후작입니다. 현재 발도어 최고의 귀족이지요. 그런 만큼 고민하고 있을 겁니다. 고민한다는 것은 마음으로는 항복을 하고 싶다는 뜻이 됩니다."

에고른은 최선을 다해 시간을 끌기 위한 설득을 했다. 그 보람이 있었는지 레오 또한 납득했다는 듯 고개를 끄덕이며 대답했다.

"그렇군."

안도의 한숨을 내쉰 것도 잠시, 뭔가를 생각하던 레오의 다음 말에 에고른은 역시나 하는 심정을 맛보아야 했다.

"기한은 내일 아침까지다. 그때까지 결정하지 못하는 자라면 필요없지. 내일 내가 일어나는 즉시 공격을 개시하도록. 이번에는 내가 선두에 서겠다."

"폐하께서 직접!"

사람들은 긴장한 표정을 지었다. 첫 번째 전투 이후 레오는 전면에 나서지 않았다. 발렌의 요청으로 무장들에게 공을 세울 기회를 준 것이다.

하지만 지난 몇 번의 전투는 정말로 소규모 전투였고, 그들 중 대부분은 이렇다 할 공을 세우지 못했다. 만약 레오가 군의 전면에 나선다면 그들은 선봉군에 속해 승리를 하고도 전공은 거의 없는 진귀한 사태에 처하게 될 것이다.

결국 무장들의 시선이 발렌을 향했다. 주군에게 어려운 말을 할 수 있는 자는 극히 한정되어 있다.

발렌은 그들의 눈빛에 담긴 뜻을 알고는 레오에게 말했다.

"폐하, 이런 대규모 전투를 경험할 기회는 많지 않습니다. 무장들에게 경험을 쌓을 기회를 주심이 어떠할는지요."

"내가 없는 전투를 말인가? 그것도 좋겠지."

전투가 열 번 있으면 그중 레오가 참가하는 전투는 한 번뿐이다. 혼자서 아무리 싸워 이겨도 국가 간의 전투는 그렇게 간단하게 결정되지 않는다. 발렌은 과거 레오에게 그렇게 말했다. 그러나 지금 상황을 보면 그것도 별로 신빙성이 없어 보였다.

그래도 레오는 발렌의 충고에 가볍게 손을 들어 허락했다.

"우리 군에서 대군의 지휘가 가능한 자는 하이번과 발튼 정도라고 알고 있다. 하지만 그들은 모두 후군에 속해 있으니, 내일까지 경들이 논의해서 나를 대신해서 성을 공략할 총지휘관을 선출하라. 나는 내일 나서지 않겠다."

"감사합니다."

무장들은 다행이라는 듯 얼른 허리를 굽혔다.

현재 수도 블라도스에 주둔하고 있는 적의 병력은 정예병 2만에 비정규군 4만이다. 결코 만만한 상대는 아니지만 그래도 그들은 자신들의 힘으로 수도를 점령할 수 있다고 판단했다.

선발군의 병사 수는 약 2만, 지난 몇 번의 전투에서 사상자가 거의 나지 않았다. 그런 만큼 군의 사기는 하늘을 찌르고 있었다.

이제 싸워서 공을 세우기만 하면 된다! 무장의 본능적인 야망이 가슴을 뛰게 했다.

해가 뜨고 병사들이 잠에서 깨어나 식사를 끝낼 때까지 블라도스에서는 회답이 없었다.

병사들은 오늘 수도를 공격할 것이라는 말을 들었기 때문에 저마다 나름대로 각오를 다지며 전투 준비를 하기 시작했다. 이제 수도만 점령하면 더 이상의 진격은 없다고 했다. 최종 목적지인 셈이다.

시간이 흘렀다. 하지만 아직 위에서는 진격 명령을 내리지 않았다. 어느덧 해가 하늘의 한가운데로 올랐다. 점심 식사를 할 시간이 되자 병사들은 왜 시작하지 않는지 의아해하며 빵과 음료수를 먹었다.

군대는 보통 저녁 때 불을 피우고 느긋하게 식사를 하고 아침에는 빵을 구운 후 야영지를 정리한다. 점심 때에는 아침에 여분으로 준비한 빵으로 간단하게 먹는다.

그때 지휘관이 앞쪽에 나와서 외쳤다.

"폐하께서 자비심을 베푸셔서 아침에 다시 한 번 서신을 보냈지만 결국 회답은 오지 않았다! 이제 공격을 시작할 때다!"

그의 말에 병사들은 혀를 찼다.

"허, 저놈들이 뭘 믿고 폐하의 은덕을 무시하는 거지? 간이 배 밖으로 나왔나?"

"그러게 말이야. 원래는 아침에 공격하기로 한 거잖아. 에잉, 그냥 공격하지. 괜히 시간만 낭비한 거군."

"그런 소리 마. 그래도 폐하께서는 가능하면 자비를 베풀려 하시잖아."

"맞아. 그래도 못 알아들으면 어쩔 수 없지."

그들은 이미 승리를 의심치 않았기에 상대방의 수장인 데고트 후작의 어리석음을 탓했다. 그와 함께 반나절을 더 기다려 준 레오의 자비심을 칭송했다.

둥, 둥, 둥.

　진군의 북소리가 울리자 병사들은 오와 열을 맞추어 앞으로 나아가기 시작했다. 저 멀리에는 수도의 성벽이 보였다. 일단 공격 가능 거리에 들어서자 2만의 군대는 중앙군 1만과 좌우군 각 5천씩으로 나누었다.

　앞쪽에 있는 병사들에게는 성벽 위에 있는 병사들의 얼굴이 보였다. 적병의 얼굴이 눈에 들어오자 가이안 제국 쪽 병사들의 표정이 더 더욱 의기양양해졌다.

　앞쪽의 병사들의 수군거림은 뒤로 퍼져 나갔다. 성벽 위의 적병들, 그들은 하나같이 불안한 표정을 짓고 있었다.

　"꿀물입니다."

　휴케바인은 레오에게 커다란 수통을 내밀었다. 레오는 그다지 기분이 좋지 않은 듯 인상을 찡그리고 있다가 휴케바인이 내민 수통을 거칠게 받아 벌컥벌컥 마셨다. 마법으로 만든 얼음이 들어간 꿀물이 잠에서 덜 깬 레오의 정신을 조금 맑게 만들었다.

　"왜 공격을 하지 않았지?"

　기운을 차린 레오는 옆에 있는 발렌에게 물었다. 그러자 발렌 대신 휴케바인이 대답했다.

　"폐하께서 주무시는데 어떻게 공격을 합니까?"

　"나는 나서지 않기로 했는데 무슨 상관이지?"

　다른 이들이 들으면 기가 막혀 뒤로 넘어갈 노릇이다. 아무리 직접 참전하지 않는다고 해도 출병은 봐야 한다. 한낮이 되도록 잠을 자면서 왜 너희끼리 가지 않았냐고 묻는 레오의 말은 그야말로 억지였다. 하지만 휴케바인은 씨익 웃으면서 애교스럽게 말했다.

"그래도 저희들이 싸우는 것을 봐주셔야 힘이 나지요."

"잠이 모자라다."

레오의 말은 거의 투정에 가까웠고, 휴케바인의 말 또한 투정을 달래는 내용이었다.

"흐흐흐, 수도만 함락하면 마음껏 주무십시오."

두 사람의 대화를 묵묵히 듣던 발렌은 조용히 고개를 저었다. 레오와 휴케바인의 대화의 수준이라는 것이 참으로 놀라웠다.

이런 중요한 전투가 벌어지는 날에 숙면을 취할 수 있다는 것은 대단한 일이다. 전쟁터에서 평생을 지낸 사람이 아니면 힘들다.

수많은 이들의 목숨을 좌우하는 지휘관의 위치에서 숙면이란 의무적으로 취해야 하는 일에 불과한, 좀 더 좋은 성과를 위한 준비 과정인 것이다.

하지만 그것도 정도가 있다. 정오가 지나서 일어나다니? 실제로 레오가 잠을 자는 데 어려움이 있을 리가 없으니, 이건 절대 의도적인 숙면은 아니다. 그야말로 그냥 졸리니까 잔 것이 분명했다.

그러고 보니 그동안 레오는 잠을 그렇게 많이 자지 않았다. 행군을 빠르게 하기 위해서인지는 몰라도 병사들이 잘 때 자서 그들이 일어날 때 일어났다. 휴케바인은 그것을 기적이라고 칭했다.

발렌은 어제 레오에게 정식으로 전투에 참가하지 말아달라는 부탁을 했다. 결국 레오는 그것을 받아들이자마자 마음 놓고 늘어지기 시작한 것이다.

'어쩔 수 없는 일인가? 그래도 휴케바인 경이 잘 달래고 있군.'

발렌은 속으로 스스로에게 위로의 말을 건넸다.

"발렌 경, 그대가 지휘를 하기로 했다고?"

레오가 갑자기 말을 걸었다. 그걸 지금에야 묻다니? 발렌은 그렇게 생각했지만 겉으로는 얼른 고개를 돌려 레오를 보며 숙였다.

"그렇습니다. 작위도 낮은 저이지만 여러 장군들께서 양보해 주셨습니다."

2만 정도라면 지휘를 할 자신이 있는 발렌이었다. 그는 담담하지만 자신있는 목소리로 대답했다.

"나쁘지 않군. 잘해보게."

레오는 그렇게 말하고는 휴케바인에게 말없이 손을 내밀었다. 더 달라는 의미다.

"목이 마르셨나 보군요. 여기 있습니다."

휴케바인은 말 옆에 매달려 있는 물통을 다시 내밀었다. 꿀물은 얼마든지 있다. 레오가 기분이 나쁠 때 쓰면 가장 효과가 좋은 것이었기 때문이다.

휴케바인의 역할은 전투가 시작되기 전까지 레오의 옆에서 시중을 드는 것이었다. 이는 그가 자청한 일로서 그렇게 하지 않으면 어떤 사고가 날지 모른다고 주장했다.

물론 휴케바인은 익숙한 이 역할을 자진해서 맡음으로써 에고른의 칼날 같은 눈빛에서 벗어날 수 있다는 실속을 챙겼다. 이러한 그 나름의 음모는 실상 가까운 이들은 모두 아는 사실이었다. 정작 본인은 모두가 눈치챘다는 사실도 모르고 있었지만.

지금 발렌은 이런 사실을 모른 척하길 잘했다고 생각하고 있었다. 그가 보기에도 자신의 주군은 싸울 때 이외에는 처치 곤란한 어린애와 비슷한 구석이 있었다.

누가 뭐래도 그런 그의 비위를 가장 잘 맞추는 건 역시 휴케바인이었다.

뿌우우우, 뿌우—

좌군 쪽에서 공격 준비가 다 되었다는 뿔나팔 신호가 들려왔다. 그러자 우측에서도 그에 답하듯 나팔 소리가 들려왔다.

발렌은 레오에게 깊이 고개를 숙여 예를 취하고는 휴케바인과 함께 앞쪽으로 나아갔다. 이제 정식으로 지휘를 해야 할 때가 되었다.

레오는 팔짱을 끼고 그들을 보았다. 그의 등 뒤쪽에는 황제의 기가 바람에 나부끼고 있었다.

"기세가 좋군. 생각보다 쉽게 끝나겠는걸?"

레오는 가볍게 미소를 지으며 그렇게 중얼거렸다. 그의 눈에는 양군의 병사들이 발산하는 기세가 마치 오러처럼 보이고 있었다.

투지는 불길과 같고, 공포와 불안은 안개와 같았다. 투지를 의식적으로 조절하는 것은 보통 사람에게는 어려운 일이지만 레오에게는 가능했다. 병사들에게는 그것이 불가능했지만 다행히도 가장 바람직한 형태의 기운을 발산하고 있었다.

만약 레오가 그들의 투지를 조절할 수 있다면, 전투 전에는 항상 지금처럼 만들었을 것이다.

레오는 양군의 병사들의 기운 차이를 거의 다섯 배로 보았다.

전투가 시작되면 적들도 살기 위해 발악을 할 것이기에 어느 정도는 투지가 생길 테지만 그래도 이 정도라면 결과는 확실하다.

'아니지. 승리가 전부가 아니라는 것을 또 잊었군.'

레오는 고개를 저었다. 자신의 상식대로 생각하면 승리를 예측하는 것은 정확해도 이쪽의 피해 또한 크게 발생한다. 발렌이 일찍이 충고한 대로 적을 전멸시켜도 아군이 절반 이상이 희생되면 그것은 승리가 아니다.

레오는 잠시 눈을 감았다가 떴다. 그의 눈에서 느긋함이 사라졌다. 눈에 기를 모아 막 전투가 시작되려는 전장을 진지하게 보았다. 그러면서도 그는 웃고 있었다.

발렌에게 이렇게 강한 자신이 대륙을 통일하고 제국을 세울 수 없다는 말을 들었다. 그리고 다시 하이번에게서 제국을 세울 수 있다는 말도 들었다. 그것은 서로 정반대되는 말처럼 들렸지만 사실은 같은 말이었다. 그 의미를 깨달았을 때 레오는 태어나서 처음으로 자신의 부족함을 느꼈다.

'나는 무적이 아니다! 그 누구도 이길 수 있지만 나에게 가까운 자들을 지킬 수는 없다. 부하들에게 승리를 줄 수는 있지만 그들이 전장에서 죽어가는 것을 막을 수는 없다! 나는 아직 전신이 아니다!'

하이번의 말이 아직도 귓가에 맴돌았다.

황제가 되는 길은 전신이 되는 길이다.

그는 레오가 전신이 될 수 있다고 믿고, 제국을 세울 수 있다고 말했다.

'십에서 오를 빼면 오가 남는다. 하지만 일만의 군대로 오천의 군대를 상대하면 상황에 따라서는 이쪽의 피해를 거의 줄일 수 있다. 하지만 지금의 나는 그 피해를 줄일 수 없다.'

레오는 기뻤다. 스스로의 노력으로 발전해야 하는 부분이 생겼다. 그것은 강해지는 길이었다. 혼자서 싸우는 것, 무리를 지어 싸우는 것, 국가 간에 싸우는 것, 그리고 대륙의 패권을 놓고 싸우는 것!

수련을 해야 한다는 것을 알았다. 실전을 통한 수련이다. 전투를 겪으면서 점점 성장해 나가야 한다.

'좋아! 발렌, 너의 전술을 보여라. 나에게 보통 기사가 병사를 다루

는 방법을 가르쳐라!'

눈앞에는 지극히 정공법에 의거한 공성전이 벌어지고 있었다.

발렌은 일단 미리 준비한 모래주머니들로 성의 해자를 메운 후 간이 다리를 건설했다. 화살과 투석기에 의한 바위들이 날아왔지만 철저하게 막으며 작업을 진행할 뿐, 절대 서두르지 않았다.

애써 진지하게 보던 레오는 이쯤에서 결국 하품을 했다. 자신이었다면 혼자 성으로 치고 들어가 성벽을 부숴 버렸을 것이다.

준비를 하는데만 거의 반나절이 걸렸다. 이윽고 북소리가 요란하게 울리면서 군이 일제히 앞으로 나가기 시작했다.

둥둥둥둥둥—

반쯤 졸고 있던 레오는 북소리에 다시 집중을 하며 군대의 진격 방향을 살폈다. 공격 지점은 모두 세 곳이었다. 중앙군과 좌, 우군이 각각 다른 곳을 공격하기 시작했다.

그중 중앙군 1만은 주력을 집결시켜 성문 쪽을 집중 공격했다. 주력이 집중된 중앙군의 공략을 받는 발도어의 병사들은 크게 당황하며 다른 곳에 지원을 요청했다.

거의 쉬지 않고 몇 번의 지원 요청을 해보았지만 중앙으로 병력을 보내야 할 좌우군 또한 눈앞에 들이닥친 가이안의 병사들을 막기에 급급했다. 결국 지원은 이루어지지 않았다.

원래 자신을 공격하는 병력은 많아 보이고 옆쪽은 상대적으로 적어 보인다. 좌우의 성벽에 있는 병사들과 지휘관들은 자신들도 힘들다고 외쳤다.

총지휘관이 뛰어나면 적의 규모를 보고 냉정하게 병사들을 이동시켰을 것이다.

전체를 볼 시야가 있다면, 지금 좌우의 공격을 모두 합한 만큼의 공세가 중앙에 집중되어 있다는 것을 알 수 있을 테니까. 하지만 지금의 지휘관은 이렇게 대규모의 군대를 지휘한 경험이 별로 없는 자 같았다.

사실 발렌은 미리 정보를 얻어 발도어 왕국의 최고 군사 지휘관이 이곳에 없음을 알고 있었다. 그는 수도를 점령하고 있는 데고트 후작 측이 아닌 두 번째 내란 세력인 토고 후작 쪽에 붙었다고 했다.

하지만 단지 그것만으로 승부가 나는 것은 아니다.

상황을 주시하던 레오는 눈을 가늘게 뜨고 고민했다. 이것은 공성전이다. 시간이 흐르면 공격하는 아군의 사기가 떨어지고, 반대로 상대의 사기는 올라갈 것이다.

'장기전은 불리할 텐데…….'

레오는 그렇게 판단했다. 하지만 별다른 지시를 내리지는 않았다. 하루 안으로 성을 공략하는 방법을 안다. 하지만 그것으로는 안 된다.

'발렌, 실력을 보여라!'

레오는 어느새 발렌을 응원하고 있었다. 그리고 마치 그의 마음속 명령에 대답이라도 하듯 군대가 움직이기 시작했다.

"와아아아아아!"

중앙군이 갑자기 이동하여 좌측으로 가고 있었다. 3천 정도의 병사들만 남아 계속 공격을 가하고 정작 강한 부대들은 모두 좌측에 붙었다. 그리고 공성병기들도 일제히 좌측을 노렸다.

"아아악!"

"지원을! 버틸 수 없다!"

갑자기 몇 배나 공세가 심해진 좌측 성벽에서는 급히 지원 요청을 했다. 그러나 중앙 쪽은 여전히 싸우고 있었다. 그들은 여전히 자신들이 위기라고 생각했고 옆쪽이 얼마나 위험한지는 고려하지 않았다.

"좌측을 보강하라!"

적의 지휘관도 바보가 아닌지 확연하게 강렬해진 좌측 성벽의 공세를 막기 위해 병사들을 이동시켰다. 그런데 그때 발렌은 기다렸다는 듯 지휘봉을 높이 들며 외쳤다.

"우측이 비었다! 공격하라!"

"와아아아아아!"

군의 일부가 함성을 지르며 우측 성벽 쪽으로 이동하기 시작했다.

적의 지휘관은 크게 놀라 소리쳤다.

"계략이다! 어서 우측을 막아라!"

중앙을 괴롭히다 좌측을 집중 공격하고, 수비군이 좌로 쏠리면 즉시 이동하여 우측을 치는 방법, 그것은 성 공략의 기본적인 수법 중 하나이다.

수비군은 성벽이라는 한정된 공간 내에서 움직여야 한다. 따라서 우측에서 중앙을 통해 좌측으로 왔다가 다시 중앙을 통해 좌측으로 가야 하기 때문에 이동이 느리다. 반면에 공격하는 측은 뒤쪽으로 돌아서 빠르게 이동할 수 있다.

적의 지휘관은 자신은 그런 수에 넘어가지 않는다는 듯 즉시 반응했다. 하지만 그 광경을 보는 레오는 그를 비웃었다.

"바본가? 좌측의 힘은 거의 줄어들지 않았다. 아니지, 저놈에게 그게 보일 리가 없겠지."

처음에 우측으로 이동하던 병사들의 수는 꽤 많은 것처럼 보였다. 구름처럼 피어오른 먼지가 그것을 증명하고 있었다. 그런데 막상 병사들이 우측 성벽에 도착해서 공격을 시작했을 때, 그들의 수는 생각보다 훨씬 적었다.

이들은 미리 준비한 짚더미를 허리에 매달고 이동했다. 덕분에 사람 수보다 훨씬 많은 먼지가 일어나 적의 지휘관의 시선을 속일 수 있었다.

전투가 시작된 시간은 오후였다. 그리고 해자를 메우느라 걸린 시간도 길었다. 그러다 보니 해는 이미 져서 하늘은 어둑해지고 있었다.

발렌은 처음부터 이것을 노리고 시간을 끈 것이 틀림없다. 그리고 하루종일 정공법을 고집하는 인상을 보이다 마지막 순간에 기책을 사용한 것이다.

한 번 우측으로 이동한 수성병들은 좀처럼 돌아오지 못했다. 발도어 측 지휘부에는 크게 혼란이 일어났다. 그러는 동안 집중 공격을 당한 좌측 성벽은 점점 약해져 갔다.

하늘이 완전히 어둠으로 덮이고 두 개의 달이 선명하게 빛나기 시작했을 무렵에는 드디어 좌측 성벽이 가이안 군에 의해 점령당했다.

"이겼다! 승리의 함성을 질러라!"

"와아아아아아아아!"

발렌이 크게 외치자 가이안 군은 일제히 함성을 질렀다.

한쪽 성벽 위를 점령하면 이제는 시간문제다. 애초에 양군의 사기 차이가 심했는데, 이제는 돌이킬 수 없는 수준이 되었다.

승리는 확정되었다. 그것도 하루가 지나기 전에 수도의 성을 함락시켰다!

팍!

레오는 발아래 있는 돌덩어리 하나를 거칠게 밟아 깨뜨렸다. 승리를 했는데 별로 기쁜 얼굴이 아니었다.

"저런 번거로운 짓을 해야 한단 말이지!"

정말 자신이 없었다. 레오는 그로서는 아주 드물게 한숨을 쉬며 발렌이 어떻게 마무리를 하는가를 지켜보기 시작했다.

공성전은 대부분 성문이 깨지거나 성벽 위의 일부분을 공격하는 측이 점령함으로써 승부가 결정된다.

이런 상황이 되면 수비군의 사기는 극도로 떨어지고, 웬만한 일이 발생하지 않는 한 성은 공격자들에 의해 함락되고 마는 것이다.

지금의 상황이 바로 그랬다. 좌측 성벽은 이미 가이안 군이 완전히 장악해 버렸다. 중앙에 있는 적의 지휘관이 발악적으로 무엇인가 외치고 있었지만, 성 안쪽으로 가이안 군이 들어가기만 하면 저항을 해도 별 소용이 없을 것이다.

그런데 발렌이 돌연 상식과는 동떨어진 명령을 내렸다.

"전군 후퇴한다!"

둥둥, 둥둥, 둥둥.

퇴각을 알리는 북소리가 울리며 성벽 위로 올라갔던 병사들이 질서 정연하게 다시 내려오기 시작했다. 중앙과 우측에서 공격을 하던 자들도 공격을 멈추고 뒤로 물러났다.

"아니, 발렌 경이 무슨 짓을 하는 거지?"

레오는 이해할 수가 없었다. 함락한 것이나 마찬가지인 성을 그냥 놔두고 물러나다니? 그는 조금 전까지 짜증을 내던 것도 잊은 채 군의 움직임을 보았다. 아무런 이상이 없었다. 아무리 생각해도 그들이 물러날 이유가 전혀 없었다.

레오만큼 놀란 자들이 또 있었다. 바로 발도어를 수비하는 병사들이었다. 이것은 기적인가? 그들은 하나같이 그런 눈으로 이 놀라운 광경을 보았다.

그러는 동안에도 가이안 군은 성에서 100m쯤 완전히 떨어진 곳에 정렬했다. 방금 전까지 공성전을 펼쳐 성벽을 장악한 군이라고는 믿을 수 없을 정도로 피해가 적었다. 그들은 입을 굳게 다물고 성을 뚫어져라 노려보고 있었다.

그리고 그 무리 중에서 한 사람이 말을 타고 나와 성으로 달려갔다. 바로 군을 총 지휘하는 발렌이었다.

"폐하의 명을 받고 온 사절이다. 문을 열어라!"

성에서는 아무런 반응도 없었다. 화살을 쏘지도 않았고, 성문을 열지도 않았다.

그러나 발렌은 침착하게 기다렸다. 그의 뒤에는 1만 9천의 병사가 버티고 서 있다. 아니, 그 병력이 없다고 해도 그의 뒤에는 주군인 흑사자가 있다.

끼리리리릭, 쿵!

과연 발렌의 생각대로 성문은 열렸다. 그는 뒤도 돌아보지 않고 단신으로 성안에 들어갔다.

성안에는 수십 명의 무장한 병사들이 경계의 눈초리로 발렌을 보고 있었다. 발렌은 그들의 시선을 무시하고 태연하게 말에서 내렸다.

"저는 발도어의 기사인 무라타입니다. 데고트 후작각하께서 만나보시겠답니다."

"가이안의 발렌 자작이오. 부탁드리겠소."

발렌은 정중하게 예를 표했다.

"트루나이트 발렌, 명성은 익히 들었습니다. 그럼 따라오시지요."

무라타라는 자는 발렌 같이 유명한 자가 직접 전령으로 온 것에 약간 놀란 듯했다. 전시이기 때문에 전령으로 온 자는 언제 죽을지 모른다. 그런데도 흑사자는 자신의 측근을 전령으로 보냈다. 이것은 무엇을 의미하는가?

발렌은 묵묵히 무라타가 인도하는 대로 따라 수도 안쪽으로 가서 왕궁으로 들어갔다. 이곳을 장악하고 있는 데고트 후작은 왕궁에서 살고 있었던 모양이다.

궁궐 안은 여전히 화려했다. 과거 그들이 블라도스를 점령했을 때에 약탈을 하기는 했어도 불을 지르거나 저항하지 않는 사람을 함부로 학살하지는 않았다. 그리고 왕궁도 훼손시키지 않았던 것이다.

이윽고 무라타는 왕궁 내의 한 방으로 발렌을 인도했다. 그곳은 왕이 살던 방으로, 안으로 들어가니 소파에 한 남자가 앉아 있었다. 그리고 그 주위에 여섯 명의 호위 기사가 무기를 들고 서 있었다.

"흑사자의 전령을 데려왔습니다. 그는 트루나이트라는 별명을 가진 발렌 경입니다."

"발렌 경이라… 나도 이름은 들어봤지. 그래, 무슨 일인가?"

데고트 후작은 짐짓 오만한 표정을 지으며 발렌에게 물었다. 그러나 발렌은 그의 눈에서 나타나는 감정을 읽을 수 있었다. 공포, 불안, 그는 생명의 위험을 피부로 느끼고 있는 것이 틀림없었다.

"위대하신 가이안의 황제께서는 어째서 데고트 경께서 문을 열고 황제를 맞이하지 않는가를 물으셨습니다."

"흥! 방금 전까지 전투를 한 사람의 말이라고는 믿기 어렵군."

데고트 후작은 기가 막힌 듯 코웃음을 쳤다. 그러나 발렌은 전혀 기죽지 않고 다시 말했다. 평소의 그답지 않게 뻔뻔스럽다면 뻔뻔스러운 태도였다.

"오해하신 모양이지만 폐하께서는 이번 전투에 참가하지 않으셨습니다. 단지 저희 선발대만으로 시범적인 힘을 보여드렸을 뿐입니다."

"뭐라고?"

데고트 후작은 당황한 듯 무라타를 보았다. 무라타 역시 당황한 표정으로 잠시 생각을 하다 무겁게 고개를 끄덕였다.

지금 생각하니 과연 전투 중에 흑사자의 모습은 전혀 보이지 않았다는 것을 알 수 있었다.

발렌은 마치 상황을 모르는 사람에게 특별히 설명해 주겠다는 듯 말했다.

"후작께서도 아시겠지만 황제 폐하께서는 한 번 용서한 상대에게는 두 번 다시 자비를 베풀지 않습니다. 지난번에 발도어의 왕이 두 번이나 신의를 저버리고 폐하의 분노를 샀을 때 수도를 점령하고 왕가를 벌했지만 다른 자들에게는 별다른 처벌을 내리지 않았습니다. 하지만 이번에 폐하께서 손을 쓰시면, 이곳은 결코 폐하의 분노를 벗어날 수 없을 겁니다. 이것은 폐하께서 지난 십여 년간 지켜온 엄중한 규칙입니다."

"그럼 흑사자가, 아니, 귀국의 황제가 손을 쓰면 수도에 있는 사람들을 학살하겠다는 말인가?"

데고트 후작은 조심스럽게 물었다. 그의 얼굴에는 더 이상 가식적인 여유가 나타나지 않았다. 스스로 생각해 봐도 충분히 그럴 수 있었다. 지난번 흑사자의 침입으로 유명을 달리한 왕족들의 얼굴이 떠오르자 그의 불안감은 커져만 갔다.

발렌은 심각한 표정으로 진지하게 대답했다.

"폐하께서 이번 전투에서 직접 나서지 않고 저희에게 일임하신 마음을 헤아려 주십시오. 저희 군이 왜 성벽을 장악하고도 물러났는지를 이해하실 수 있으실 겁니다."

"……!"

"부디 폐하의 자비를 거절하지 말아주십시오. 그분께서는 전란의 시대를 종식시키기 위해 하늘이 내리신 전신이십니다. 이번이 마지막 기회입니다. 내일은 틀림없이 폐하께서 직접 나서실 것입니다. 그때는 흑사자로서의 위엄을 보이실 겁니다."

노골적인 협박이다. 그러나 데고트 후작은 화를 내지 못했다. 이미 가이안의 병사들이 성벽을 장악했다가 스스로 물러났다는 소리를 들었다.

이해를 할 수 없었는데 발렌의 말을 들으니 그 이유를 알 것 같았다. 점령을 할 수 있으면서도 기회를 준다! 이 얼마나 대담하고 훌륭한 행동인가?

과연 대륙의 최강자라 이름 높은 흑사자다운 도량이라고 생각되었다. 그런 자비를 베푼 이상 자신이 끝까지 저항을 한다면, 아마 눈앞의 트루나이트가 정색을 하고 심각하게 말한 것처럼 흑사자는 손을 쓸 것이다. 무척 잔인하게, 그리고 흉포하게!

거기까지 생각하니 발렌의 말대로 흑사자라는 존재는 하늘이 내린 자라는 생각도 들었다. 그의 나이가 30세도 되지 않았다고 한다. 그런 나이에 검의 극을 넘어서는 것은 불가능하다.

"음, 그래, 황제 폐하께서는 우리들에 대해 어떻게 하실 생각이신가?"

데고트 후작은 은근한 목소리로 물었다. 레오를 황제로 칭한다는 것은 그의 마음이 이미 기울었다는 증거였다.

애초에 그럴 마음이 있으면서도 자존심과 왕국에 대한 미련 때문에 주저하고 있을 뿐이다. 이쪽이 충분한 대의명분을 제공한다면 그가 응하지 않을 리가 없다.

"폐하께서는 이미 발도어 왕국의 왕이 크게 잘못하여 처벌을 받은 이상 더 이상 왕국으로서 인정할 수 없다고 하셨습니다."

"흠, 그런가?"

"그러므로 발도어를 왕국의 위치에서 한 단계 낮추어 공국으로 임명하겠다고 하십니다."

"공국이라……."

데고트 후작은 심각한 표정으로 중얼거렸다. 과연 발렌이 말하는 내용은 과거 제국이 존재할 당시에 동맹의 신의를 저버린 왕국에게 가하는 적합한 처벌이라고 할 수 있었다.

"그럼 나 이외의 후작들은 어떻게 되는 거지?"

데고트 후작은 자신이 공왕이 되리라는 것을 알았다. 나쁘지 않다. 공왕은 공작에 해당하는 직위이다. 거기에 제국 직할이 된다면 이전의 국왕 아래의 후작보다 자율성이 커진다.

"다른 분들도 폐하의 뜻을 따르겠다면 그분들의 영지를 공국으로 임명하실 생각이십니다. 하지만 만약 끝까지 반역을 주도하겠다면, 폐하의 분노를 감당해야 할 것입니다."

"으음, 그럼 우리 발도어 왕국은 세 개의 공국으로 나뉘겠군."

"그렇게 될 수도 있습니다. 하지만 공왕께서 신의를 지키시고 폐하를 위해 성의를 보이신다면, 머지않아 정식 왕국으로 승격되실 수 있을 겁니다. 무엇보다 지금은 전란의 시기입니다."

탁!

"과연 그렇군!"

데고트 후작은 팔걸이를 치며 감탄했다. 발렌이 말하는 뜻은 명확했다. 세 명의 후작 중 자신이 가장 먼저 이 일을 알았다는 것은 어찌 보면 행운이라고 할 수도 있었다. 왕족이 없는 발도어가 왕국으로 승격되었을 때 자신은 왕이 될 수도 있었다.

스스로의 이익이 확실해지자 곧바로 생각이 바뀌었다.

확실히 제국 없이 왕국들이 난립한 시기가 300년이나 지났다. 이제는 제국이 설 때가 되었다. 그리고 제국이 선다면 그 주인은 하늘이 내린 자여야 한다. 바로 흑사자와 같은!

"폐하의 뜻은 잘 알겠네. 확실히 우리 왕국의 전대 왕은 신의가 없었지. 인정하네. 그리고 발도어의 귀족으로서 최선을 다해 그 불명예를 씻고 황제 폐하의 신의를 회복할 것을 맹세하겠네."

발렌은 한 손을 들어 가슴에 대고 데고트에게 예를 취했다.

"과연 명망 높으신 데고트 후작 각하다운 결단이십니다. 즉시 폐하께 이 사실을 알리겠습니다."

"수고를 부탁드리겠네."

데고트 후작은 결심을 하자 한결 마음이 편해진 듯 얼굴 가득 미소를 지었다. 확실히 흑사자와 싸우는 것보다는 그의 부하가 되는 것이 마음의 부담이 적다는 생각이 들었다.

발렌은 다시 한 번 정중하게 기사의 예를 취하고는 당당하게 걸어서 왕궁을 나섰다. 그리고는 그 길로 성벽까지 벗어나 레오의 앞으로 갔다.

레오는 발렌이 무슨 짓을 하는 건지 무척 궁금해하고 있었다. 레오의 불쾌감을 감지한 휴케바인이 와서 그에게 얼음에 식힌 꿀물을 내밀었지만 마시지 않을 정도였다.

레오는 발렌이 성에서 나오는 것을 버티고 서서 보며 팔짱을 낀 채 그를 기다렸다.

"다녀왔습니다. 폐하의 명대로 데고트 후작에게 황제의 자비에 대해 설명하고 항복과 충성의 약속을 받아왔습니다."

"응? 내가 언제 그런 명을 내렸지?"

레오는 갑자기 발렌이 딴소리를 하자 인상을 찡그렸다. 그러자 발렌은 말없이 품속에서 한 장의 서신을 꺼내 그에게 내밀었다.

레오는 그것을 받아 읽었다. 그 서신은 하이번 후작이 발렌에게 보낸 비밀 명령서였는데 안의 내용은 다음과 같았다.

일단 블라도스에 도착하면 무슨 수를 써서든 폐하를 빼고 그대들만으로 성을 공략해야 합니다. 그리고 성벽을 장악하거나 성문을 부수게 되면 그 즉시 전투를 멈추고 군을 빼십시오.

…〈중략〉……:

데고트 후작이 공왕으로 임명되면 다른 두 명의 후작은 틀림없이 폐하께 굴복할 것입니다. 그럼으로써 발도어 왕국은 세 개의 공국으로 나뉘어 서로 조금이라도 폐하께 도움이 되려고 경쟁할 것입니다.

이번 전쟁에서는 흑사자의 자비와 위엄을 보여야 합니다. 주변 왕국이 모두 폐하를 제국의 황제가 될 자격이 있다고 인정하게 만들어야 합니다.

모든 것이 발렌 경의 노력에 달려 있습니다. 데고트 후작을 회유하는 것은 결코 쉬운 일은 아닙니다. 발렌 경의 성격과도 어울리지 않는 일이지만 트루나이트라는 경의 명성은 데고트 후작에게 신뢰를 줄 수 있다고 생각합니다.

……〈후략〉…….

좌락―

레오는 조용히 서신을 구기며 중얼거렸다.

"그런가? 그의 전략이었던가?"

어쩐지 자신이 당했다는 생각이 들었다. 하지만 기분이 나쁘지는 않았다.

"성벽을 장악하면 일단 성을 함락시킨 것이나 마찬가지이지만, 안의 병사들을 소탕하려면 이쪽의 피해도 커집니다. 하이번 후작의 작전이 아군의 피해를 줄이고 차후의 전투를 막을 수 있다고 판단했습니다. 폐하께 미리 말씀드리지 않은 것을 사과드립니다."

하이번 후작은 레오에게는 미리 말하지 말라고 했었다. 그래야 연기의 분위기가 살아난다는 주장이었다. 발렌은 그것이 상당히 부담스러웠는지 레오에게 고개를 숙이고 사과했다.

"이미 군의 지휘권은 그자에게 맡겼다. 그자가 필요하다고 생각하면 보고를 미루는 것도 가능하겠지. 신경 쓰지 말게."

레오는 손을 들어 발렌의 어깨를 가볍게 두드렸다. 면책의 의미가 담긴 손짓이었다.

"그럼 내일 입성한다. 준비는 알아서 해두도록!"

"알겠습니다."

"넷!"

휴케바인과 발렌이 동시에 대답하자 레오는 그대로 몸을 돌렸다. 오늘 할 일이 끝났으니 이제 막사에 가서 자면 된다. 밤이 깊어가고 있었다. 레오는 막사를 향해 걸어가면서 생각했다.

'재미있군. 병법이란 말이지?'

레오는 하이번 후작의 전략에서 병법이란 것이 지겨움을 참고 공부할 가치가 있다는 것을 느꼈다.

지금처럼 본능적으로 상대의 강함을 느끼고 자신을 그보다 더 강하게 만들어 부딪치는 것과는 다른 정교한 기술! 그것을 하이번처럼 능숙하게 쓸 필요는 없지만 그래도 알아는 두어야 한다. 그것이 바로 부하들을 보호하는 방법이기 때문이다.

그러나 레오는 곧 피곤하다는 듯 고개를 좌우로 돌리며 막사 안으로 들어가 그대로 침대 위에 쓰러져 잠들어 버렸다.

❖ Chap 6 ❖
논공행상

논공행상

　어두운 방 안, 몇 개의 촛불만이 희미하게 타오르고 있었다. 언제나 그렇듯 음모를 꾸미는 자들은 자신의 얼굴을 다른 자에게 드러내는 것을 극히 꺼린다.

　이곳에 모인 자들도 그런 습성에서 벗어날 수는 없는지, 하나같이 머리까지 뒤집어쓸 수 있는 후드가 달린 로브를 입고 얼굴에는 가면을 쓰고 있었다.

　이윽고 그중 한 남자가 말을 꺼냈다.

　"흑사자가 발도어의 수도인 블라도스까지 진군했다는 연락이 왔소."

　"으음, 빠르군!"

　군대가 출병한 지 한 달도 되지 않았다. 전투를 하지 않고 병사들이 천천히 진군했을 때의 속도와 거의 비슷하다. 결국 그만큼 모든 전투를 간단히 해결하고 진군했다는 의미다.

"아무래도 그는 흑사자가 아니오? 전쟁에서는 절대적인 존재라고 볼 수 있소."

"그렇겠지요."

다른 사람들도 그 점에 대해서는 인정하는 듯했다. 그러면서 그들의 눈동자에는 상당한 불안감이 떠올랐다. 지금 자신들이 해하려 하는 자는 바로 그 전장의 절대자인 흑사자이기 때문이다.

무리 중의 우두머리 격인 남자는 그런 분위기를 눈치 빠르게 알아차렸다.

"조금도 두려워할 것 없소. 아무리 흑사자라고 해도 굶으면서 싸울 수는 없소. 이제 우리가 손을 쓰면 그는 절대 살아서 슈란 왕국까지 돌아올 수 없을 것이오. 설령 살아남는다고 해도 군대를 모두 잃고 혼자가 된 흑사자라면 어떻게든 상대할 수 있지 않겠소? 그리고 그는 본인 이외에는 누가 이 일에 참가했는지 알 수 없을 것이오!"

과연 그의 말대로다. 사건이 일어나도 누가 그것을 일으켰는지는 절대로 알 수 없을 것이다. 오직 십자가를 지고 반란의 수괴로 자리잡을 저 우두머리 역할의 남자만이 흑사자의 표적이 될 뿐이다. 그러하기에 이 자리에 있는 모든 귀족들은 저 남자의 뜻에 따르기로 하지 않았던가?

"우리는 두카 공작파입니다. 흑사자가 지레짐작으로 우리에게 공격을 가할 수도 있습니다."

"그 정도의 위험은 감수해야 하지 않겠소? 일단 수도를 장악하면 보급을 끊고 국경을 봉쇄할 것이오. 수도에는 3만의 정예군이 항상 대기하여 흑사자를 경계할 것이니, 그가 아무리 강해도 그렇게 마음대로 날뛸 수는 없을 것이오."

“과연 그렇군요.”

다른 자들은 별 불만이 없는 것 같았다. 솔직히 흑사자가 증거 없이 사람을 죽인다고 해도 그 대상은 저 우두머리 격인 자일 것이다. 저자가 죽는 시점에서 모든 음모는 어둠 속에 묻히고 자신들은 조용히 세상의 흐름에 따르면 된다.

“이미 논의할 것은 다 했으니 실행에 옮기도록 하지요.”

다른 남자가 더 이상 말할 필요가 없다는 듯 재촉했다. 그러자 우두머리 격인 남자가 무겁게 고개를 끄덕이며 다시 한 번 작전을 설명하기 시작했다.

“일단 왕궁에 침입하여 흑사자의 조카인 로엔이란 소년을 납치해야 하오. 만약을 대비해야 하니 이것은 가장 우선시 되어야 할 일이오.”

“왕궁은 지금 거의 비어 있는 상태이니 충분히 가능합니다.”

“좋소. 그 후에는 비밀리에 수도 안으로 침투시킨 병사들과 호응하여 수도를 방어하고 있는 5천의 방어군을 무력화시키고 수도를 장악하는 것이오.”

“수도에 침투한 병사들의 수는 1천, 외부의 3만 병사들과 힘을 합하면 하루도 못 가 5천의 방어군을 무력화시킬 수 있을 겁니다.”

“좋소. 그럼 하나씩 시행합시다.”

그들은 레오가 이곳에서 멀리 떨어진 사이 모든 일을 끝낼 수 있으리라 생각했다.

수도를 장악하고 공작 영애인 샤를로트를 정통 왕위 계승자로 내세움과 동시에 흑사자를 반역자로 몰아붙일 것이다. 어둠 속에 자리잡은 귀족들은 신중하게 거사 날짜를 정하기 시작했다.

                        *   *   *

"모두 떠났군요."

"흥, 하나같이 겁쟁이들이지. 이익은 원하되 안전을 포기할 수 없는 자들."

"그래도 일단 병사를 지원해 주는 것만으로도 고맙지 않습니까? 백작님의 병사만으로는 수도를 장악할 수 없으니까요."

가면을 쓴 두 사람은 다른 사람이 모두 떠난 이후에도 그 자리에 남아 있었다. 이곳은 우두머리의 집이다. 그가 남는 것은 당연하지만 다른 자는 누구일까? 집주인인 남자는 답답하다는 듯 가면을 벗었다.

가면을 벗자 완고한 표정의 노년 남자의 얼굴이 나타났다. 바하트 백작, 두카 공작의 심복 중 한 사람인 그는 스스로 이번 음모의 핵심에 섰다.

만약 일이 성공하면 그 공으로 후작의 작위를 얻게 되고, 또 그의 손자가 여왕이 된 샤를로트와 결혼하게 될 것이다. 단번에 왕국의 실권자로 떠오를 수 있다.

"자네도 가면을 벗도록 하지, 팔콘 백작."

"옷! 그 이름은 절대로 부르지 말아주십시오. 지금 저는 이글론 자작입니다."

그렇게 말하면서 팔콘 백작은 가면을 벗었다. 밝은 금발에 비취빛 눈동자가 시원스럽게 빛나고 있었다. 가면으로 가리기에는 아까울 정도로 호감 가는 인상, 어딘지 유약해 보이는 남자였다.

하지만 그는 미노 왕국이 대륙 동남부 왕국들을 견제하기 위해 파견한 첩보 외교 조직의 수뇌이다. 외모도 이름도 모두 꾸며진 것이고, 말투나 행동 하나하나가 가식적으로 꾸며진 고도의 연기와도 같다.

바하트 백작은 코웃음을 치며 말했다.

"흥, 이 자리에는 우리 둘밖에 없는데 무엇을 꺼려하는가? 그대가 나를 협박하고, 한편으로는 그럴듯한 먹이를 제공했지. 나로서는 호랑이 등에 올라탄 셈이고."

"호랑이 등이라니요? 이것은 절대로 안전한 일입니다. 적어도 저희 미노 왕국에서는 지난 수년간 흑사자를 상대할 방법에 대해 연구해 왔지요. 이번에 만약 흑사자가 살아나서 바하트 각하를 치러온다고 해도 그의 목숨을 그것으로 끝일 겁니다. 이곳은 아무리 흑사자라고 해도 절대로 살아서 빠져나갈 수 없는 죽음의 함정으로 가득 찬 상태이니 염려 마십시오."

팔콘은 자신있게 말했다. 사실 그 자신도 이 부분에 대해서는 어느 정도 믿고 있는 구석이 있었다. 미노 왕국에서 오랜 기간 연구한 사상 최고의 함정, 거기에 빠지면 살아날 인간은 없다!

"과연 그럴까? 두카 공작 각하의 집에도 함정을 만들어놓았다고 들었네."

바하트는 짐짓 떠보듯 말했지만 팔콘은 그 이면의 불안감을 눈치챌 수 있었다. 그는 별거 아니라는 듯 손을 내저으며 말했다.

"두카 공작 각하의 경우는 전혀 다릅니다. 설마 흑사자가 두카 공작님을 노릴 줄이야 꿈에라도 생각했습니까? 아닌 밤중에 날벼락을 맞은 셈이지요. 하지만 바하트 각하는 이미 만반의 준비를 갖추시지 않았습니까? 흑사자의 군대만 소멸시키면 그 개인으로는 절대 각하를 해하지 못합니다."

"그건 그럴 것 같군."

바하트 백작은 자신의 저택에 설치된 함정에 대해 생각하며 고개를 끄덕였다. 빠져나갈 방법은 확실하게 준비되어 있다. 그리고 일단 침입한 자는 틀림없이 죽게 된다. 그 누구도 이런 함정에는 버틸 수 없을 것이다, 그것이 흑사자라고 해도!

이 음모는 일단 시작하면 겹겹이 준비된 함정으로 흑사자를 기필코 죽이게끔 미노 왕국이 만반의 준비를 다해서 계획한 것이다. 헛점은 전혀 없었다.

바하트 백작은 그것을 알기에 굳은 결심을 하고 일을 벌이기로 했다.

"어차피 나는 두카 공작과 함께 미노 왕국에 협력할 것을 맹세한 몸이니 이제 와서 뒤로 물러날 생각은 없네. 미노 왕국이 제국이 되면 우리 슈란 왕국은 제국에 충성을 맹세할 것이네."

"뭐라고 감사의 말씀을 드려야 할지 모르겠습니다. 슈란 왕국의 왕실은 샤를로트 공녀와 바하트 백작 각하의 손자께서 다스리게 될 것입니다."

"그래야겠지."

둘은 서로를 보며 웃었다. 비록 처음에는 협박을 통해 맺어진 관계였지만 이해타산이 맞아떨어지자 제법 죽이 잘 맞았다.

팔콘은 이 음모가 성공하여 눈앞의 남자가 슈란 왕국의 실권을 쥔다면, 미노 왕국이 제국을 선포한 후 대륙의 정반대편에 있는 이곳에 진출할 때 훌륭한 교두보가 되어줄 것이라고 믿었다.

그 뒤에는 상황에 따라 왕국을 없앨 것인지, 아니면 계속 이자에게 실권을 맡길 것인지를 결정할 수 있다.

그가 평생을 바쳐 구축한 이 일대의 첩보 조직이 드디어 거대한 하나의 결실을 맺으려 하고 있었다.

*   *   *

며칠 뒤, 슈란의 왕궁 안에 일단의 무리들이 침입을 시도했다. 고도로 훈련된 자들, 그들은 사실 미노 왕국의 특급 공작 요원들이었다.

왕궁 안에도 그들의 협력자가 있다. 그렇기 때문에 아주 손쉽게 궁중 하인의 복장을 손에 넣었다. 그리고 대담하게도 대낮에 복도를 걸어서 안쪽으로 잠입해 가면서 마주치는 자들을 하나하나 제압했다.

"가능한 한 조심스럽게 하라. 근위 기사가 없다고 해도 일단 소란이 일어나면 표적이 숨을 수 있다."

공작 요원의 조장은 나직한 목소리로 그렇게 지시하며 계속해서 안으로 들어갔다. 이제 곧 내궁에 도착하게 되고, 그때부터는 외궁으로 통하는 통로를 봉쇄한 채 내궁을 제압할 계획이었다.

그런데 그때 그들의 눈앞에 무엇인가가 휙 하고 지나갔다. 요원들은 급히 동작을 멈추고 극도로 긴장한 표정으로 그 물체를 보았다. 그들의 손에는 암기가 감춰져 있었기에 언제라도 공격을 감행할 수 있었다.

"고양이군."

야아아옹.

조장의 말에 대답이라도 하듯 검은 고양이는 리본을 매단 꼬리를 살랑살랑 흔들며 길게 울었다. 가늘고 매력적인 소프라노의 울음소리였다.

"계속 전진한다."

조장의 명에 조원들은 손짓으로 신호를 보내며 앞으로 나아가기 시작했다. 특급 요원씩이나 되는 자신들이 고양이에 놀라 멈춘 것이 한심하게 느껴졌기에 더욱 열심히 전진했다.

그런데 이상한 일이 발생했다. 조장은 급히 손을 저어 모두를 정지시켰다. 복도가 끝날 때가 되었는데 길을 계속 이어지고 있었다. 그의 거리 감각으로 생각할 때 이미 끝났어야 한다.

'마법?'

그는 그렇게 생각한 순간 급히 조원들을 산개시키며 품속에서 하나의 물건을 꺼냈다. 마법을 감지하는 마법 안경으로, 상당히 귀중한 물건이다. 이번 일의 중요성을 생각해서 특별히 지급된 것이다.

'왕궁답게 마법 함정이 설치되어 있었나? 정보에는 없었는데……'

그는 그렇게 생각하며 안경을 썼다. 마법이 걸려 있다면 그곳이 붉게 빛날 것이다.

"으윽, 어떻게 된 거지?"

붉게 보이기는커녕 온통 어둡게 보였다. 마치 안경에 먹물을 칠해놓은 것 같았다. 이런 일은 한 번도 경험해 본 적이 없다.

조장은 급히 안경을 벗었다. 그러나 안경을 벗었는데도 온통 컴컴했다. 아무것도 보이지 않았다. 그때서야 조장은 자신의 눈이 보이지 않게 되었다는 것을 깨달았다.

"들켰다! 마법사가 나에게 블라인드(Blind)의 저주를 걸었다!"

그는 크게 외쳤다. 들키긴 했지만 임무를 실패하지는 않을 것이다. 이제 조원들이 훈련받은 대로 마법사를 찾아 처치하고 신속하게 내궁으로 돌입하여 표적을 납치할 것이다.

그는 그렇게 생각하며 한쪽 벽으로 물러나 양손에 단검을 뽑아 쥐었다. 눈이 아닌 귀와 코로 사물을 판단하고 가까이 오는 자는 무조건 적으로 공격하기로 했다.

"어머, 꽤 엄하게 훈련을 받은 자들이네? 마법에 당했을 때의 대처도 훌륭한데?"

티모라는 복도 천장에 둥둥 뜬 채로 그 모습을 지켜보고 있었다. 기척도 없이 마법을 사용할 수 있는 사람은 세상을 다 뒤져도 그녀 이외에는 없다.

그녀가 제압한 자는 복도에 몸을 기댄 채 주기적으로 동료의 이름을 부르고 있었다. 처음에 신호를 보냈을 때 조원들의 대답이 없었기 때문이다.

반대로 조원들 역시 제각각 몸을 보호하려 안간힘을 쓰면서 다른 사람들에게 신호를 보내려 애쓰는 중이었다.

무려 8서클에 해당하는 상급 미로(Maze) 주문에 걸린 자들은 바로 옆에 사람이 있어도 인식할 수 없다. 자신만의 미로 속에서 헤매게 된다.

티모라가 연구 변형시킨 이 미로 마법은 높이 3m까지만 그 효력이 발동된다. 때문에 그녀처럼 공중으로 떠오르면 자연스럽게 벗어날 수 있고, 또 안쪽에서 헤매는 사람을 구경할 수도 있다.

아무리 철저하게 훈련받은 자들이라고 해도 이미 세상에서 사라지다시피 한 8서클 마법에는 적절한 대응을 할 수 없었다.

"하이번이란 놈이 레오를 따라가지 못하게 사정사정을 하더니, 이걸 예상했던 건가? 재미있군. 심심해서 죽을 뻔했는데 확실하게 놀 장난감이 생겼어."

훈련된 자객은 이모저모로 데리고 놀 수 있다. 특히 이놈들처럼 특급수준까지 도달한 놈들이 우르르 몰려왔다는 것은 앞으로 당분간은 절대로 심심하지 않을 수 있다는 희소식과도 같았다.

티모라는 그야말로 마녀라는 별명에 어울리는 미소를 지으며 아래에 보이는 자들을 하나하나 제압하기 시작했다.

*   *   *

왕궁으로 들어간 요원들이 사라져 버렸다. 음모에 가담한 자들 중에는 왕궁 내에 근무하는 자들도 있었건만 그들조차 무슨 일이 일어났는지도 알 수 없었다. 단지 파견된 이들이 순조롭게 왕궁 내부를 장악해 나가다가 어느 순간 사라졌다고 알려왔을 뿐이다.

행방불명! 60명의 특급 공작 요원이 어떻게 일순간에 사라질 수 있을까?

"이글론 자작은 어디 계시는가? 일이 이상하게 돌아가고 있으니 상의를 하자고 알려라."

바하트 백작은 보고를 받자마자 집사에게 급히 말했다. 그러나 집사는 당황한 얼굴로 대답했다.

"이글론 자작께서는 방금 전에 저택을 나가셨습니다. 아주 급한 볼일이라고 말씀하셨습니다만."

"그런가? 이 중요한 때에 또 무슨 볼일이 있다는… 아니지, 그도 이 사태에 대해 알았나 보군."

나름대로 대비책을 세우러 갔을 것이다. 지금 미노 왕국의 힘이 어느 정도까지 이곳에 들어왔는지 모르지만, 특급 요원 60명을 일순간에 동원할 정도면 더 많은 대비가 있지 않겠는가?

바하트 백작은 그렇게 판단하고는 잠시 고민하다 측근의 기사를 불렀다.

"어찌 되었든 조용히 해결하기는 틀린 것 같다. 즉시 수도에 침투해 있는 1천의 병사에게 알려 왕궁을 점거하게 하라. 그리고 수도 외부에 대기하고 있는 병력도 바로 이동시킨다."

"옛, 알겠습니다."

측근 기사는 갑자기 상황이 급박하게 돌아가는 것에 상당히 놀랐지만 바하트 백작의 단호하고도 재빠른 대처에 감탄하면서 경례를 하고 밖으로 나갔다.

바야흐로 내란이 시작되는 것이다.

바하트 백작은 다시 한 사람의 부하를 불러 명했다.

"샤를로트 공녀님을 모셔와라. 귀한 분이니 아주 정중히 모시도록."

"그렇게 하겠습니다."

그자는 눈을 차갑게 빛내며 대답했다. 경계가 엄중한 공작가에 가서 공작 영애를 데려오는 것은 결코 쉬운 일이 아니다. 하지만 이미 일이 벌어지면 그쪽으로 보낼 기사들과 병사들이 이미 대기해 있었다. 그야말로 만사를 대비해 놓은 것이니 만큼 실수란 있을 수 없다고 생각하였다.

바하트 백작은 그렇게 할 수 있는 일을 모두 처리하고 부하들이 모두 나간 방에 홀로 남았다. 긴장으로 굳어진 얼굴은 미래에 대한 불안과 곧 거머쥘 영광에 대한 기대감으로 조금씩 떨렸다.

벽의 유리장에서 최고급 브랜디를 꺼내 잔에 가득 따라 벌컥벌컥 마셨다. 목을 태우는 듯한 불덩이가 지나가며 가슴이 뜨거워지자 조금은 안정이 되었다.

“어쨌거나 수도를 장악하고 흑사자를 반역자로 선포한 후에 보급을 끊으면 모든 일은 예정대로 흘러가게 된다. 1천의 정예 병사들이라면 텅 빈 왕궁을 점령하는 것은 쉬운 일이지. 시작이다.”

3만의 병력이 있다. 수도에 있는 수비군의 총수는 5천, 절대로 이 병력 차는 극복할 수 없는 것이다. 그 사실이 바하트 백작에게 끊임없는 용기를 부여하고 있었다.

그는 미노 왕국의 요원이 갑자기 사라진 일 따위는 사소한 트러블이라고 스스로 위로했다. 그렇지 않다고 해도 더 이상의 수단은 남아 있지 않기 때문이다.

“이글론 자작, 아니, 팔콘 백작이 그 일의 진상을 규명하겠지. 그리고는 나에게 사과를 하러 올 거야. 그들의 실수로 상황이 틀어졌으니 따로 보상을 해야 할 것이다.”

그는 그렇게 생각하면서 나중에 미노 왕국의 첩보 조직으로부터 어떤 식으로 추가 도움을 요청할까에 대해 고민하기 시작했다.

*   *   *

레오는 블라도스의 왕성에 틀어박혀 오늘도 나오지 않고 있었다. 데고트 후작에게 공왕의 직위를 수여한 후 내궁의 절반을 얻어 지내게 되었다. 그 뒤로는 정말로 발렌을 비롯한 휘하 무장들에게 모든 것을 일임했다. 그는 편안한 침실 하나를 찾아낸 후 그 안에 들어가 꼼짝도 하지 않고 있었다.

무장들은 이미 레오의 성격을 잘 알고 있었기 때문에 두말없이 각자가 맡은 일들을 처리했다.

데고트 후작 측의 사람들에게는 황제가 이미 데고트 후작을 신임하여 발도어 왕국의 일을 더 이상 거론하지 않기로 스스로에게 약속했다고 전했다.

그리고는 감격해하는 데고트 후작에게 작은 목소리로 혹사자께서는 이미 다음 먹이를 고르고 있으니 방해하지 않는 게 좋다고 넌지시 충고하기도 했다.

사실 레오는 방 안에서 공부를 하고 있었다.

벌써 며칠 동안 먹고 자는 시간 이외에는 휴케바인이 가져다준 책만을 읽고 있었다.

"으음, 모르겠군."

탁!

레오는 인상을 찡그리며 책을 집어 던졌다. 책은 이상한 곡선을 그리며 날아가 벽에 부딪쳤다. 땅에 떨어진 책의 겉표지에는 '기초병법 이론' 이라는 딱딱한 느낌의 제목이 쓰여 있었다.

"어째서 병사들을 저런 식으로 다루지 않으면 안 되지?"

이해할 수 없었다.

결국 책의 요지는 자신의 병사들을 강화시키는 방법인 것 같은데 문제는 그 내용이다. 그냥 강하게 만들면 되지, 왜 상대의 병과를 따지고 지형과 시간의 흐름에 따라 이쪽의 진세를 변화시켜야 하는가?

상대의 힘을 관찰하는 것도 조금 이상했다. 그냥 보면 아는데 왜 저렇게 다각도로 판단해야 할까?

"저놈들은 모두 이런 방법에 따라 병사들을 움직이고 있었다는 건가? 하지만 여기에는 하이번이 사용하는 전략은 적혀 있지 않잖아."

털썩.

레오는 그대로 침대에 드러누웠다. 한숨이 나왔다. 분명히 휴케바인은 가장 기초적인 책이라고 했다. 그러면서 안에 있는 내용을 줄줄 설명하기까지 했다.

"그놈이 혼자서 병법을 익혔을 줄이야."

레오는 천장을 보며 중얼거렸다. 알고 보니 휴케바인도 기본적으로 상당한 병법 공부를 한 모양이었다.

"당연하지 않습니까? 기사의 기본 항목입니다. 군대를 지휘해야 하니까요."

레오가 물었을 때 휴케바인은 당연하다는 듯 그렇게 대답했다. 그러면서 아주 놀랐다는 눈으로 레오를 보며 설마 아직까지 병법서를 한 번도 안 보신 겁니까? 라고 물었다.

레오를 계속해서 따라다닌 그였지만 설마 그렇게 부하들을 잘 다루는 주군이 정식으로 병법을 공부한 적이 없다는 사실은 몰랐던 것이다. 솔직히 휴케바인이야 평민으로 자랐으니 독학하느라 애를 썼지만, 레오는 무관 귀족 가문 출신이 아닌가?

"공부를 싫어하시는 줄은 알았지만 병법은 하신 줄 알았는데… 그럼 이 책들도 처음 읽으시는 거죠?"

휴케바인은 레오가 구해오라고 한 병법서 몇 개를 가리키면서 싱글거렸다. 다음 순간 그는 그 웃는 표정 그대로 방 밖으로 데굴데굴 굴러 나가야 했다.

기분 나쁘게 웃는 휴케바인을 발로 차서 방 밖으로 쫓아낸 레오는 가장 쉽다는 책을 들고 공부를 시작했다.

그러나 3일이 지난 오늘, 얻은 것이 아무것도 없었다. 무엇보다 책을 이렇게 오래 보고 있으니 온몸이 뒤틀리면서 몸에서 거부 반응이 심각하게 일어났다.

여기까지 생각이 미치자 한숨이 나왔다.

"음, 난 공부를 안 한 것이 아니라 못한 것인가?"

16세까지 일부러 수업을 빼먹으며, 아무리 주변에서 권해도 책을 읽지 않았다. 그래도 귓전으로 들은 내용은 대충 알 수 있어서 언제라도 자신이 마음만 먹으면 공부를 할 수 있다고 생각했었다.

그러나 지금 막상 공부를 시작해 보니 그것이 아니다.

3일 동안 쉬지 않고 싸우면 오히려 기운이 나는데, 오히려 지금은 정말로 죽을 것 같았다.

벌떡!

레오는 침대에서 몸을 일으켰다. 방 반대쪽 바닥에 자신이 던진 책이 놓여 있었다.

"휴, 그래도 해야겠지. 해야 된다고 느꼈으니 힘들다고 중지할 수는 없겠지."

부드득.

레오는 자신도 모르게 이를 갈면서 그쪽으로 걸어갔다. 바닥에 떨어진 책을 집으려 했으나 몸이 싫어하는지 허리가 굽혀지지를 않았다. 할 수 없이 마나를 움직여 바닥에 떨어진 책을 끌어올려 손에 쥐었다.

그리고는 다시 침대 위로 올라가 몸을 반쯤 누인 채 책을 펼쳐 들었다.

잠이 왔다. 날이 어두워지지도 않았는데 졸음이 쏟아져 이대로 내일 점심까지 잠들고 싶다는 생각이 들었다. 아예 3일쯤 자도 좋을 것 같았다.

그때였다.

똑, 똑.

"폐하, 하이번 후작이 도착했습니다."

휴케바인의 목소리였다.

"응? 하이번 후작? 그가 왔군."

후군 4만이 이곳까지 온 모양이다. 레오는 침대에서 몸을 일으키며 말했다.

"들어오라고 해라."

"옛."

대답 소리가 들리고 곧 문이 열렸다. 안으로 들어온 자는 가이안 제국의 병권을 한 손에 쥐고 있는 총군사 하이번이 틀림없었다.

"어서 오게. 다른 일들은 잘되고 있나?"

"폐하의 위명에 힘입어 모든 일이 순조롭게 되어가고 있습니다."

"그런가? 잘됐군. 그럼 이제 선봉군은 무엇을 해야 하지?"

레오는 얼른 물었다. 일단 진군을 시작하면 이렇게 여유롭게 공부나 할 틈은 없을 것이다. 그의 눈은 투지로 빛나고 있었다. 며칠간 책을 잡고 있느라 근질거리던 몸이 환호를 지르는 듯했다.

당장 옆 나라인 매키아 왕국을 점령해야 한다고 하이번이 말하더라도 눈도 깜짝 않고 찬성할 기세였다.

그런데 하이번은 정중하게 고개를 숙였다.

"이번엔 어쩔 수 없이 폐하의 힘을 빌렸지만, 이미 전략이 성과를 발휘하기 시작한 이상 이제부터는 저희들이 대부분의 일을 처리할 수 있습니다. 폐하께서는 당분간 이곳에서 쉬시도록 하십시오.”

“음, 그런가?”

레오는 갑자기 기분이 나빠졌다. 하이번이 고의로 자신을 골탕 먹이려는 것이 아닌가 하는 생각까지 들었다.

부하로서 윗사람의 의사를 정확하게 파악하지 못하다니? 이놈의 능력을 믿어도 될 것인가? 신뢰감이 흔들리기까지 했다.

“그런데 폐하께서는 요즘 무엇을 하시고 계시는지요? 거의 방에서 나오지 않으신다고 들었습니다만.”

하이번의 질문이 레오의 생각을 끊고 들어왔다. 레오는 잠시 그를 노려보다가 솔직하게 대답했다.

“병법에 대한 공부를 하고 있다. 그대의 전략에 대해 알고 나니 나도 부하들의 희생을 줄이기 위해서는 병법이 필요하다는 생각이 들더군.”

“아! 그런 생각을 하셨다니? 과연 폐하께서는 자상하십니다.”

하이번은 감탄했다는 듯 말했지만 레오에게는 그것마저도 자신을 놀리는 것처럼 느껴졌다.

“그런가?”

부드득.

레오는 다시 이를 갈았다. 하이번은 무언가 단단히 화가 난 듯한 주군의 태도에 속으로 당황했으나 겉으로 드러내지는 않았다.

‘마음에 들지 않는 일이 있으신 건가?’

그는 자신이 한 일을 꼼꼼히 되돌아보며 반성하기 시작했다. 아무리 하이번이라고 해도 레오가 지금 공부하기 싫어서 핑곗거리를 찾고 있음을 알 리가 없었다.

레오는 아무것도 모른다는 표정을 짓는 하이번이 더욱 괘씸한 생각이 들었다.

'따지고 보면 병법을 공부하기 시작한 것이 다 이놈 때문이 아닌가?'

그러나 그는 곧 고개를 저었다. 그를 원망할 수는 없다. 레오는 곧 마음을 바꿔 자신이 들고 있는 책을 하이번에게 보이며 물었다.

"그런데 이 책에 쓰여 있는 내용은 나에게는 거의 이해가 안 되는군. 경이 알기 쉽게 설명을 해줄 수 있는가?"

솔직해지기로 했다. 모르면 모른다고 말을 한다. 그리고 배운다. 레오는 굳은 의지를 담은 눈빛으로 하이번을 보았다.

그런데 하이번의 표정이 이상했다. 그는 정말로 황당한 것을 본 것처럼 그 책을 보며 되물었다.

"뭡니까, 그것은?"

"뭐라니? 기초병법이론이라는 책이다. 가장 쉽고 처음에 보아야 할 책이라고 하더군."

표지에 이렇게 크게 쓰여 있는데 보지 못하느냐는 투다.

"아, 아니, 그것이……."

하이번은 당황한 듯 고개를 저었다. 그리고는 잠시 입을 다물고 생각에 잠겼다.

레오는 하이번의 태도에 정말로 마음의 상처를 입었다. 그는 눈에서 살기와도 같은 기운을 뿜어대며 한 자 한 자 또박또박 말했다.

"나.는. 아.직.까.지. 병.법.을. 공.부.해. 본. 적.이. 없.다, 하.이. 번."

탁!

"아! 그렇습니까? 과연!"

하이번은 갑자기 무엇인가 큰 깨달음을 얻은 사람의 표정을 지었다. 그러면서 손뼉까지 쳐가며 탄성을 질렀다.

그 모양을 본 레오는 전신에서 더욱 강렬한 기운을 내뿜기 시작했다.

"가.르.쳐. 줄. 텐.가?"

방 안의 공기는 숨이 막힐 것 같이 무거워졌다. 보통 사람이라면 온몸이 저절로 떨려 말도 제대로 할 수 없을 정도의 기운이었다. 그러나 하이번은 오히려 웃었다. 그리고는 얼른 두 손을 좌우로 흔들며 레오에게 말했다.

"아하하하, 아니, 아닙니다, 폐하. 그렇게 화내지 마시고 제 말씀을 들어주십시오. 폐하께서는 병법을 공부하실 필요가 없습니다. 정확하게 말하자면 병법을 공부하시면 안 됩니다."

"뭐라고?"

순식간에 레오의 전신에서 뿜어지는 기운이 사라졌다. 병법을 공부할 필요가 없다니? 무슨 소리인가?

레오는 자세한 설명을 해보라는 듯 팔짱을 끼며 턱을 약간 들어올렸다. 그러면서 하이번이 허튼소리를 하면 즉시 발로 찰 수 있도록 두 다리에 기를 모았다.

레오의 생각을 아는지 모르는지 하이번은 여전히 웃으면서 그를 보았다. 그리고는 레오가 막 참지 못하고 폭력을 행사하려 할 때 갑자기 입을 열어 그에게 질문했다.

"폐하께서는 병법을 전혀 공부한 적이 없는데 어떻게 부하에게 명령을 내리고 싸울 수 있으십니까? 과거 이곳 블라도스를 처음 함락시킬 때에 폐하께서는 분명 1만에 가까운 병사들을 지휘하셨다고 들었습니다.”

“그것은 발렌이나 다른 기사들이 있었기 때문이다. 나는 그냥 공격을 명하거나 이동을 시켰을 뿐이다.”

“공격이라, 그런데 제가 듣기로 폐하께서는 공격을 명하실 때 전혀 어떠한 망설임이나 주저함도 없었다고 했습니다. 그리고 전에 발렌 경에게 들으니, 폐하께서는 상대가 강하고 약한 것을 한눈에 알 수 있다고 하더군요.”

하이번은 그가 가장 의문스러워하는 점을 확인하려 했다. 이미 어느 정도 짐작을 하고 있었지만 확실하게 알아두어야 설명하기도 쉽고, 앞으로의 작전에 참고할 수도 있다.

레오는 하이번의 말투에서 이것이 상당히 중요한 질문이라는 것을 알아차리고는 화를 가라앉히고 대답해 주었다.

“발렌에게는 한번 설명했지만 나는 나의 강함과 상대의 강함을 비교할 수 있다. 다시 말하면, 상대가 어느 정도 강한지 눈으로 보인다.”

“눈으로 말입니까?”

이건 의외다. 하이번은 상당히 놀랐다. 어떻게 강함과 약함이 눈으로 보이는 걸까? 그러나 레오는 자신에게는 당연한 일이라는 듯 설명을 계속했다.

“정확하게 말하면 상대가 뿜어내는 기와 투지가 보인다. 그것이 개인이든 집단이든 모두 보이는데 한 번도 틀린 적이 없다.”

“으음, 죄송하지만 다시 질문을 하게 해주십시오. 제가 생각하기에 강함과 약함은 상대적인 것으로 압니다. 물론 강한 자는 강하지만 그래도 때에 따라서는 약한 자에게 패할 수도 있지 않겠습니까?"

승부는 운이 7할이고 실력이 3할이라는 말이 있다. 그 정도로 아무리 강한 자라고 해도 방심할 수가 없는 것이 승부가 아닌가? 그런데 레오의 설명에 의하면, 강하면 강한 것이고 약하면 약한 것이라고 말하는 것 같았다.

과연 레오는 고개를 저었다.

"아니, 그런 일은 없다. 단, 강함이라는 것이 시간과 장소에 따라 다르게 느껴진다. 끊임없이 변화하는데 보통은 조금 더 강한 자가 기운이 약해졌을 때 약한 자에게 당할 수는 있다. 그 순간 그자는 상대보다 약해진 것이다."

"그럼 그게 개인의 승부가 아니라 단체, 군대의 전투에도 해당된다는 말씀이십니까?"

"그렇다. 군대는 더욱 정확하지. 개인의 경우 잘못해서 돌부리에 걸려 넘어지기라도 하면 그 순간은 급격히 약해진다. 하지만 무리를 지으면 강해지는 것도 약해지는 것도 조금 더 천천히 바뀌지. 강한 군대로 약한 군대를 치면 무조건 이긴다."

"그렇군요! 처음 알았습니다!"

하이번 후작은 크게 감탄했다. 강한 군대로 약한 군대를 치면 이긴다는 것은 상식이다. 그러나 그는 마치 전혀 새로운 이론을 접하는 것 같은 느낌을 받았다.

"그러니까 폐하께서는 그 강함이 눈에 보이고, 폐하의 군대가 상대보다 강할 때에 공격을 명한다는 말씀이신 거군요."

"그렇지. 반대로 이쪽이 약할 때에는 강하게 만든다. 상대를 약하게 만들기도 하지."

다른 이라면 강함과 약함이 보인다고 해도 절대 단언할 수 없는 일이지만 레오에게는 그것이 가능했다. 그가 앞에 나서기만 해도 그의 부하들은 강해졌다. 그래도 안 되면 적의 우두머리를 바로 쳐버린다. 머리를 잃은 적군은 백이면 백, 확실하게 약해지는 법이다.

과거 하이번이 군사들을 물릴 때 레오가 그들을 쫓지 않은 것은 바로 이러한 이유에서였다. 지휘관이 보이지 않으니 적군을 약하게 할 수 없었다.

레오는 평소의 그답지 않게 이러한 부분을 상세하게 설명했다. 그야말로 자상하다고도 할 수 있는 설명에 하이번은 목이 아플 정도로 위아래로 흔들어대며 십분 이해했음을 표현했다.

"틀림없는 말입니다. 과연 폐하께서는 병법을 얻으셨군요."

"병법을 얻다니? 그게 무슨 소리지?"

"병사를 다루는 방법을 말합니다. 싸워서 이기는 방법을 말하기도 하지요. 폐하께서는 이미 절대로 지지 않는 병법을 가지고 계신 겁니다."

하이번은 모든 것을 알았다. 자신이 왜 눈앞의 남자에게 매료되었는지를 이제야 납득할 수 있었다.

이 남자는 단순히 개인이 강하기만 한 것이 아니다. 본인은 깨닫지 못하고 있지만 전투라는 분야에 있어서는 정말로 하늘이 내린 존재라 할 수 있다. 전신이라는 말이 너무나도 어울린다.

하지만 레오는 아무것도 이해할 수 없었다. 그는 한쪽 눈을 약간 찌푸리며 하이번을 노려보기 시작했다. 더 이상 혼자만의 세계에 빠져 있다면 참지 않겠다는 무언의 압력을 보냈다.

하이번은 과연 세기의 천재군사답게 눈치도 빨랐다. 그는 즉시 마음을 가라앉히고 헛기침을 몇 번 하면서 설명을 하기 시작했다.

"험, 험, 폐하께서는 폐하만의 병법을 본능적으로 알고 계신 겁니다. 지금 보시고 계시는 병법서를 비롯하여 다른 모든 병법서는 결국 보통 인간을 위해 만들어진 겁니다. 폐하께서 그것을 연구하셔도 전혀 도움이 안 될 겁니다."

"뭐라고? 그러나 나의 방법으로는 부하가 죽는 것을 막을 수 없기에 싸움을 하면 꼭 피해가 생긴다. 내 군대의 힘이 10이고 적이 5라면 싸울 경우 아군의 피해가 적어도 2는 생기는데 그것을 막을 수가 없다."

레오는 열심히 설명했다. 이것은 전에 발렌에게 들은 설명이었는데 그것을 그대로 하이번에게 했다.

레오는 그때 발렌의 설명에 반박을 못하고 결국 군을 다루고 전략적인 작전을 구상할 수 있는 군사를 구하기로 했었다. 그 결과가 바로 눈앞의 하이번이 아닌가?

그러나 하이번은 레오의 설명에 너무나도 쉽게 반박했다.

"그거야 당연합니다. 폐하께서는 이기는 것만 연구했지 구하는 것은 연구하지 않았기 때문입니다."

"으음, 그런가?"

"폐하의 병법은 다른 자에게는 전혀 소용이 되지 않습니다. 반대로 다른 병법은 폐하에게는 거의 도움이 안 될 것입니다. 폐하의 병법은 바로 전신의 병법입니다. 그것을 깨달으시고 원하시는 것을 스스로 연구하십시오."

끄덕끄덕.

다른 병법은 도움이 안 된다. 레오는 그것을 이해했다. 그러나 아직 미련을 버리지 못하겠는지 약간 누그러진 목소리로 말했다.

“그래도 휴케바인도 기본적인 병법은 아는데 나도 알아두기는 해야 하지 않겠나?”

전혀 모르면 문제가 될 것 같은 기분이 들었다. 무엇보다 휴케바인이 안다는 것이 마음에 걸렸다.

“아닙니다. 전혀 모르시는 것이 좋습니다. 휴케바인 경은 그래도 상식 속에서 살아가는 사람입니다. 오히려 폐하께서 일반 병법의 상식을 아시게 되면 폐하 자신의 병법이 약화될 것입니다.”

하이번은 미소를 지으며 말했다. 사실 에고른이나 발렌은 공공연하게 휴케바인에게 몰상식한 행동을 한다고 나무라곤 했다. 하지만 그것마저도 그 말이 휴케바인에게 통하기에 하는 것이다. 즉, 휴케바인은 가끔 몰상식한 짓을 하지만 완전히 상식을 벗어난 존재는 아니다.

반면 레오는 달랐다. 그는 그 자신이 완전히 상식에서 벗어나 있기에 상식적이라는 말 자체가 통용될 수 없는 존재이다. 어떤 면에서 그의 능력은 인간으로 보기 어려운 면이 많다.

이 차이는 정말 대단해서 휴케바인은 자신이 몰상식하다고 야단을 맞으면 대충 이해는 할 수 있었다. 하지만 레오는 이른 바 상식이라는 틀에 자신을 맞추는 것 자체가 불가능했다.

하이번은 이것을 한 번에 꿰뚫어보았다. 휴케바인이 오랜 기간과 본능에 의지해 레오를 어느 정도 알게 된 것에 비하면 정말 무서운 감각이라 할 수 있다.

레오는 자신이 병법을 공부하면 안 된다는 말이 마음에 들었지만 오히려 그렇기에 상세히 캐물었다. 일단 공부하기 싫어서 무언가를 포기한다는 생각은 하기 싫었던 것이다.

“그건 무슨 뜻인가? 모르는 게 낫다니? 구체적으로 어떤 점에서 낫다는 거지?"

"상식을 벗어난 움직임! 저 같은 병법가가 가장 무서워하는 것이 바로 그것입니다. 그리고 폐하의 병법이 바로 그러한 움직임의 극치입니다. 상식에 얽매이려 하지 마십시오. 오히려 상대가 안심할 겁니다. 제가 과거 폐하의 움직임을 얼마나 연구하고 고민했는지 아십니까? 폐하의 적은 정말로 불쌍한 사람들입니다. 다른 곳에는 전혀 쓸데없는, 오로지 폐하만을 상대하기 위한 병법을 연구해야 하니 말입니다."

하이번은 얼마 전까지 자신이 그런 불쌍한 병법가들에 속해 있었다는 것을 떠올렸다. 이 황당한 인간은 자신의 존재가 다른 병법가들에게 얼마나 공포와 경외의 대상이 되고 있는지 자각하고 있을까?

'이쪽에 붙기를 잘했지. 내가 평생 연구한 병법은 상식적인 자들을 상대하기 위한 거였으니까.'

하이번은 그렇게 생각하며 고개를 끄덕였다. 만약 흑사자와 계속 싸웠더라면 자신의 머리는 그를 상대할 방법을 계속해서 구상하느라 하얗게 새어버렸을 것이다.

"그렇단 말이군. 그럼 나는 나의 병법을 연구해야겠군."

레오는 고개를 끄덕이며 손에 들고 있는 병법서를 탁상 한쪽에 놓았다. 더 이상 그것을 보기도 싫다는 듯 고개는 다른 쪽을 향하고 있었다.

"그렇습니다. 그리고 폐하가 모든 것을 하실 필요가 없이 저희에게 맡겨주십시오. 가장 중요한 순간에 무조건 이길 수 있다는 사실을 안 것만으로도 소신은 기쁩니다."

"흠, 그런가? 알았네."

레오는 다시 승낙의 표시를 하며 이제 하이번에게 나가보라고 손짓

을 했다. 일단 병법서를 읽지 않아도 되니 밀린 잠을 자야겠다는 생각
이 들었다.

하지만 하이번은 레오의 볼일이 끝났으니 이제 자신의 할 일을 해야
했다.

"보고드릴 것이 있습니다."

"응? 보고? 하게."

레오는 갑자기 무슨 보고냐는 얼굴로 빨리 하라고 재촉했다.

하이번은 여전히 자기 페이스대로 천천히 말했다. 중요한 내용이기
때문에 보고를 생략할 수도 없었다.

"수도에서 반란이 일어날 것 같습니다. 발튼 후작은 진압군을 지휘
하러 슈란으로 돌아갔습니다."

"반란이 일어난다고? 누가 감히 나를 배신한단 말이냐?"

레오의 눈빛이 급격히 싸늘하게 변했다. 분명히 정식으로 왕위를 이
어서 모든 귀족들이 보는 앞에서 대관식을 했다. 그 자리에 있던 귀족
들은 한 사람도 빠짐없이 자신에게 무릎 꿇고 충성 서약을 하지 않았
던가.

그런데 반란이라니? 이것은 배신이다. 아버지 구스타프 자작은 레오
에게 한 번 충성을 맹세하면 그 기사의 목숨은 주군의 것이라고 가르
쳤다.

물론 세상이 그렇게 이상적으로 돌아가는 것은 아니라고 알고 있다.
그러나 레오는 실제로 자신에게 한 번 충성을 맹세하고서 다른 마음을
먹는 부하는 경험해 보지 못했다.

비록 귀족들이 병사들을 소집할 때 소극적인 태도를 취했지만 그것
과 이것은 다르다. 충성심이 약하고 자신을 신뢰하지 못하는 것은 시

간이 지나면 바뀌겠지만 한 번 배신하면 그것은 영원히 사라지지 않는다. 가슴속에서 분노가 불길처럼 일어났다.

하이번은 다시 말했다.

"아직 일어나지 않았습니다. 곧 일어날 것입니다만."

"그게 무슨 소리지?"

곧 일어난다니? 레오는 이해할 수 없다는 듯 반문했다.

그러자 하이번은 레오의 눈을 보며 설명을 시작했다.

"원래 두카 공작의 일파들은 폐하를 인정하지 않고 있었습니다. 그리고 그들 중에는 아직도 미노 왕국의 첩보 조직과 접촉한 자가 있을 것입니다. 저는 이번 발도어 왕국과의 전쟁에서 가능한 한 모든 병력을 이끌고 이곳으로 왔습니다. 그러면서 보급은 수도의 문관 귀족들의 손에 맡겼습니다. 저들이 하지 않는다면 모를까, 일을 벌인다면 아마 지금일 것입니다."

그는 자신이 이미 반란을 예상하고 오히려 그것을 역이용하여 덫을 놓았다고 말했다.

쾅!

레오는 탁자를 치며 벌떡 일어났다.

"그런가? 그놈들이 반란을 일으킨단 말이지? 알았다. 내가 직접 가서 다 쓸어버리겠다!"

하이번은 얼른 팔을 저으면서 레오를 진정시켰다.

"이미 발튼 후작을 보냈습니다. 그가 수도 위쪽에 대기시켜 놓은 병력을 지휘하여 반란군을 진압할 것입니다."

"병력? 남은 병력이 있었나?"

"있지 않습니까? 저들이 모르는 병력이 말입니다."

"아! 그렇군. 하하하, 과연 하이번이야! 머리를 써서 상대를 괴롭히
는 데에는 무척 쓸 만하군."

레오는 하이번의 말을 금방 알아듣고 크게 웃었다. 이제 돌아가서
자신을 배신한 자를 처형하기만 하면 된다는 것을 아니 기분이 풀어졌
다.

티모라가 있는 이상 로엔이야 당연히 무사할 테니 더 이상 걱정할
것도 없었다. 그녀의 존재를 인정하지 않는 레오지만, 지금 같은 경우
에는 그것이 상당한 안도감을 주고 있었다. 늘 동행하던 네로가 수도
에 남은 이유가 하이번 때문임도 짐작할 수 있었다.

하이번은 크게 웃는 레오를 보며 그가 자신에게 전혀 화를 내지 않
는다는 것을 알았다. 반란을 예상하면서도 미리 보고하지 않고 계책을
꾸민 것을 조금도 탓하지 않았다.

흑사자는 자신을 완벽하게 신뢰하고 있다! 정말로 모든 병권을 자신
에게 맡겼기에 그것을 당연하다고 생각하는 것이 틀림없었다.

'과연 그는 그릇이 다르군. 나쁘지 않아.'

그는 입가에 미소를 지었다. 애슐론의 왕을 주군으로 삼고 수십 년
을 인내하며 충성한 것이 주마등처럼 지나갔다. 그러던 중 그의 머리
에 순간적으로 떠오른 것이 있었다.

'아! 그러고 보니 나는 지금 주군을 시험한 것인가?'

하이번은 갑자기 그것을 깨닫고 크게 놀라 미소 지었던 얼굴이 돌처
럼 굳어졌다. 신하된 자가 주군을 시험하다니?

원래대로라면 출정을 하기 전에 미리 모든 전략을 알리고 일일이 허
락을 받아야 했다. 하지만 이번 전쟁에서는 전혀 그렇게 하지 않았다.

흑사자가 과연 자신의 주군이 될 자격이 있는가 무의식적으로 시험

을 한 셈이다.

'후후후, 두 번째 주군이라 신중해진 건가? 나는 불충한 인간인가?'

하이번은 얼굴이 붉어지는 것을 느꼈다. 평생 지켜온 신념, 그것은 바로 충성과 신의가 아니었던가! 레오를 볼 면목이 없었다.

얼굴이 붉어지는 것을 감추기 위해 하이번은 얼른 허리를 굽혔다.

"이만 물러가 보겠습니다."

"응? 그렇게 하게. 나는 당분간 쉬어야겠군."

하이번의 생각을 모르는 레오는 공부라는 가장 무거운 짐으로부터 벗어난 홀가분함에 미소를 지으며 그가 나가는 것을 기다려 그대로 침대에 누웠다.

❖ Chap 7 ❖
제국

제국

슈란 왕국, 아니, 가이안 제국의 수도 헬룬. 평화로워야 할 이 도시에 위험이 다가오고 있었다.

해가 지고 두 개의 달이 뜨자 어둠을 틈타 시가지에 잠입해 있던 병사들이 거리로 나왔다. 그들의 목표는 왕궁, 이제는 제국의 황궁이 된 곳이다.

평소라면 1천 명의 전력으로는 황궁을 도모하기가 불가능하겠지만 지금이라면 충분히 가능하다. 황궁의 주인인 황제가 모든 병력을 싹 끌고 국가 간의 전면전에 나갔기 때문에 근위 기사단도 거의 남아 있지 않았다.

"서둘러라! 날이 밝기 전에 황궁을 손에 넣어야 한다!"

부대를 총지휘하는 마르크스는 부하들에게 그렇게 말하며 일차 집결지인 황궁의 옆쪽 숲으로 향했다. 일단 그곳에서 집결하여 황궁 내부의 첩자와 호응하여 단번에 침입할 생각이었다.

그들은 모두 십여 명씩 소그룹으로 나누어 제각기 숨어 있었다. 전체로 보면 100개 분대라고 할 수 있다.

침투 공작의 훈련을 받은 자들이었기에 그 실력은 일반 병사들에 비해 월등했다. 마르크스는 숲으로 달리면서 거리의 어둠 속에서 점점 늘어가는 동료들을 믿음직스러운 얼굴로 보았다.

숲, 황궁에 붙어 있는 이곳은 황제의 숲으로 일반인들은 들어갈 수 없는 곳이다. 귀족들이 야외 파티를 하거나 황제가 사냥 대회를 열 경우에만 개방되는 신성한 장소라고 할 수 있다.

그러나 숲지기들을 모두 잡아들인 이상 이곳은 그들의 소유가 되었다고 할 수 있었다.

수도 내에서 1천 명의 병사가 남의 눈에 띄지 않고 모일 수 있는 장소는 그렇게 많지 않다. 이들에게는 다행히도 마침 황궁 바로 옆에 그중 하나의 장소가 있는 것이다.

"다 모였습니다. 인원 결손은 없습니다."

부관이 와서 보고했다. 숲의 나무들 사이에는 검은 가죽옷을 입은 병사들이 빽빽하게 들어차 있었다. 그들의 눈만이 맹수처럼 불빛도 없는 숲에서 푸른 귀기를 퍼뜨리고 있었다.

그들은 제각기 열 명의 분대를 이루고 또 열 개의 분대가 모여 100명의 중대를 이룬 상태였다. 열 개의 중대 중 다섯이 황궁의 중요 지역을 점검하고, 나머지 다섯 중대가 모두 후궁으로 밀고 들어가기로 되어 있었다.

"좋군, 좋은 밤이야."

마르크스는 웃었다. 부하들의 전의는 그야말로 최고라고 할 수 있었다. 황궁을 점령하면 그 공은 최고에 해당한다. 그리고 당장 이모저모로 생기는 것도 많을 것이다.

제국 내에서 가장 비싼 것들이 모이는 곳이 바로 황궁이 아닌가. 그리고 미녀도 많을 것이다.

"다른 곳의 동향은?"

"전혀 없습니다. 수도 내부는 아주 조용합니다."

"그런가? 도둑 길드는 우리의 움직임을 알아차렸을 만도 한데, 알아서 기는가 보군."

하기야 1천 명의 병사가 움직인다면 보통 일이 아니다. 도둑 길드는 조용히 어딘가에 숨어서 눈치만 보고 있을 것이다. 그게 그들의 생존 방식이 아닌가?

"그럼 시작하자. 날이 밝기 전에 황궁을 완전히 장악하는 것이 목표다. 다소 험하게 손을 써도 좋다. 무기에는 독을 바르고, 보이는 자는 모두 죽여라. 단, 아이는 죽이지 마라. 흑사자의 조카는 생포해야 하니까."

"알겠습니다."

부관은 마르크스의 냉혹한 명령에 기가 질리기는커녕 오히려 즐겁다는 듯 이를 드러내며 웃었다. 이 명령은 곧바로 중대장을 거쳐 분대장으로 전달되었다.

마르크스가 손을 높이 들어올려 크게 한 바퀴를 돌리자 병사들이 말없이 움직이기 시작했다. 그들의 가슴은 격렬하게 뛰기 시작했다.

사실 이곳에 모인 병사들은 암습이 성격에 맞는 자들을 뽑아 훈련을 시킨 이들이다. 암습이라는 것은 증거 인멸이 필요한 경우가 많다. 그런 만큼 잔인하지 않으면 어울리지 않는 일이라고 할 수 있다.

살육의 밤이다! 그동안 좁은 지하실 구석에서 쥐 죽은 듯 숨어 있었던 스트레스를 단번에 풀 시간이 됐다!

척, 척, 척, 척.

그들은 더 이상 발걸음 소리를 줄이지 않았다. 당당하게 무기를 뽑아 들고 황궁을 향해 걸어갔다.

그런데 갑자기 그들의 앞에 몇 명의 남자가 나타났다.

"아니, 이런 밤중에 어디를 가시나?"

"누구냐?"

마르크스는 손을 들어 병사들을 정지시키며 살기 어린 음성으로 물었다. 불길한 예감이 들기 시작했다. 우리의 움직임을 예상하고 막다니? 그는 신경을 집중시켜 주변을 둘러보았다. 하지만 별다른 병력은 없었다.

"우리를 막을 생각인가?"

마르크스는 다시 차갑게 말했다. 검을 들어 눈앞에 서 있는 자를 가리켰다. 막으면 베어버리겠다는 협박이었다.

그러나 상대편 남자는 전혀 부담이 되지 않는지 여전히 웃고 있었다.

"막는다기보다는 정리할 생각이지. 누가 그러더군. 숲에 정체불명의 병사들이 모이면 그자들은 반역자니 모두 처형하라고."

"뭐라고? 흥, 너희들만으로 우리를 처형하겠다고?"

마르크스는 그들을 비웃었다. 그러면서 검을 높이 치켜들었다. 그의 부하들은 살의로 번들거리는 눈을 더욱 빛내며 전투 준비를 했다. 검이 내려지는 순간 앞으로 돌진할 생각이었다.

"아니, 우리가 꼭 너희들 전부를 처리할 필요가 없거든. 지금은 그냥 인사하러 온 거야. 잘 가라고. 혹시 살아서 빠져나온 자들은 우리가 친절하게 뒤처리를 해줄 테니까."

남자는 그렇게 말하면서 손을 들어올렸다. 그러자 그 순간 이변이 벌어졌다.

파파파팡!

머리 위에서 무엇인가 터지는 소리가 들려왔다.

촤아악―

"아앗! 이건 뭐지?"

"읍퇴퇴, 이건? 기름?"

병사들은 갑자기 나무 위에서 떨어진 검은 액체를 뒤집어썼다. 그들이 있는 곳뿐만 아니라 숲 곳곳에서 나무에 매달려 있던 통이 깨어지며 그 안에 담겨 있던 기름이 쏟아져 나무와 풀들을 적셨다.

마르크스는 안색이 변해 눈앞의 남자를 보았다. 검을 든 그의 손이 떨리고 있었다. 부하들이 외치는 소리로 지금 쏟아진 액체가 기름이라는 것을 알았다.

진한 기름 냄새가 차가운 밤바람을 타고 코를 찔렀다.

"서, 설마?"

"미안, 천 명이나 되는 자들을 일일이 상대하면 이쪽의 피해가 너무 커서 손익이 맞지 않거든."

남자는 그렇게 말하며 들어올렸던 손을 내렸다. 마르크스가 하려던 죽음의 신호는 오히려 그들에게서 내려졌다.

파악, 화르르륵―

"아악, 불이다!"

"안 돼!"

불, 한쪽에서 일어난 불길은 무서운 속도로 퍼지고 있었다. 병사들
은 즉시 비명을 지르며 바람을 등지고 뛰었다. 하지만 이곳은 기름을
쏟아 부은 숲이다. 그들 중 대부분은 위에서 쏟아지는 기름에 온몸을
적신 상태였다. 거기에 나무가 빽빽하게 들어찬 어두운 숲이라 빨리
뛸 수도 없었다.

파드드득―

불길은 너무나도 빨리 번졌다. 이상한 소리를 내며 바람을 타고 악
마처럼 병사들을 집어삼키기 시작했다.

"이놈들!"

마르크스는 병사들과 함께 뛰지 않았다. 그와 그의 부관을 비롯해
몇 명은 눈앞의 남자들이 있는 곳을 향해 돌진했다.

설마 저들 자신이 불에 타 죽을 생각은 없을 것이다. 그들이 있는 곳
이 바로 안전한 곳이다. 그 찰나의 순간에도 그의 머리는 착실하게 움
직여 그러한 결론을 내렸던 것이다.

그런데 그것은 생각처럼 되지 않았다. 마르크스는 곧 비명을 지르며
땅바닥을 뒹굴었다.

"아악!"

"바, 발이!"

사람들은 하나같이 발바닥을 뚫고 들어오는 강철 가시의 고통을 참
지 못하고 바닥에 뒹굴었다.

"으아악!"

"컥!"

넘어진 몸에도 가시는 사정없이 박혀들었다. 마르크스와 같은 방
향으로 뛴 몇 명은 저마다 비명을 토해내며 억지로 일어서려고 애를

썼다.

그때 앞쪽에서 뛰어서 도망가고 있는 자들이 외치는 소리가 들려왔다.

"아, 미안. 밤에 함부로 도둑 길드의 사람을 쫓는 것은 별로 현명하지 못하다는 충고를 잊었군."

그들은 도망가면서 열심히 가시 달린 쇠구슬을 뿌리고 있었다. 보통 보병용도 아닌 기마용 캘트롭이었다. 한 번 박히면 걷기가 불가능할 정도로 크고 억센 가시가 달려 있었다.

"뛰어서 도망가지도 못하게 됐군. 정말 미안해!"

멀어져 가는 자들로부터 그런 소리가 들려왔다. 그리고 남자들의 모습은 어둠 속으로 사라졌다.

마르크스는 그 모습을 끝까지 노려보며 이를 갈았다. 불길이 점점 다가오고 있지만 그는 일어설 수조차 없었다.

"이놈들! 이 미족의 저주를 받을 놈들!"

언제나 인간의 생각은 참 편리하게 움직인다. 그는 방금 전까지 자신들이 황궁의 사람들을 모두 학살하려고 했던 것을 잊고 있었다. 오직 철저하게 자신들을 죽음으로 밀어 넣는 상대의 악랄함을 욕할 뿐이었다.

불길은 어느새 그가 뜨거움을 느낄 정도로 다가왔다.

"아아아아아악!"

화르르륵, 파드득—

붉은색의 화광이 숲의 절반을 태우기 시작했다. 수도의 사람들은 갑자기 북쪽 하늘이 밝아진 것에 놀라 잠에서 깨어 그곳을 바라보았다. 불안한 눈으로 거대한 화재를 보는 사람들은 영문을 모른 채 밤을 지새웠다.

"흥, 하이번 그놈이 숲을 태우라고 말했다고?"

티모라는 황궁의 탑에 올라 그 광경을 보고 있었다. 검은 비단으로 된 드레스에 붉은 기운이 반사되어 묘한 분위기를 자아냈다.

"다수의 병사들이 모일 수 있는 곳은 정해져 있습니다. 그래서 그들은 예전부터 공을 들여 숲에 준비를 한 모양입니다."

그녀의 앞에는 한 남자가 서 있었다. 로브를 깊게 뒤집어쓰고 마법의 지팡이를 짚은 남자, 그는 티모라에게 지극히 공손한 어투로 말하고 있었다.

"그렇다면 너희들을 소집할 필요는 없었군. 하이번 그놈이 나름대로 준비를 철저히 했으니까 말이야."

"저희야 오랜만에 어머님을 뵐 수 있었으니 나쁜 것은 아니지요."

"나리카, 나를 어머니라고 부르지는 말거라. 괜히 늙은 것 같은 기분이 든단다."

티모라는 지극히 냉정한 어투로 말했지만 나리카라 불린 남자의 태도는 여전했다.

"그래도 어머니는 어머니지요."

"휴우, 너희들을 기르고 또 가르친 것은 내가 필요했기 때문이란다. 나에게 그런 감정을 느낄 필요는 없다."

"하지만 고아인 저와 제 누이를 키워주신 것은 변할 수 없는 사실입니다. 그리고 어머니는 말씀과는 달리 저희에게 정을 쏟으셨지 않습니까? 모두 그것을 느끼고 있습니다."

나리카는 그렇게 말하며 고개를 들어 애정 어린 눈빛으로 티모라를 보았다.

30년 전 그녀가 자신들을 거두어주지 않았다면 이미 굶어 죽었거나 가장 밑바닥 인생을 살았을 것이다. 여동생 역시 결코 지금처럼 좋은 삶은 상상할 수도 없는 고생을 했을 것이다.

시골에 위치한 고아원에서 30명의 고아는 그녀에게 가장 훌륭한 교육을 받았다. 모두 자신의 재능을 펼칠 수 있었고, 그녀의 도움으로 세상에 나가 자리를 잡았다.

그들에게 있어 티모라는 여신이라고 할 수 있었다.

검, 마법, 예술, 문학 등 티모라는 고아들이 원하는 모든 것을 제공했고 차별을 두지 않았다. 무엇이든 그들이 스스로 살아갈 수 있는 힘과 기술을 성의를 다해 가르쳤다.

성인이 된 이후에야 자신을 키운 원장 선생님이 알고 보면 마녀라고 불리는 하프 엘프였다는 것을 알게 되었다. 하지만 그들 중 누구도 그것을 수치로 생각하지 않았다.

그들은 자신들을 거두어들인 티모라를 마녀라 부르는 평범한 사람들에게는 어떠한 도움도 주지 않았다. 그들은 오히려 자신들을 키운 사람이 세상에서 가장 뛰어난 마법사라는 사실에 자긍심을 가졌다.

40세의 나이로 5서클 마법사가 된 나리카도 그중 한 사람으로, 이번에 티모라가 소집한 자를 대표하고 있었다.

"그 얘기는 나중에 하자. 아무튼 모처럼 왔으니 며칠 쉬다 가렴. 이곳의 주방장은 실력이 나쁘지 않다. 시골 주방장이었지만 지금은 황궁의 요리장이 되었지."

"하하하. 어머니의 미식가 기질은 여전하군요? 덕분에 저희들도 꽤 맛있는 것들만 먹고 자랐지만 말입니다."

“그만 하렴. 난 그래도 하프 엘프다. 숲이 불타는 것을 보니 별로 기분이 좋지 않구나.”

티모라는 그렇게 말하며 다시 고개를 돌려 숲을 보았다.

나라카는 자신이 티모라의 기분을 살피지 못했다는 것을 깨닫고 조용히 입을 다물었다.

티모라는 불타는 숲에서 시선을 떼지 못하고 한숨을 쉬며 말했다.

“그자가 스스로의 힘으로 모든 것을 해결하겠다 하니 내가 끼어들 필요는 없겠지. 로엔을 노리는 놈들은 절대로 용서할 수 없지만 말이야.”

왜 연약하고 귀여운 로엔을 노리는 걸까? 차라리 흑사자를 노렸다면 자신은 절대로 관여하지 않았을 것이다. 오히려 티가 안 나게 도왔을 가능성도 높다.

혹시라도 레오가 곤란해할 정도로 획기적인 암습 방법을 펼칠 수 있다면 크게 칭찬해 줄 것이다. 그런데 꼭 실력도 없는 놈들이 애를 괴롭힌다.

“결과는 저렇게 되는 것이지.”

그 바람에 애꿎은 숲만 불타고 말이다. 속으로 그렇게 중얼거리니 다시 마음이 아파왔다. 울적한 기분을 풀려고 노력했지만 허사였다.

까아아아악—

인간들에게는 절대 들리지 않을 소리, 나무의 생명이 다하면서 들리는 절규가 귀청을 흔들고 있었다. 역시 숲에서 들려오는 드라이아드의 비명 소리에는 저항할 수 없었다. 엘프의 피를 타고 태어난 그녀이기에 정령의 힘을 느끼는 것이다.

팍!

티모라는 자리에서 일어나 길게 늘어진 소매 자락을 펼치며 걸음을 옮겼다.

"오늘밤 잠자기는 틀렸군. 하이번, 나중에 엘프 앞에서 숲을 태우는 것이 얼마나 실례인지 설명해 주어야겠구나."

티모라는 나리카의 곁을 스쳐 지나가며 혼자말로 그렇게 중얼거렸다. 그녀의 말에 나리카는 잠시 몸을 떨었다.

그 시간, 편안하게 잠들어 있던 하이번 후작 또한 한기를 느끼면서 무의식 중에 이불을 목까지 끌어 덮고 있었다.

*　　　*　　　*

"숲에서 불이 났다고? 그럼 그곳에 모이기로 한 병사들은?"

"수도 방어군이 출동하여 숲에서 진화 작업을 하고 있습니다만, 생존자는 한 명도 발견되지 않고 있답니다."

"생존자가 아무도 없다라… 과연 그렇겠지."

팔콘 백작은 부하의 보고를 듣고도 전혀 놀라지 않았다. 자신이 심혈을 기울여 세운 작전이 엉망진창이 되었는데도 화를 내지도 않았다.

처음 황궁에 침투한 첩보 요원들이 행방불명됐다는 보고를 듣자마자 그는 만일을 위해 이곳으로 몸을 피했다.

음모가 실패했다고 확신한 것은 아니었다. 그저 직감적으로 무엇인가가 잘못되었다는 것을 느끼는 순간, 일단 자신의 안전을 최우선적으로 챙겼다.

그리고 지금 보고를 들으니 역시 음모는 실패했다는 확신이 들었다. 생존자가 없다는 것은 불을 지른 자가 살아남은 자를 모두 처치했다는 의미이다. 살아남은 자가 있다고 해도 그들에게 잡혀 열심히 정보를 제공하고 있을 것이다.

"누굴까? 내가 이렇게 열심히 세운 작전을 깨끗하게 부수는 자는?"

흑사자도 하이번도 모두 외국에 있지 않은가? 팔콘은 정말 궁금하다는 듯 중얼거리며 고개를 갸웃거렸다. 그는 전혀 심각한 표정을 하고 있지 않았다. 여느 때와 같이 부드러운 햇살과도 같은 밝은 미소를 유지하고 있었다.

하지만 그의 가슴속에서는 불길이 치솟아 오르고 있었다. 분노와 불안, 그리고 좌절 등의 격렬한 감정이 복합적으로 나타났다.

"어떻게 할까요?"

부하는 무릎을 꿇은 채 팔콘에게 물었다. 이곳은 그들만이 아는 장소, 다른 귀족들조차 알지 못하는 비밀 은신처이다. 심지어는 팔콘 직속의 부하들조차 이곳을 아는 사람은 한정되어 있다.

팔콘은 이미 헬룬 내에 대여섯 개의 은신처를 만들어두었다. 그리고 이곳을 아는 자들은 다른 은신처의 위치를 모른다.

팔콘은 잠시 고민하다가 말했다.

"역시 이곳도 안심할 수 없어. 세상에는 내 상식만으로 예측할 수 없는 일들도 있으니, 조금이라도 위험으로부터 멀어지는 것이 좋겠지. 당장 떠날 준비를 하게."

"수도를 벗어납니까?"

"가이안 제국을 벗어나기로 하지. 조직의 절반은 남겨두었다가 나중에 무사하다는 것이 확인되면 다시 들어오면 되니까. 당분간 이곳의 거점은 모두 포기한다."

"알겠습니다."

부하는 즉시 고개를 숙여 명을 받았다. 하지만 그는 바로 움직이지 못했다. 너무 크게 놀라 머리 속에 혼란이 일어났다.

대륙 동남부의 거점을 총괄하는 책임자가 바로 팔콘이다. 그런 그의 구역에서 흑사자가 자리를 잡았다.

이것만으로도 크게 문책을 당할 수 있는데, 이제 흑사자가 세운 제국의 구역 내에서 세력을 잃게 되었다. 잇따른 작전의 실패, 그것은 처형을 당해도 할 말이 없을 만큼 큰 실패라고 할 수 있었다.

팔콘은 잠시 움직이지 않는 부하를 보면서 그것을 알아차린 듯 말했다.

"괜찮다. 나는 죽지 않는다. 적어도 이곳에 대해 가장 확실한 세력과 정보를 가진 이상 폐하께서는 다시 기회를 주실 것이다. 서둘러라. 혹시라도 잡히면 그 한 번의 기회를 잃게 된다."

"옛!"

부하는 짧고 강한 목소리로 대답하고 즉시 일어나서 문밖으로 나갔다. 이제 두 시간만 있으면 이 은신처에는 아무도 남아 있지 않게 될 것이다.

팔콘은 잠시 허공을 응시하다가 한숨을 쉬었다.

"그래, 성패는 운에 달린 거지. 내가 어떻게 하겠어? 다음번에는 성공하기를 빌 수밖에."

자조적인 목소리, 가벼운 겜블을 하다가 진 귀족의 대사처럼 전혀 어둡지 않은 어조였다. 하지만 팔콘의 눈에는 파란 인광이 뿜어져 나오고 있었다.

다음번이 마지막이다! 마지막 기회! 그때에는 더욱 정교하고 악랄한 음모를 꾸며 흑사자에게 지금 내가 느낀 기분을 나누어주겠다! 그는 그렇게 결심했다.

　　　　　＊　　　　　＊　　　　　＊

부웅, 부웅, 부웅―

척척척척척척척!

헬룬 주변의 영지로부터 모인 3만의 병사는 헬룬의 방어 성벽을 향해 나아갔다.

이미 성 안쪽에 침투한 1천 명의 특공대가 황궁을 장악하고 내부를 교란하고 있을 것이다. 그런 상황에서 기습을 하는 것이다. 성을 함락시키는 것은 아주 쉬울 것이라 믿고 있었다.

그런데 뭔가 이상했다. 그들이 성벽 가까이 갔을 때 성벽 위에는 수백 개의 깃발이 꽂혀 있었다. 성문 위쪽에 가장 높이 꽂힌 큰 기는 바로 흑사자의 기였다. 이곳이 제국의 수도임을 상징하는 것이다.

"하하하하! 어서 와라. 황궁에서 너희들이 올 거라고 연락이 와서 기다린 지 오래되었다."

성벽 위에서 커다란 할버드를 들고 당당하게 서 있는 털보 무장이 크게 웃으며 외쳤다. 그의 음성은 무척 커서 반란군 대부분이 모두 들을 수 있을 정도였다.

반란군을 이끌고 있는 자이레 자작은 놀라서 성벽 위를 살폈다. 병사의 수를 보니 거의 4~5천은 되어 보였다. 현재 수도를 지키고 있는 병사들 대부분이 성벽 위에 모여 있었다.

"으음, 수도 내부의 혼란을 진압하러 간 자들은 전혀 없었단 말인가?"

자이레 자작은 침중한 음성으로 중얼거렸다. 작전에 차질이 생긴 것 같았다. 혹시 안쪽에서의 일이 실패한 것일까? 그렇다면 거사에 가담한 귀족들이 위험하다. 자신의 주군인 그도 예외는 아니다.

'시간이 없다. 어서 성을 함락시키고 수도를 장악해야 한다!'

여기까지 생각한 자이레 자작은 무기를 든 손을 번쩍 들며 병사들에게 외쳤다.

"성을 지키고 있는 병사는 기껏해야 5천이다. 승리는 우리의 것, 공격을 시작하라!"

"와아아아아아아—"

반란군 병사들은 크게 함성을 질렀다. 자신들의 수는 상대의 여섯 배, 그것을 알기 때문에 그들의 사기는 높았다.

"어라? 저놈들이 전혀 겁먹지 않는군."

타로스는 의외라는 듯 옆을 보며 말했다. 음모가 모두 들통났다는 것을 가르쳐 주었는데도 기세가 등등하다니?

옆에 있던 질리언이 웃으며 대답했다.

"아무래도 수가 있으니까요. 며칠만 있으면 알아서 절망할 겁니다."

"그런가? 거참, 공성전에는 요령이 없으면 수가 많아도 별 소용이 없다는 걸 모르는 건가? 특히 이런 특 A급 방어 성채를 공략할 때는 말이야……."

타로스는 적의 진형을 손가락으로 가리키며 그들이 왜 풋내기인가를 설명하기 시작했다. 정말 타로스의 눈으로 보기에 성 밖에 있는 자들은 평생 변변한 성 하나 공략해 본 적이 없는 공성전의 초보자라고 할 수 있었다.

"저기 봐, 공성추 주변에 중장보병을 배치했지? 저건 성을 목표로 진군하다 도중에 야전을 할 때 주로 행하는 진세야. 우리처럼 적은 수로 성을 지키는 경우, 성문을 열고 밖으로 출진할 염려가 전혀 없으니 공성추를 저렇게까지 방어할 필요가 없지. 방해만 된다고. 그리고 궁병은 말이야……."

사실 문관 귀족들이 중심이 된 이번 반란에서는 군의 고위 무장이 거의 없었다. 그나마 전쟁 경험이 있는 자들 중에서 지휘관을 뽑다 보니 자이레 자작이 중임을 맡게 되었다.

보통 3만의 군이면 최소한 백작, 보통 후작의 작위를 가진 사람이 지휘를 하게 된다. 당연히 자이레 자작은 3만이라는 수의 병사를 지휘해 본 경험이 한 번도 없었다.

그래도 귀족들은 수가 있으니 당연히 이기리라 믿었다.

타로스의 입장에서 보면 그것은 자신을 무시하는 얘기라 할 수 있었다.

'칫, 모처럼 실력을 시험할 기회였는데 글렀군!'

저 정도의 적이라면 굳이 자신이 아니라 질리언 정도의 지휘관만 있어도 막을 수 있다. 방어 성채가 가진 이점만 살린다고 해도 충분히 막아낼 만큼 적병의 진영은 형편없어 보였다. 적어도 자신이 익힌 병법과 길지 않은 시간이나마 이곳에 설치한 방어 설비를 시험해 볼 상대는 조금 더 뛰어나야 될 것이다.

"여보, 또 이상한 생각하는 거 아니죠? 적은 약할수록 좋은 거예요."

뒤에서 여성의 목소리가 들려왔다. 아주 조용하고 평범한 말투였다. 하지만 타로스는 등에 칼이라도 맞은 것처럼 화들짝 놀라 얼른 허리를 꼿꼿하게 폈다.

"무슨 생각을 했다고 그래? 난 어떻게 하면 가능한 한 부하들을 조금 희생시킬까 고민하고 있었다고!"

"그렇겠지요. 저는 당신을 믿어요."

뒤쪽의 의자에 앉아 있는 미세스 타로스는 차를 마시며 부드러운 목소리로 말했다. 적병에게 여성의 모습을 보이는 것은 별로 좋지 않다는 의견에 따라 안쪽에 앉아 있기로 하였다. 하지만 질리언은 알고 있었다. 이 수비군의 최고 지휘관은 타로스 자작이지만, 그의 개인 상관은 바로 뒤에 있는 부인이라는 것을.

푸드드득—

하얀 새가 하늘을 높게 날다가 익숙한 모양의 깃발을 보고는 즉시 낙하해서 그 위에 앉았다. 깃발은 전체적으로 붉고 안쪽에는 웨어울프가 그려져 있었다.

"오, 왔군. 어디어디."

한 남자가 그 새를 안아 들었다. 상인인 듯 실크로 된 평퍼짐한 옷과 모자를 쓴 남자였다.

새는 조금도 반항하지 않고 남자의 팔 위로 옮겨갔다. 훈련된 새는 연락용으로 사용할 수 있다. 물론 여러 마리를 날려 연락이 소실되는 것을 막아야 하지만 기본적으로 원거리에 정보를 전하는 가장 빠른 연락 수단임에는 틀림없다.

남자는 새의 다리에 달린 통에서 얇은 쪽지 하나를 꺼냈다. 그리고 그것을 펼쳐 안에 적혀 있는 내용을 읽었다.

"호오, 3만이라고? 장난이 아닌데?"

그는 짐짓 감탄하는 어조를 사용했지만 어딘지 비웃는 듯한 빛이 역력했다. 내용을 다 읽은 그는 쪽지를 뒤에 있는 자신의 부하에게 건네

주며 말했다.

"발튼 후작 각하께 반란군이 움직였다고 전해라."

"옛, 알겠습니다."

부하는 즉시 숲의 안쪽으로 달려갔다. 이미 보름 전부터 그들은 이곳에 모이기 시작하여 지금은 집결을 끝낸 상태였다.

수도의 북쪽에 있는 이곳 발튼 후작령은 원래 수비와 치안을 담당하는 비정규 병사를 제외하고는 병력이 전혀 없었다. 그런데 어느 날 이들이 어디선가 하나둘씩 나타났다. 그리고 지금은 빗물이 고여 호수를 이루듯 어느새 3만의 수에 이른 상태였다.

"적이 움직이기 시작했답니다."

"음, 정말이군. 반란이라니……."

발튼 후작은 침중한 음성으로 중얼거리며 병사가 가져온 쪽지를 보았다. 과연 그 안에는 문관 귀족들의 영지로부터 모인 3만의 병사가 수도를 향해 진군하기 시작했다는 내용이 적혀 있었다.

"어떻게 하시겠습니까?"

부관이 신중한 표정을 지으며 발튼 후작에게 물었다. 부관의 얼굴에도 착잡한 기색이 역력히 드러났다.

오랜 시간 발튼의 오른팔이었던 그 또한 하이번의 명을 따르고픈 생각은 없었다. 더군다나 어제까지의 동료들이 반란을 일으킨다는 예상을 믿고 싶은 마음 또한 전혀 없었다.

하지만 지금 진실이 눈앞에 드러났다. 저 하이번의 예측은 한 치의 오차도 없이 정확하게 맞아떨어진 것이다.

총지휘관인 하이번 후작이 발튼과 그에게 이곳으로 가서 앞으로 일어날 반란군을 진압하라고 했을 때에만 해도 그들은 이런 결과를 믿지 않았다.

기본적으로 병사가 어디 있단 말인가? 비정규병만으로는 전투를 할수는 없다. 그러나 하이번 후작은 병사는 이미 집결되어 있으니 어서 가서 지휘를 하라고 말했다. 믿기도, 이해하기도 어려웠지만 일단 와서 보니 정말로 3만의 용병이 있었다.

그리고 드디어 반란이 일어났다. 모든 것이 하이번 후작이 예상한 대로였다. 그들은 마치 스스로가 마법에 현혹된 것이 아닐까 하고 생각했다.

"휴우, 어쩔 수 없지. 반란을 일으킨 것은 사실이니 사정을 봐줄 수는 없다."

발튼 후작은 그렇게 말하며 군의 진군을 명했다. 부관은 경례를 하고 다른 부대장들에게 그 사실을 알렸다.

잠시 후, 북소리가 울려 퍼지며 앞쪽의 선발 부대가 움직이기 시작했다.

발튼 후작은 그 모습을 보며 고개를 저었다.

그 악마 같은 하이번 후작의 말대로라면, 반란군을 진압하고 그들의 재산과 영지를 몰수해야 다른 무장들에게 포상을 해줄 수 있다. 발도어 왕국의 영지는 모두 발도어 귀족에게 하사할 것이기 때문이다.

황제는 과거 1차 애슐론 전쟁 때 발도어의 기습으로 패하고 빼앗겼던 땅을 소유하게 될 것이다.

그것으로 공을 세운 자는 상을 받고, 반란을 꾀한 자들은 벌을 받게된다.

"하지만 반란을 미리 예측하였다면 그것을 예방할 수도 있었지 않소?"

발튼 후작은 그에게 항의했다. 사실 반란을 일으킬 만한 자들 중에는 자신과 친분이 있는 자도 적지 않았던 것이다.

그러나 하이번 후작은 냉정하게 대답했다.

"영원한 예방은 불가능합니다. 그리고 지금 우리는 슈란 왕국이 아닌 가이안 제국의 신하, 저는 원래 애슐론 왕국의 신하였지요. 저에게 무엇을 원하십니까? 저는 제국에 충성하며 제국을 발전시키기 위해 무슨 짓이든 할 것입니다."

그의 말에는 목숨을 건 기백이 숨어 있었다. 슈란 왕국의 귀족들 간의 관계 따위는 자신에게는 아무런 의미도 없다는 것을 발튼 후작에게 노골적으로 선언했다.

발튼 후작은 한참 동안 그를 노려보았지만 결국 먼저 고개를 돌리고야 말았다.

'그의 말이 옳다. 나는 이미 가이안 제국의 신하가 아닌가?'

발튼 후작은 하늘을 보며 그렇게 중얼거렸다. 바람이 제법 세차게 불고 있었다. 하늘의 구름이 빠르게 남쪽으로 흐르는 모습이 마치 대규모의 군이 진을 이루고 나아가는 것과 비슷했다.

'망설일 시간은 없는가? 용서하라, 슈란의 귀족들이여.'

발튼 후작은 그렇게 과거의 지인들에게 마음속으로 용서를 빌었다. 개인적인 감정보다는 황제에 대한 충성심과 군인의 의무를 우선하는 것은 당연하다.

또한 어떠한 이유로든 충성을 맹세한 주군에게 칼끝을 들이대는 것은 용납할 수 없는 잘못이다. 그는 단단히 결심을 하고 결정을 내렸지만 결코 마음은 가볍지 않았다.

숲의 바깥쪽에서 그 모습을 구경하던 상인 행색의 남자는 3만의 병

사가 숲을 빠져나가면서 자연스럽게 진형을 갖추는 모습에 크게 감동
을 받은 듯 손뼉을 쳤다.

"과연 슈란 왕국의 군무총감 발튼 후작이야. 멋있군. 저 많은 군사
들을 저렇게 손발처럼 다루다니!"

킬번은 발튼 후작의 지휘력에 감탄을 하는 동시에 속으로 다른 한
사람을 떠올렸다.

저런 지휘력을 가진 발튼을 번번이 패배시켰다는 하이번. 그는 군사
직을 수여받자마자 킬번이 모아놓은 정보를 단숨에 분석해 냈다. 그리
고 지금 모든 일은 그가 예견한 대로 진행되고 있다.

'이거야말로 사자가 날개를 단 격이 아닌가?'

흑사자의 그늘 아래 자리를 잡기로 한 것은 그의 일생일대의 도박이
었다. 지금 그 도박의 성과가 하나하나 나타나고 있다. 엄청난 능력의
흑사자와 저 끝을 넘어서는 지략의 하이번이라면 능히 대륙을 질타하
고 남으리라!

"그런데 킬번님, 우리는 이제 어떻게 할까요?"

부하가 묻는 말에 상상에서 깨어난 킬번은 그야말로 전직 도둑 길드
장다운 음흉한 미소를 지으며 대답했다.

"어떻게 하긴? 돈 받은 걸로 용병을 모아다 줬으니 이제 당분간 할
일은 없어. 그러니 그동안은 상인으로서의 본분을 지켜 열심히 돈을
벌어야지. 암, 돈이 최고야!"

킬번은 스스로의 말에 크게 감명을 받은 듯 연신 고개를 끄덕였다.

용병 중개인의 정식 보수는 2할이다. 3만의 용병을 모아다 주면서
그 계약금 중 2할을 합법적으로 챙겼다. 그러니 사업 자금은 풍족하다.
정보도 더할 나위 없이 많다. 이런데도 성공하지 못한다면 상인의 자

격이 없다.

'두고 보라지! 어르신께서 대륙을 통일하는 동안 나는 세상의 돈을 다 끌어모을 테니까!'

킬번은 자신이 인생을 걸고 해야 할 일을 찾았다는 것을 알았다. 그의 두 주먹이 부르르 떨리고 있었다.

3일 후, 발튼 후작이 이끄는 3만의 용병은 수도 헬룬에 도착했다. 자이레 자작이 이끄는 반란군은 그때까지 성벽 위에 올라가 보지도 못하고 있었다.

그들은 갑자기 나타난 대군과 그 군대를 지휘하는 발튼 후작을 확인하는 순간, 싸우지도 못하고 붕괴되어 버렸다.

자이레 자작 스스로가 감히 발튼 후작과 싸울 생각을 못하고 도망쳐 버렸다. 주군을 걱정하던 마음도 발튼 후작이 이끄는 군대 앞에서는 전혀 도움이 되지 못했던 모양이다.

결국 반란에 가담한 문관 귀족들은 모두 체포되었다. 신기하게도 아무도 몰라야 할 그들의 명단이 이미 황궁에 들어가 있었다. 그것으로 반란은 끝났다.

그사이 레오는 발도어를 완전히 점령하여 그 이름을 대륙 지도에서 지웠다.

데고트 후작이 공왕의 지위를 받고 흑사자의 휘하로 들어갔다는 소문이 나자 다른 두 명의 후작 또한 얼마 버티지 못했다. 실제로 다른 두 후작은 거의 자신들의 세력을 들어 바치다시피 하여 공왕의 지위를 약속받았다.

이로써 발도어 왕국은 세 개의 공국으로 나누어졌고, 각 공국은 가이안 제국의 직속령이 되었다.

가이안 제국의 황제로 등극한 흑사자는 실제로 황제다운 자비심을 보였다. 그는 항복해 온 적들에게 어떤 위해도 가하지 않았고, 그들의 영지를 빼앗지도 않았다.

더군다나 발도어를 점령하는 기간 동안 황제의 병사들 또한 평민들에 대해서는 창이나 칼을 들이대는 일이 한 번도 없었다. 각 영지민들은 자신들의 생활에 아무런 변화가 없자 점차 현실에 순응해 가기 시작했다.

이로써 가이안 제국은 옆 왕국 중 하나인 애슐론과는 종속 동맹을 맺었고, 발도어 왕국은 공국으로 격하시켜 국토로 삼았다. 이는 마치 우호적인 왕국과 적대적인 왕국에 대한 하나의 본보기처럼 근처 왕국들에 전해지기 시작했다.

발도어 왕국을 지도 상에서 지워 버린 전쟁은 그 규모에 비해 실제로 입은 피해는 극히 미미했다. 하이번은 자신이 호언장담한 대로 왕국 하나를 별다른 힘도 들이지 않고 정복한 것이다.

첫 번째 정복 전쟁을 성공적으로 끝낸 가이안 제국의 군대는 그 보무도 당당하게 승리자로서 귀환할 수 있었다. 그 선두에는 거대한 기를 든 거인 기사와 사자 모양의 투구를 쓴 가이안 제국의 황제 레오가 자리했다.

"위대한 황제 폐하 만세!"

"가이안이여, 영원하라!"

"흑사자 만세!"

승전을 축하하는 행렬이 수도의 가도를 가득 채웠다. 며칠 전의 반란에 전혀 피해를 입지 않은 수도 시민들은 그들의 황제를 진심으로 반기며 환영했다.

이제 가이안 제국이 된 전 슈란 왕국의 국민들의 마음속에는 한 가지 믿음이 자라기 시작했다.

'저 위대한 흑사자가 우리의 황제인 이상 우리는 안전하다!'

시민들보다 더욱 흥분한 것은 무장들과 병사들이었다.

'흑사자의 이름 앞에 패배란 없다. 적은 그의 이름만 들어도 꼬리를 빼지 않았던가?'

이러한 믿음은 직접 전쟁에 참여한 병사들 사이에서는 거의 신앙처럼 자라나 있었다. 그들 모두는 영지전에서 아무런 피해도 없이 귀환한 기적을 모두 흑사자의 이름 덕이라 여겼다.

그들의 황제는 대륙 최강자일 뿐만 아니라 말 그대로의 전신이었다.

❖ Chap 8 ❖
레오의 일

레오의 일

"결국 그놈이 제국을 선포했단 말이지?"

그레일 3세는 기가 막힌 얼굴로 물었다. 디오네는 고개도 들지 못했다.

평소 그레일 3세는 남이 보는 앞에서는 절대로 자신의 감정을 얼굴에 드러내지 않는다. 그러나 지금은 신하들이 있는 것도 아랑곳하지 않고 화를 내고 있었다.

"그대가 꾸민 전쟁도, 암살도 모두 실패했군. 그 위에 팔콘 백작도 꼬리를 말고 도망을 쳤다고?"

"드릴 말씀이 없습니다."

디오네는 무릎을 꿇고 왕 앞에 엎드렸다. 비록 자신이 그의 후궁 중한 명이기는 해도 천문학적인 자금을 들여가며 실행한 계획이 실패한 이상 책임은 져야 한다.

애슐론 왕국을 자극해서 전쟁을 일으키고, 슈란 왕국의 왕인 타카 2세를 암살한 결과는 오히려 최악의 사태를 빚어냈다. 그리고 팔콘 백작의 경우도 마찬가지, 그가 내란을 꾸민 것이 오히려 흑사자의 권위를 세우는 데 도움이 되었다고 하지 않는가?

그레일 3세는 공과 사가 분명한 왕이다. 개인적인 정분에 의한 자비 따위는 전혀 기대하지 말아야 한다. 디오네는 마음의 각오를 다졌다.

"흑사자는 이미 주변 왕국 중 6개국으로부터 황제로 인정받았습니다. 이에 다른 왕국도 진지하게 생각하고 있다는 정보입니다. 새로 군사가 된 하이번 후작의 능력은 첩보부가 예상했던 것보다 훨씬 대단해서 도저히 빈틈을 찾을 수 없다고 합니다."

"흥, 과연 하이번이라는 자는 단순히 병사를 다루는 데에만 뛰어난 것이 아니더군. 애슐론 왕은 그런 자를 밑에 두고도 전혀 써먹지 못했지."

그레일 3세는 하이번에 대한 얘기가 나오자 혀를 차며 말했다. 그의 재능이 이 정도였다고 조금만 일찍 알았다면, 무슨 수를 써서든 미노 왕국에 충성을 하게 만들었을 것이다.

"모두 소신이 부족했기 때문입니다. 폐하의 기대에 부응하지 못하고 연거푸 실수를 한 죄는 씻지 못할 것입니다. 부디 저를 처형하여 일벌 백계를 세우십시오."

디오네는 비장한 목소리로 말했다. 뒤쪽에 모인 귀족들이 그 광경을 보고 옆 사람의 얼굴을 보며 놀란 표정을 지었다. 저 여자 모사가 저기 까지 각오를 했다니? 과연 그녀가 그레일 3세의 총애를 받는 것도 무리가 아니라는 생각을 했다.

그레일 3세는 냉정한 눈빛으로 자신의 앞에 꿇어 엎드려 있는 디오네를 보았다. 뛰어난 여자다. 하지만 이번의 실수는 너무 크다.

"과연 그대는 죽을죄를 지었지. 애슐론 왕국과 발도어 왕국을 움직이기 위해 쏟아 부운 자금만 해도 이미 그대가 책임질 수 있는 한계를 넘었다."

"죽여주십시오."

"그래, 그럼."

그레일 3세는 자신의 오른손에 든 왕의 지휘봉을 들어올렸다. 지휘봉을 앞으로 내밀고 명을 내리면 절대로 되돌릴 수 없다. 미노 왕국의 전통상 왕의 말은 천 금의 무게가 있기 때문에 왕명은 절대적이고, 한 번 내려지면 본인 스스로도 바꾸지 못하는 것이다.

그런데 그때 귀족들 중 가장 앞에 있는 자가 한 걸음 앞으로 나와 허리를 굽혔다. 왕이 발언권이 주기를 청하고 있었다. 그레일 3세는 그를 보고 일단 지휘봉을 내리며 물었다.

"할 말이 있으면 하라, 라이넥스 공작."

그는 제국 최고의 귀족이자 왕의 스승이기도 한 라이넥스 재상이었다. 그레일 3세가 아무리 독재자적인 정치를 펼친다고 해도 그에게만큼은 얼마간의 예의를 지키고 있었다.

"감사합니다. 사실 신이 생각하기에 이번 사태는 저에게도 책임이 있습니다. 비록 그녀가 계획을 세우기는 했어도 제가 적극적으로 찬성을 하고 자금과 인원을 지원했기 때문입니다."

"그래서?"

"일이 실패한 이상 누군가는 책임을 져야 합니다. 하지만 그것을 한 사람의 모사에게 전부 뒤집어씌울 수는 없습니다. 부디 디오네 백작부인의 죄를 둘로 나누어 그중 하나를 소신이 부담하게 해주십시오."

"흠… 라이넥스 공작, 그대가?"

그레일 3세는 흥미롭다는 눈으로 자신의 앞으로 나온 제국 최고의 귀족을 보았다. 그리고 다시 눈동자를 돌려 디오네를 보았다. 그는 어째서 이 여자를 구하려 할까? 애인인 자신도 포기했던 일을 하려 하다니?

호기심이 생기자 화가 가라앉기 시작했다. 확실히 공작이 나서면 디오네를 처형하지 않아도 나름대로 왕의 위엄은 산다.

"그래서 어떻게 했으면 좋겠다는 것이지? 의견을 말해라, 라이넥스 공작."

그레일 3세는 자신의 스승이었던 자에게도 완벽하게 명령조를 사용했다. 높은 단위에 놓여 있는 태사의에 앉아 오만한 눈빛으로 아래에 있는 귀족들을 내려다보고 있었다. 그러나 신기하게도 그에게는 그런 것이 어울렸다. 마치 태어나면서부터 남의 위에 서서 명령하는 것을 배운 자 같았다.

라이넥스는 속으로 쓴웃음을 지었다. 위대한 왕, 그 존재는 왕국에 있어서 크나큰 축복이라고 할 수 있지만 귀족에게도 꼭 그리리란 보장은 없다. 디오네와 마찬가지로 자신들은 까닥 잘못하면 언제든지 죽을 수 있는 것이다.

'하지만 이것은 각오한 일이지. 그녀처럼 말이야.'

라이넥스 공작은 고개를 약간 숙인 채 눈동자만 돌려서 옆에 있는 디오네를 보았다. 그녀도 자신처럼 야망을 지니고 있었다. 왕국을 키워 위대한 제국을 건설하는 야망을!

"제 영지 중 돌로스트, 톤톤, 팔라스 이렇게 세 영지를 폐하께 돌려드리겠습니다. 그것으로 쓸데없이 소모된 자금에 대한 책임을 지고 싶습니다.”

“흠, 그 세 지방을 합하면 경의 영지 중 절반이 넘을 텐데?”

단번에 목숨과도 같은 영지의 절반을 바치겠다는 라이넥스 공작의 기백은 그 자리에 있는 모든 귀족들을 놀라게 했다. 그레일 3세 역시 생각지 못한 대답이었다는 듯 잠시 말을 하지 않고 입을 다문 채 라이넥스 공작의 얼굴을 보았을 정도였다.

하지만 라이넥스 공작은 별것 아니라는 듯 대답했다.

“공을 세웠을 때 상을 받았으니 실패했을 때에는 벌을 받아 마땅합니다. 저에게 중요한 것은 폐하에 대한 충성심과 저의 명예이지, 조그마한 땅덩어리가 아닙니다.”

조그마한 땅덩어리라고 가볍게 말했다. 하지만 그가 이번에 내놓는 영지의 크기는 다른 후작의 영지 전체보다 오히려 넓은 것이다. 그레일 3세는 천천히 고개를 끄덕이며 말했다.

“과연 공작의 각오가 그 정도라면 내 인정하지 않을 수 없군. 그럼 디오네 백작부인에 대한 처벌은 어떻게 하면 좋겠는가?”

그레일 3세는 드디어 라이넥스 공작에게 디오네의 처벌에 대한 것을 물었다.

왕이 선언하면 돌이킬 수 없는 것과 마찬가지로, 공작이 의견을 말하면 왕도 그것을 무시할 수는 없다. 그가 이렇게 말을 한 이상 처벌권이 라이넥스 공작에게 넘어간 것이나 마찬가지이다.

라이넥스 공작은 자신의 생각대로 왕이 양보하자 정중하게 허리를 굽히고 말했다.

“그녀의 죄는 결코 가볍지 않습니다. 폐하께서는 그녀를 후궁의 자리에서 내치시고 작위를 낮추시는 것이 좋겠습니다.”

“후궁에서 내쫓으라고?”

죽이라는 것과 무엇이 다른가? 그레일 3세는 그런 질문을 하고 싶었
다.

일단 후궁이었던 여자가 죄를 지어 쫓겨날 경우, 그 여자는 삭발을
하고 얼굴에는 마법으로 흉악한 귀신의 문신을 새긴다. 왕에게 허락한
몸을 다른 남자에게 다시 허락할 수 없도록 특이한 마법의 구속 구도
착용해야 한다.

여성으로서 그것은 참을 수 없는 모욕일 것이다. 대부분의 후궁들은
그런 상황이 되면 스스로 자결하여 왕의 여자로서 죽는다.

그레일 3세는 고개를 돌려 디오네를 보았다. 너의 뜻은 어떠한가?
공작이 말한 벌을 받고도 살아남을 수 있겠는가?

그러나 디오네는 그레일 3세의 시선을 느낀 듯 머리를 조아리며 말
했다.

“소신의 죄는 그것으로도 감당하기 어려운 것입니다. 공작전하의 의
견에 따르겠습니다.”

그녀의 말소리는 비장했다. 스스로 여자로서의 종말을 고하는 것과
같았다. 그레일 3세의 두 눈이 날카롭게 빛났다. 벌을 받겠다고 한다.
살아남겠다고 말한다!

‘과연 그런 것인가? 하긴 절대로 순순히 죽을 여자는 아니지.’

그레일 3세는 속으로 웃었다. 그는 디오네의 각오와 결심을 엿볼 수
있었다. 그녀는 불사조와도 같다. 부드러운 미모 속에 활활 타오르는
정열을 숨기고 있다. 그렇지 않았다면 자신이 이렇게까지 끌리지는 않
았을 것이다.

“알겠다. 그렇다면 라이넥스 공작의 의견대로 디오네 백작부인을 후

궁에서 내치고 그녀의 작위를 자작부인으로 낮추기로 하겠다. 라이넥스 공작, 이후의 조치는 그대가 일임하도록 하라.”

“알겠습니다, 폐하.”

끝까지 냉정한 그레일 3세의 판결에 모든 신하들이 머리를 조아렸다. 왕은 실패한 자를 용서하지 않는다.

성공한 자에게는 합당한 상을 내리는 것처럼 실패한 자에게는 자비 없는 벌을 내린다. 그들은 자신들의 가슴속이 서늘해지는 것을 느꼈다.

“그리고!”

그레일 3세는 자리에서 벌떡 일어나 왕의 지휘봉을 앞으로 내밀었다. 이제 할 말을 해야 할 때다!

“짐은 오늘 이 순간 미노 왕국이 제국이 되었음을 선포한다! 경들은 이 사실을 짐에게 충성을 맹세한 모든 왕국에 전하라! 정식 발표일은 보름 후, 그때까지 계획된 일을 끝마치지 못하는 자는 불충에 대한 벌로 다스리겠다!”

“오오, 드디어!”

모든 귀족들이 감탄하여 외쳤다. 수대에 걸쳐 준비해 온 일이 이제 결실을 맺으려 하고 있었다. 그들의 심장이 격렬하게 뛰기 시작했다.

제국! 그 위대한 이름에 영광이 있으라!

라이넥스 공작이 먼저 두 팔을 높이 들어올리며 외쳤다.

“황제 폐하 만세! 미노 제국 만세!”

모든 귀족들이 따라 외쳤다.

“황제 폐하 만세! 미노 제국 만세!”

“황제 폐하 만세! 미노 제국 만세!”

그레일 3세는 이제는 황제의 권위를 나타내게 된 지휘봉을 든 채 끊임없이 만세를 부르는 귀족들을 내려다보았다. 그의 눈은 대륙을 정복할 수 있다는 자신감으로 가득 차 있었다.

*　　　　*　　　　*

회색의 커튼이 쳐져 있는 방, 화려한 미노의 왕궁이라고는 믿을 수 없을 정도로 그 방은 칙칙한 분위기로 뒤덮여 있었다.

후궁들이 벌을 받기 위한 장소로 쓰이는 이곳에 지금 한 여인이 무릎을 꿇고 앉아 있었다. 그리고 다른 몇몇의 나이가 든 궁녀들이 그녀의 머리를 면도칼로 삭발하는 중이었다.

"정말로 후회하지 않나요, 디오네님?"

궁녀 중 한 명이 불쌍하다는 얼굴로 물었다. 그녀는 디오네의 후견인 중 한 명이었다. 그녀가 어렸을 때부터 궁에서 생활할 수 있도록 마치 딸처럼 보살펴 주었다.

그런 만큼 디오네를 좋아하는 그녀는 지금의 광경에 슬픔을 참기 어려웠다.

그레일 3세의 총애를 가장 많이 받는 그녀가 쫓겨나는 것이다. 후궁의 지위에 만족하지 못하고 머리를 믿고 정치에 참여했기 때문이다. 나이 든 궁녀들은 그녀를 이해할 수 없었다.

"저는 돌아올 것입니다."

디오네는 청량한 목소리로 대답했다. 그녀의 말에 궁녀들은 흠칫하며 동작을 멈췄다. 쫓겨난 후궁이 다시 돌아올 확률은 거의 없다. 왕에게는 여자가 많고 일단 쫓아낼 정도라면 두 번 다시 미련을 가지지 않을 것이라고 봐야 한다.

"폐하께서는 저를 필요로 하십니다. 이제부터 그것을 증명해 보이겠습니다."

디오네는 머리카락 하나 없는 얼굴로 웃어 보였다. 그리고는 다시 담담한 목소리로 그들에게 재촉했다.

"시간이 많지 않습니다. 어서 마법사를 불러 제 얼굴에 마법의 문신을 새겨주십시오."

"하아, 그대는 정말 옛날부터 무엇을 생각하는지 알 수 없는 아이었어요."

궁녀는 결국 한숨을 쉬며 그렇게 말했다. 하지만 한편으로는 아직 디오네가 삶의 의욕을 잃지 않았다는 것을 확신하고는 슬픔이 많이 가라앉았다.

이윽고 마법사가 와서 그녀에게 흉측한 문신을 새기고, 다시 마법의 구속구를 입혔다. 디오네는 당당하게 서서 그 모든 벌을 받았다.

마족의 그것처럼 변해 버린 그녀의 얼굴이지만 천성적으로 타고 태어난 깊은 지혜로 빛나는 눈동자만은 여전히 그 아름다움을 뽐내고 있었다.

"끝났습니다, 디오네 양. 라이넥스 재상께서 당분간 그대를 보살핀다고 하셨으니 이제 후궁에서 나가십시오."

"알겠습니다. 그럼 다시 뵙겠습니다."

디오네는 작별의 인사가 아닌 재회를 약속하는 인사를 하고는 당당하게 걸어나갔다. 문신이 새겨진 얼굴을 망사로 가리려고 하지도 않았다.

스쳐 지나가는 다른 궁녀들은 기겁하며 복도 한쪽에 서서 벌벌 떨었다. 다른 후궁들 몇몇은 일부러 방에서 나와 그녀의 얼굴을 구경하기도 했다.

보다 못한 늙은 궁녀가 얼른 망사 달린 모자를 가져와 그녀에게 내밀었다.

"디오네 양, 제발 이 모자를 써요."

"그렇게 하지요."

디오네는 어느 쪽이든 상관없다는 듯 늙은 궁녀가 내민 모자를 받아서 머리에 썼다. 그리고는 그대로 몸을 돌려 후궁을 나섰다.

후궁의 입구 앞에는 마차 한 대가 서 있었다. 파란 매가 발에 지팡이와 칼을 들고 나는 문양이 그려진 마차, 바로 라이넥스 공작가의 마차임에 틀림없다.

"공작 전하께서 기다리고 계십니다. 어서 타시지요."

"부탁드리겠습니다."

디오네는 호위 기사의 말에 정중하게 답례를 하고 마차에 올랐다. 그리고 마차는 떠났다.

"이제 오는가?"

라이넥스 공작은 자신의 서재에 있었다. 디오네가 도착하여 자신을 만나러 오자 그는 읽던 책을 덮으며 말했다.

"덕분에 목숨을 구하고 자유를 얻었습니다. 제 부탁을 들어주신 것에 감사드립니다."

"허허허, 나로서는 거래를 한 것에 지나지 않아. 그대는 나에게서 세 지방을 빌리고, 나는 빌려준 거지. 이제부터 갚아야 하네. 이자까지 쳐서 말이야."

"관례에 따라 세 배로 갚아드리지요."

"아주 좋군. 남는 거래야. 하하하!"

라이넥스 공작은 그녀의 능력을 조금도 의심하지 않았다. 그녀가 자신에게 전갈을 보내 영지를 빌려 달라고 했을 때에는 무슨 소린가 했지만, 그녀의 계획을 듣고는 단숨에 허락했다. 영지의 절반 이상을 걸고 그녀를 구한 것이다.

"폐하께서는 결국 제국을 선포하셨습니다."

"그대가 말한 대로야. 흑사자가 감히 제국을 세운 이상 우리 미노는 그를 쳐야 하지. 제국은 대륙에 하나면 족해."

"흑사자는 제국을 세울 만한 존재입니다. 시간이 많지 않습니다. 가능한 한 빨리 주변을 완전 통합시키고, 대륙 남동쪽으로 진군을 해야 합니다. 미적미적하다 가는 그가 힘을 얻을 것입니다."

라이넥스 공작은 미소를 멈추고 날카로운 눈으로 디오네를 보았다.

"그대가 흑사자를 그렇게까지 평가하고 있다니! 정말로 그자를 가만히 놔둔다면 제국을 세울 수 있단 말인가? 겨우 10만에 불과한 군세를 가진 왕국으로?"

"충분히 가능합니다. 이것은 제 판단이기도 하지만 폐하의 생각도 다르지 않습니다."

"으음……."

그녀가 그렇다면 그런 것이다. 라이넥스 공작은 신음 소리를 흘렸다. 그러나 디오네는 사실 큰 문제는 아니라는 듯 다시 말했다.

"그렇게까지 걱정하실 필요는 없습니다. 그자가 힘을 얻으려면 앞으로 5년은 걸립니다. 저희 제국이 수십 년간 한 일을 5년에 할 수 있는 것만 해도 놀라운 일이지만, 그에게는 결국 그 시간이 주어지지 않을 것입니다."

“그런가?”

“1년, 1년이면 충분합니다. 비록 우리 미노 제국과 흑사자의 가이안 제국이 대륙의 양끝에 있다고는 하지만, 내년 이맘때쯤에는 그곳까지 군대가 진군할 수 있을 겁니다.”

“과연 디오네 양이로군. 하하하!”

라이넥스 공작은 웃었다. 1년 만에 가이안 제국까지 군대의 진군로를 확보하겠다는 것은 그사이 대륙의 태반을 점령하겠다는 말이다. 불가능에 가까운 일이지만 미노 제국의 힘을 가지고 생각할 때, 디오네의 말에는 일리가 있었다.

디오네는 라이넥스 공작이 자신의 말을 믿어주자 그녀의 문신으로 가득 찬 얼굴로 미소를 지었다. 그리고는 목소리에 힘을 주어 마치 맹세하듯 말했다.

“저는 이제 밤에 폐하의 시중을 들지 않아도 됩니다. 밤과 낮을 모두 공작 전하를 위해, 그리고 미노 제국을 위해 계략을 짜겠습니다. 라이넥스 공작 전하께서는 1년 안으로 제국 내의 누구보다 큰 공을 세우게 되실 겁니다.”

“하하하하, 그래야겠지! 그리고 그대는 대륙 최고의 모사라는 것을 인정받아 다시 폐하께 돌아가고 말이야.”

라이넥스 공작은 결국 크게 대소를 터뜨리고 말았다. 밤에 황제의 시중을 들 시간까지 아까워 여자로서의 자신을 버리고 황궁을 나온 디오네의 집념은 무서운 것이다. 그녀의 재능과 집념이라면 마침내 흑사자를 제거하고 미노 제국이 대륙을 통일하게 될 것이다!

디오네 역시 가볍게 웃으며 고개를 돌려 창문 밖으로 보이는 별들을 보았다. 수많은 별, 그러나 그 별들은 모두 밝기가 다르다.

‘나는 가장 밝은 별이야. 1년 뒤, 나는 황궁으로 돌아간다. 그리고 그때에는 후궁이 아닌 황후가 되겠어.’

디오네는 앞으로 1년이라는 시간에 인생의 모든 것을 걸기로 결심했다.

*　　　*　　　*

보름 후, 미노 왕국은 제국을 선포하고 대륙의 모든 왕국에 사자를 보내 그것을 알렸다.

즉위식은 미리 연락한 동맹국의 사자들이 모두 지켜보는 가운데서 성대하게 벌어졌다.

그레일 3세는 대륙의 패자가 되는 황제의 서약을 하고 그 자리에 참석한 16개국의 사자들에게서 그들 왕국이 황제의 지휘봉의 명에 따르겠다는 맹세를 받았다.

그레일 3세는 동맹국들에게 자신이 대륙을 얻는 날, 그들과 영광을 함께 나누겠다고 말함으로써 충성의 맹세에 답례를 했다.

그리고 마침내 미노 제국의 대신관으로부터 황제의 관을 받아 쓰고는 자신의 지휘봉을 높이 들어올렸다.

“황제 폐하 만세!”

“황제 폐하 만세!”

귀족들과 동맹국의 사자들은 일제히 외치기 시작했다. 이제 그레일 3세가 사라질 때까지 만세를 부르면 모든 식은 끝나는 것이다.

그러나 갑자기 그레일 3세는 지휘봉을 좌우로 한 번 흔들어 좌중을 침묵시켰다.

그리고는 아직 젊은 나이에 어울리지 않을 정도로 위엄있는 목소리로 말했다.

"짐은 제국의 황제다. 하지만 대륙에는 또 한 명의 황제가 있다."

그가 누구를 말하는지 모르는 사람은 없었다. 귀족 중 한 명이 얼른 외쳤다.

"그런 조그만 왕국으로 제국을 사칭하는 자와 우리 미노 제국을 같이 논할 수는 없습니다."

탕!

그레일 3세는 그자의 말을 듣자 지휘봉으로 태사의를 두드렸다. 귀족은 급히 입을 다물고 무릎을 꿇었다.

"나 그레일 3세는 흑사자를 제국의 황제로 인정한다. 그는 그 혼자로서 그런 능력이 있는 자이다. 나는 더 이상 그자를 과소평가하지 않겠다. 우리 미노 제국의 가장 큰 적은 바로 흑사자다! 그가 있는 가이안 제국이다!"

그레일 3세의 목소리는 넓은 대전을 쩌렁쩌렁 울렸다. 기사로서도 일류인 그가 자신의 기를 개방하자 대부분의 귀족들은 몸에 털이 곤두서는 느낌을 받으며 극도로 긴장했다.

그레일 3세는 두 손으로 자신의 왕관을 벗었다. 그리고 그 왕관을 태사의에 올려놓았다. 그 다음에는 황제의 의복을 벗어 다시 태사의에 걸쳤다.

의아함에 가득 찬 신하들이 그를 쳐다보는 가운데, 그레일 3세가 손짓을 하자 뒤쪽에서 한 사람의 궁녀가 걸어 나왔다. 그녀는 한 벌의 옷을 가지고 있었다.

그레일 3세는 그 옷을 받아 궁녀의 시중도 없이 혼자 입었다.

"그, 그것은!"

사람들은 기가 막혀 말도 제대로 꺼내지 못했다. 황제인 그레일 3세가 입은 옷은 바로 일반 병사의 의복이었다.

그레일 3세는 그 옷을 다 입고는 대전 위에 버티고 서서 아래쪽에 시립하고 있는 신하들을 보며 말했다.

"나의 충성스런 신하들이여, 그리고 동맹국의 사자들이여. 똑똑히 보아라. 그리고 들어라. 나는 흑사자의 목을 볼 때까지 황제의 복장을 하지 않을 것이다."

"폐하, 그것은!"

한 늙은 귀족이 있을 수 없다는 듯 말을 했다. 그러나 그레일 3세가 날카로운 눈으로 그를 노려보자 급히 머리를 조아리며 뒤로 한 걸음 물러났다.

그레일 3세는 다시 말했다.

"나의 모든 장군들도 마찬가지이다. 지휘관의 복장은 허락하지 않는다. 병사의 옷을 입고 그들과 함께 섞여 지휘하라!"

"명에 따르겠습니다."

제국의 마스터인 마키아가 한쪽 무릎을 꿇으며 대답했다. 다분히 연극과도 같은 행위였지만 아무도 그것에 뭐라고 말을 하지 않았다. 저 광전사라고 불리는 마키아가 납득을 했다면, 다른 무장들은 감히 불만을 말할 수 없을 것이다.

"지금은 흑사자의 신하로 있는 하이번이라는 자는 뛰어난 병법가이다. 그는 흑사자를 상대하기 위한 병법을 연구했다고 한다. 그자가 고안한 그림자 작전, 우리 미노 제국은 흑사자의 목을 확인할 때까지 그 방법에 따라 군을 지휘할 것이다."

그레일 3세는 그렇게 말했다. 그러면서 스스로부터가 일반 병사의
의복을 입고 생활하겠다고 말했다.

"그대들은 총력을 다해라! 하루라도 빨리 짐이 황제의 옷을 입을 수
있도록! 그대들의 명예와 충성을 보여라!"

그레일 3세는 그렇게 말하며 두 손을 가슴 높이까지 들어 보였다.
신하들을 믿겠다는 의사 표시. 그 표현에 모든 사람들은 크게 감동하
여 다시 황제 폐하 만세를 외치기 시작했다.

그날 처음으로 밝혀진 미노 제국의 총 군사는 60만을 상회하고 있었
고, 이미 사전에 충성을 맹세한 16개의 왕국이 보낸 동맹군의 수가 40만
에 이르렀다. 그리하여 총 100만에 달하는 대군이 미노 제국에 반대하
는 왕국에 대해 진군을 개시했다.

이것은 그들보다 몇 달 앞서 제국을 선포한 가이안 제국이 발도어
왕국의 병탄하고, 자국 내의 반란을 진압하기 위해 비밀리에 모집한 용
병을 포함해도 15만에 불과한 것에 비교할 때 그야말로 사람들의 상상
을 초월하는 대군이었다.

대륙은 미노 제국에 시선을 집중시켰다.

미노 제국은 스스로를 대륙 유일의 제국으로 선언하고 가이안 제국
을 적으로 구분했다. 가이안 제국에 협력한 어떤 왕국도 자신들의 분
노를 피할 수 없을 것이라고 강력하게 협박했다.

100만의 군세, 그것은 대륙의 서북쪽으로부터 일어나 계속해서 세
력을 늘리며 남동쪽으로 내려오기 시작했다. 그들이 목표로 하는 것은
결국 원한이 사무친 흑사자가 있는 가이안 제국이었다.

                    *   *   *

“100만이라고?”

레오는 킬번의 보고가 담긴 편지를 보며 황당하다는 표정을 지었다. 아무리 그라고 해도 100만의 정예병이라는 숫자는 한 번도 상상해 본 적이 없었다.

미노 제국의 전력은 40만이라고 알고 있었다. 그런데 100만이라니?

발렌이 어두운 표정으로 말했다.

“미노 자체의 정예병은 60만입니다. 하지만 주변 왕국에서 보내온 동맹군이 40만에 이른다고 합니다. 그들의 영토를 모두 합하면 거의 대륙의 4분의 1에 해당하는 셈입니다.”

“대단하군!”

레오는 솔직하게 감탄했다. 설마 했는데 적은 이미 과거 3대 제국 중 하나에 해당하는 힘을 가지고 있었단 말인가?

발렌이 다시 설명했다.

“그리고 그들은 끊임없이 주변 왕국에 압력과 회유를 가해 거의 군의 소모가 없이 세력을 불리는 중이라고 합니다.”

“그런가?”

레오는 그의 말에 잠시 고개를 숙이고 생각했다. 보고에 의하면, 그들은 지휘관의 복장을 하지 않고 군을 지휘한다고 한다. 마치 애슐론 군이 그랬던 것처럼 대리의 지휘관이 수십 명 있을 뿐이다.

“미노 제국이 그대의 방법을 배웠군.”

레오는 한쪽에 있는 하이번을 보고 웃었다. 하이번도 저 작전을 사용할 때에 이런 식의 결과가 벌어질 줄은 몰랐을 것이다.

"킬번의 편지에 의하면 뛰어난 자들은 그것을 감추기 위해 몸에 마법진을 그려 넣었다고?"

"옛, 황제 자신을 비롯해 마스터 마키아까지 모두 은신의 마법진을 새겨 넣었답니다."

"쉽지 않게 됐군. 결국 걸리는 놈들을 다 죽여야 된다는 소린가?"

지휘관만 치는 것과 병사들을 모두 쓸어버리는 것은 정말로 큰 차이가 있다. 레오는 골치가 아프다는 시늉을 했다.

"저기, 폐하."

"뭐지? 말하라, 휴케바인."

"숫자가 100만입니다. 천도 아니고, 1만도 아니고, 10만도 아닙니다."

"그래서?"

"아닙니다. 그냥 그렇다는 소립니다."

휴케바인은 얼른 두 손을 흔들며 말하고는 차려 자세로 서서 입을 굳게 다물었다.

레오는 그걸 보고는 한심하다는 눈으로 휴케바인을 보았다.

'겁을 먹었군.'

하기야 무리도 아닐 것이다. 레오는 이번만은 그를 이해하기로 했다.

'나도 어떻게 해야 할지 판단이 안 서니 말이야.'

100만, 100만을 상대하려면 어떻게 해야 할까? 검을 한 번 휘둘러 한 명씩 베어 100만 번을 휘두르면 될까? 하지만 그사이 다른 부하들은?

"현재 우리 제국의 정예병은 몇 명이지?"

"15만을 약간 넘고 있습니다."

발튼 후작이 대답했다. 그의 얼굴도 역시 돌처럼 굳어 있었다.

"그런가?"

이 정도 숫자면 확실히 어떻게 될 것인지 별로 상상이 가지 않는다. 직접 봐야 그 강함을 아는데, 문제는 적이 100만의 군세를 하나로 뭉쳐서 내려오지는 않을 것이라는데 있다.

"주변 왕국들의 움직임도 수상합니다. 그들은 발도어 왕국의 전례를 보아 군사적인 움직임을 보이지는 않습니다만, 그렇다고 동맹에 응하지는 않고 있습니다. 지금 가이안 제국의 동맹국은 애슐론과 매키아 둘에 불과합니다."

발도어 왕국을 친 후 제국에 동맹을 제의한 곳은 단 한 군데에 불과했다. 바로 매키아 왕국, 그곳은 레오가 발도어 왕국의 수도를 초토화시킨 틈을 타 발도어의 동쪽 영토 상당 부분을 먹었다.

그래서 그 국력이 거의 과거 슈란에 필적할 정도인데, 의외로 제국의 종속 동맹에 순순히 응했다. 그들은 자신들의 병사 3만을 제국이 원할 경우 언제라도 파견하겠다고 말함으로써 가이안과 운명을 같이할 뜻을 밝힌 것이다.

하지만 매키아 왕국 이외에는 어떤 왕국도 가이안에 충성을 맹세하지 않았다.

"흠, 그럼 하나씩 쳐서 먹어야겠군?"

레오는 인상을 살짝 찌푸리며 말했다. 말한 것이 있으니 동맹을 받아들이지 않는 자들은 하나하나 칠 생각이었다. 단지 미노의 힘이 생각보다 강했기에 귀찮게 느껴지고 있었다.

이상하게도 100만의 대군이라는 소리에도 레오는 별로 겁이 나지 않았다. 단지 그 상상하기도 힘든 숫자에 질리는 감정뿐이었다.

그때 한쪽에서 입을 다물고 생각에 잠겨 있던 하이번이 말을 꺼냈다.

"이론적으로는 그것도 가능합니다만, 일단 조금은 그들에게 시간을 주는 것이 좋겠습니다. 전쟁을 시작하면 결국 사람이 죽는데, 그것이 모두 결국은 폐하의 전력이 아니겠습니까? 아군이든 적군이든 말입니다."

"그런가? 그런데 하이번 경, 그대는 미노 제국의 군사를 어떻게 막을 생각인가?"

레오는 태연스럽게 물었다. 걱정해 봐야 소용도 없고, 닥쳐 봐야 안다. 하지만 하이번은 다른 생각을 하고 있을지 모른다. 그렇게 생각하자 자신이 이미 모든 병사들의 지휘권을 그에게 맡긴 것이 떠올랐다.

하이번은 이미 생각을 정리한 듯했다. 그는 특유의 자신 있는 미소를 지으며 대답했다.

"100만이 아닙니다. 지금 그들은 주변 왕국의 힘을 흡수하며 점점 그 세력을 불리고 있습니다. 싸우면서 전력이 소모되는 것이 아니라 증가하고 있는 셈입니다. 누군지는 알 수 없지만 무서울 정도의 모사가 군을 움직이는 핵심부에 있습니다."

"음, 그렇다면 적의 수가 더욱 불어난단 말인가?"

"그렇습니다. 소신이 생각하기에 그들이 우리 가이안 제국의 가까이까지 올 때쯤이면 적어도 4, 50만의 병력은 더욱 늘어나 있을 것입니다."

"그럼 150만!"

휴케바인은 두 눈을 휘둥그렇게 뜨고 중얼거렸다. 하이번은 조용히 고개를 끄덕였다.

"그래서? 어떻게 상대할 거냐고 물었다."

레오는 눈 하나 깜박 않고 다시 말했다. 어차피 100만이나 150만이

나 그에게는 별다른 의미가 없었다. 둘 다 가늠하기 어려운 힘이기 때문이다.

하이번은 대답했다.

"10만 이상의 군을 가지고 싸우면 어떻게 상대한다고 설명하기가 상당히 어렵습니다. 정세는 시시각각 변하고, 이 정도라면 전략도 함부로 정할 수 없기 때문입니다."

"……."

레오는 입을 다문 채 계속하라는 듯 턱을 치켜 올렸다. 어느새 그의 무릎 위에 앉아 있는 네로도 고개를 들어 하이번을 보고 있었다. 100만, 아니, 150만을 상대한다? 그게 가능한지는 네로도 궁금했다.

하이번은 그 둘을 보며 강하게 말했다.

"단지 제가 말씀드릴 수 있는 것은 150만 정도의 군대는 충분히 막을 수 있다는 것입니다."

야옹?

"호, 그렇단 말이지?"

"그것이 저의 역할이니 저에게 맡겨주십시오."

"좋아, 그대에게 맡기지."

레오는 잘됐다는 듯 손을 들어 허락의 표시를 했다. 하이번이 된다면 될 거라고 믿어 의심치 않는 것 같았다.

둘의 대화를 들으면 그야말로 점입가경이다. 황제는 상상하기 어려운 숫자의 적이 막 일어서려는 이 제국으로 쳐들어오고 있다는 데도 난감해하는 기색 하나 안 보인다.

군사라는 자는 그 적의 숫자가 더 늘 것이라고 말하면서도 막을 수 있다고 호언장담을 한다. 그렇다고 이렇다 할 구체적인 계획 하나 내놓은 것도 아니다.

더욱 황당한 것은 그런 군사의 태도에도 눈도 깜짝 않고 믿는다는 태도를 유지하는 황제의 모습이다. 이런 심각한 일이 아니라면 정말 기가 막혀 웃음이 날 일이다.

상식을 가진 다른 신하들은 믿기 어렵다는 듯 하이번과 레오를 번갈아가며 쳐다보았다.

그들이 보기에 원래부터 하이번이라는 자는 허풍이 조금 심한 자라고 판단되었다. 한 번만 실수해도 자신의 목을 베라고 스스로 말하는 것부터, 발도어 왕국을 정복하는 것 정도는 아주 쉬운 일이라고 말한 적도 있다.

그러나 문제는 그가 아직까지 한 번도 실수를 하지 않았다는 것과 정말로 발도어 왕국을 아주 쉽게 정복했다는 데 있었다.

직접 하이번의 능력을 체험한 발튼 후작은 입을 다물고 한마디도 하지 않았다. 이번 전쟁과 반란의 모든 상황을 미리 예측해 낸 자이다. 발도어가 그토록 쉽게 함락된 것도 결국 하이번의 전략에 따른 것임을 그는 인정하지 않을 수 없었다.

반면 전쟁의 구체적인 상황을 모르는 이들은 이 전쟁의 승리는 모두 흑사자의 힘이라 믿어 의심치 않았다. 저 하이번의 호언장담은 운 좋게도 흑사자의 위명 아래 실현된 것에 불과하다고 생각하는 이들이 대부분이었다.

"후작, 정말 가능하오?"

바로크 백작이 조심스럽게 물었다. 그의 질문은 상대에 대한 모독이 될 수도 있었기에 가능하면 하지 않으려 했지만, 결국 참을 수가 없었다.

그러자 하이번은 몸을 반쯤 돌려 레오와 다른 신하들이 모두 들을
수 있게 말했다.

"그들이 이곳까지 오는 데에는 적어도 1년이 걸립니다. 그것도 최대
한 빠르게 잡았을 경우를 말합니다. 우리 가이안 제국은 그사이에 그
들을 상대할 힘을 키울 겁니다. 100만을 모으는 것은 힘들지만 그래도
그들을 상대할 수 있는 수준은 만들 수 있을 것입니다."

"그런가? 그럼 지금부터 부지런히 주변을 쳐서 힘을 키워야겠군."

레오는 당장이라도 검을 들고 옆 나라로 달려갈 것 같은 기세로 말
했다. 일단 계획이 서고 표적이 잡히면 단숨에 밀고 나가는 것이 그의
성격이 아닌가?

그러나 하이번은 고개를 저었다.

"세력을 넓히고 미노 제국을 막아내는 것은 저를 비롯한 폐하의 신
하들이 하겠습니다. 폐하께서는 따로 하실 일이 있으십니다."

"내가 할 일?"

"그렇습니다. 폐하께서 직접 하시지 않으면 안 되는 일이니 꼭 하셔
야 합니다."

"그게 무엇인가?"

"그것은 우리 가이안이 진정 제국으로서의 자격이 있다는 것을 대륙
에 알리는 일입니다."

하이번은 그렇게 말하며 눈을 빛냈다. 그의 눈에서 나오는 기는 정
말로 미노 제국의 대군보다 더 중요한 일이 있다고 주장하고 있었다.

❖ 외전 ❖

하이번의 탐문기

하이번은 주변을 정리한 후 유스를 따라 슈란 왕국에 들어갔다. 이들이 도착한 날은 마침 슈란 왕국이 가이안 제국임을 선포하고 레오가 황제로 즉위하기로 한 당일이었다.

"도착 즉시 들라는 명이 있었습니다."

유스를 마중 나온 휴케바인은 하이번의 모습을 힐끗 살피면서 레오의 명을 전했다. 하이번도 내색은 하지 않았지만 상대가 누군지 금방 알아챘다.

'거인 기사 휴케바인이군. 멀리서 볼 때와 달리 상당히 순진해 보이는걸.'

휴케바인에 대한 하이번은 첫 인상이었다. 일단 레오가 기다리고 있기에 둘 사이에는 인사조차 할 시간이 없었다.

"수고했다!"

종속 동맹을 맺고 하이번까지 데려오는 데 성공한 유스에게 레오가 한 공치사는 그것이 전부였다. 하지만 유스는 그것으로 충분하다는 듯 겸손하게 허리를 숙여 예의를 표했다.

"그럼 저는 이만 물러나겠습니다."

"그렇게 하게."

레오는 손짓을 하고는 밖으로 나가는 유스로부터 곧바로 시선을 돌려 하이번을 바라보았다. 어찌 보면 유스에게는 섭섭한 일일 수도 있건만, 유스나 레오 둘 다 전혀 상관치 않는 모습이 하이번에게는 신선해 보였다.

우뚝 서 있던 하이번은 레오가 자신을 보고 아무 말도 하지 않자 문득 해야 할 일을 떠올렸다. 그는 말없이 앞으로 나서서 레오 앞에 무릎을 꿇고 예를 갖추었다.

"애슐론의 하이번이 인사드립니다."

레오는 그런 하이번을 보며 말없이 살짝 인상을 구기더니 내뱉듯이 말했다.

"아직 애슐론인가?"

고개를 숙인 하이번은 잠시 침묵하다가 어렵게 말을 꺼냈다.

"폐하께서 저를 받아들이신다면 가이안의 하이번이 될 것입니다."

"나는 이미 네게 검을 주었다."

하이번은 숙였던 고개를 들어 레오를 똑바로 쳐다보았다. 그리고 그는 보았다. 흑사자는 정녕 자신의 수하를 보는 눈빛으로 그를 대하고 있었다.

'이분은 진심으로 나를 원하고 계시다!'

마음이 감복하니 생각마저 존경심이 묻어났다. 애슐론에서 뼈를 묻으려 했건만 오히려 내쳐졌다. 지금 적국의 왕이었던 이 거대한 인물은 두 팔을 벌려 자신을 맞고자 한다.

하이번은 천천히 다시 한 번 무릎을 꿇었다.

"신 하이번, 가이안 제국의 신하로서 이 목숨을 다해 충성을 맹세합니다."

그때서야 레오의 얼굴에 희미한 미소가 스쳐 지나갔다.

"일어나라, 하이번. 너는 지금부터 나의 군사다. 아니, 이 가이안 제국의 군사가 될 것이다. 오늘 즉위식에서 나는 너를 나의 군사로 발표하겠다."

레오는 여기까지 말한 후 이의가 있느냐는 듯 하이번을 주시했다.

아직까지 레오의 측근을 제외한 이들은 하이번이 인질로 잡혀온 것으로 생각하는 이가 대부분이었다.

혹자는 오늘 정오에 있을 즉위식에서 하이번을 제국의 탄생을 기리는 제물처럼 처형할 것이라는 말까지 할 정도였다. 이런 분위기에서 레오는 그 어떤 해명도 없이 하이번을 군사로 임명하겠다는 것이다.

모든 상황을 주시하고 있던 발렌과 바로크 백작은 하이번이 이 일을 피해가기를 진심으로 바라고 있었다. 지금의 분위기로 볼 때 하이번의 임명식은 마른 장작에 불을 때는 결과를 가져올 수 있었다. 과거 슈란 왕국의 무장이었던 이들이 저 하이번을 받아들일 리가 없기 때문이었다.

하이번은 다른 말없이 천에 둘둘 싼 긴 물건을 두 손으로 받쳐 들었다. 그것은 바로 얼마 전 레오가 직접 하사한 왕가의 검이었다.

"이건 무슨 뜻인가?"

레오가 묻자 하이번은 담담하게 대답했다.

“저의 임명식 때 정식으로 주셔야 할 듯해서 잠시 돌려드립니다.”

“하하하, 그렇군. 그럼 이건 일단 내가 맡아두겠네.”

레오는 하이번의 배짱이 마음에 드는 듯 큰 소리로 웃고는 한 손을 뻗어 검을 받았다.

하이번은 그날 선포된 가이안의 총 군사로 임명받았다.

*　　　*　　　*

“그럼… 궁금한 점이 있으시면 말씀하시지요.”

발렌은 애써 담담한 표정을 지으면서도 속으로는 어찌할 바를 모르고 있었다. 그런 발렌의 속내를 아는지 모르는지 눈앞의 하이번 후작은 잠시 생각에 잠긴 듯 초연하게 앉아 있었다.

정작 하이번을 데려오게 한 레오는 임명식 이후로는 그를 찾지 않았다. 단지 모든 일은 발렌과 의논하라고 했을 뿐이다.

“일단 정보에 능통한 사람과 만나야 할 것 같습니다. 국내외의 담당이 다르다면 모두 다 만나고 싶습니다.”

“알겠습니다.”

어차피 킬번과는 대면해야 할 일이었다. 오히려 그라면 별 선입관 없이 하이번 후작을 대할 수 있을지도 모른다.

솔직히 주군의 뜻에 따라 받아들이긴 했지만 발렌으로서는 적장이었던 하이번을 어찌 대해야 할지 아직 갈피가 잡히지 않아 곤란해하고 있었다.

“그리고 한 가지 확인할 것이 있습니다.”

“말씀하시지요.”

“제가 알아본 바로 폐하의 약점은 거의 없다고 할 수 있습니다만, 단한 가지 걸리는 것이 있습니다. 바로 그 조카 분이지요.”

“로엔 공자님 말입니까? 그게 무슨 문제라도 된다는 말이오?”

발렌의 말이 자신도 모르게 거칠어졌다. 이자가 오자마자 후계를 논하자는 것인가? 하지만 하이번의 의도는 그것이 아니었다.

“현재 외부로 알려진 폐하의 약점은 바로 유일한 혈육인 로엔 공자님입니다. 발렌 경도 잘 아시겠지만 폐하께 직접 위해를 가하는 것은 불가능에 가깝지 않습니까?”

로엔에 대해 나쁜 의도가 없다는 것을 알게 된 발렌의 표정이 한결 부드러워졌다. 하이번은 그러한 발렌의 미묘한 표정 변화를 민감하게 살피면서 모처럼 마음이 편해짐을 느꼈다.

‘이들은 진심으로 주군과 그 혈육을 위하고 있구나!’

이곳에 오면서 유스와 나눈 이야기로 보나 여러 모로 흑사자는 인목이 넘치는 인물이었다. 특별히 수하들을 챙기는 것도 아닌 듯한데 신기할 정도로 그의 수하들의 충성심은 강렬했다.

지금 앞에 있는 발렌만 하더라도 로엔이 거론되자 마치 어미새가 깃털을 곤추세우고 새끼를 감싸는 것같이 행동하지 않는가?

한편 발렌은 나름대로 무언가 생각하는 듯하더니 결심을 굳히고 말했다.

“로엔 공자님의 신변을 확실하게 지켜지고 있습니다.”

“폐하께서 옆에 없으시다고 해도 말입니까?”

발렌은 조용히 고개를 끄덕이더니 목소리를 낮추어 엉뚱한 말을 했다.

“폐하를 알현하셨을 때 검은 고양이를 보셨는지요?”

“보긴 했습니다만?”

"그녀의 이름은 네로라고 합니다."

갈수록 점입가경이라더니 지금이 딱 그 꼴이다. 로엔 공자의 안전과 애완동물이 무슨 상관이라는 것일까? 물론 귀여운 고양이를 보긴 했지만 그 고양이가 무슨 영물이라도 된다는 걸까?

하이번은 속으로 황당해하면서도 일단 발렌의 설명을 기다렸다.

기사들의 호칭은 함부로 생기지 않는다. 트루나이트라고 불리는 발렌이 이런 말을 하는데는 분명 이유가 있을 것이라고 믿었다. 그는 경솔하게 화를 내거나 캐묻는 대신 예의 바르게 발렌의 말을 되받았다.

"아, 그 고양이의 이름이 네로였군요."

발렌은 하이번의 태도에 나름대로 감탄하고 있었다. 그 또한 자신의 말이 얼마나 이상하게 들릴지 잘 알고 있었던 것이다.

"후작께서는 현자의 탑의 최후에 대해 알고 계신지요?"

"문헌에서 읽어 대충은 압니다."

"그럼 티모라라는 이름도 아시겠군요."

"네, 물론입니다. 폐하께서 이름을 떨치시기 전 대륙 전체에서 당할 이가 없다고 알려진……."

마녀라는 말이 막 나오기 직전 발렌은 하이번의 말을 가로챘다.

"네로가 바로 그녀입니다."

"넷?"

하이번은 참지 못하고 놀라 작게 비명을 질렀다. 흑사자 레오의 곁에 마녀 티모라가 있다? 이건 그냥 지나칠 일이 아니다. 전 대륙을 떨친 최강자 둘이 한곳에 있다니!

발렌은 살짝 한숨을 쉬면서 말했다.

"후, 어찌 된 것인지는 저도 잘 모릅니다. 저는 그녀와 그다지 친하다고 할 수 없으니까요. 그녀에 대해 궁금하시다면 로엔 공자님이나 휴케바인 경에게 묻는 것이 나을 겁니다. 아, 나중에 만나실 킬번이라는 사람도 어느 정도 알고 있구요."

"그, 그게……."

사실 발렌은 티모라에 관한 말은 길게 하고 싶지 않았다. 하지만 말을 꺼낸 이상 마무리는 확실하게 해야 했기에 빠르게 덧붙였다.

"네로가 티모라임을 아는 이들은 극히 한정되어 있습니다. 원래 가신이던 몇 명을 빼고는 오직 바로크 백작만이 아는 일이니까요. 어차피 하이번 경은 아셔야 할 일 같아서 말씀드린 겁니다."

발렌은 여기까지 말하고는 더 물을 말이 없다는 사실만 확인하고 황급히 자리를 비웠다.

하이번은 킬번을 만나 엄청난 양의 서류들을 전해 받았다. 그가 레오의 수하가 된 사실을 알고 있는 킬번은 자신이 도둑 길드에 속해 있었음을 솔직하게 밝혔다.

"실제로 어르신께서 명만 하신다면 전 대륙의 도둑 길드는 그대로 움직일 겁니다."

하이번은 이 말에 기가 막혔다. 그 자신도 그렇고, 대륙의 모든 모사들과 군사들은 이 사실을 전혀 예측하지 못할 것이다.

도둑 길드는 항상 생존을 위해서만 움직인다. 결코 전면에 나서지 않으며, 이익이 없는 일에는 끼어들지도 않는다. 그런 도둑 길드가 흑사자를 위해 알아서 움직인다는 것은 또 하나의 엄청난 비밀이었다.

'도대체 흑사자가 뿌린 씨앗은 얼마나 되는 걸까?'

도둑 길드는 대륙 전체의 정보를 쥐고 있으며, 그 단결력 또한 대단하다. 모든 국가에 암중으로 뿌리는 내리고 있으며, 웬만한 귀족들의 약점을 훤히 읽고 있다.

그럼에도 그들이 경계의 대상이 되지 않았던 것은 국가 간의 전쟁에서는 알아서 몸을 사려왔기 때문이다.

하이번은 겉으로는 침착한 표정을 유지하며 킬번이 가져온 서류들을 빠르게 분류해 나갔다. 그는 이 서류들을 대충 훑어보는 것만으로도 가장 중요한 핵심을 찾아내어 질문을 던졌다.

그리고 대충 정보들의 대부분을 파악한 후에 마지막으로 벼르던 질문을 했다.

"폐하의 고양이에 대해 알고 싶습니다만……."

그때까지 여유로운 표정이었던 킬번이 단번에 사색이 되었다. 그는 불안한 기색으로 주위를 둘러보더니 지극히 낮은 소리로 말했다.

"그분에 대해서는 제가 감히 말할 수 없습니다. 다만 그분이 있는 한 암살의 위험이 없다는 점은 단언할 수 있습니다."

"하지만……."

"여기까지입니다. 부디 더 이상은 묻지 말아주십시오."

킬번의 어조는 거의 애원에 가까웠다. 하이번은 돌연 180도 변한 킬번의 태도에 더 이상 무리하게 물어보지 않는 것이 낫겠다고 생각했다.

레오가 발도어를 치겠다고 하자 하이번은 그 즉시 네로를 찾아 나섰다. 그 검은 고양이는 마침 왕궁의 주방에 있었다. 하이번은 마치 귀족 부인을 대하듯 고양이를 향해 예를 갖추었다.

"드릴 말씀이 있는데 부디 시간을 내주셨으면 합니다."

네로는 동그랗고 푸른 눈동자로 하이번을 잠시 노려보더니 발길을 돌려 사뿐사뿐 걸어가기 시작했다. 하이번은 그런 네로의 뒤를 그대로 따랐다. 네로가 발걸음을 멈춘 것은 바로 국왕의 서재 앞이었다. 경비를 서던 기사는 검은 고양이만 보고도 얼른 문을 열어주었다.

"무슨 일이지?"

하이번이 서재에 들어서며 문을 닫고 돌아보았을 때 그곳엔 이미 고양이는 없었다. 어느새 녹색 머리카락을 길게 늘어뜨린 하프 엘프의 미녀가 얼음처럼 차가운 눈빛을 빛내며 서 있었다.

하이번은 철렁 내려앉는 가슴을 진정시키며 차분히 말했다.

"보통 폐하의 출정에 따라가신다고 들었습니다만, 이번 만큼은 왕궁에 계셔주시길 부탁드립니다."

"이유는?"

"로엔 공자님의 신변이 위험합니다. 아직 폐하께 불경한 마음을 먹은 무리들이 남아 있습니다. 만일 폐하께서 출정하신다면, 그들은 필시 공자님의 신변을 노릴 겁니다."

사실 티모라라는 존재가 없었다면 로엔 공자는 군대와 함께 출정하는 편이 안전했다. 지금도 하이번은 티모라가 거절할 경우 그 방법을 택하기로 마음먹은 상태였다.

"한 가지 명심해 두도록 해."

"말씀하십시오."

"네 머리가 좋다는 건 알겠지만, 난 네 의도대로 움직일 생각은 없어. 알았지?"

"감히 그런 생각은 하지 않겠습니다."

"좋아, 로엔은 데려가지 말아. 내가 남을 테니까."

"고맙습니다."

"고마울 것 없어. 네 말대로 하는 건 아니니까."

할 말은 다했다는 듯 티모라는 다시 검은 고양이로 돌아갔다. 그녀가 서재 문을 앞발로 톡톡 두드리자 기다렸다는 듯 문이 열렸다. 네로는 꼬리를 높이 세우고 예의 그 우아한 걸음걸이로 순식간에 모습을 감추었다.

이날 이후 하이번은 틈틈이 티모라에 대한 탐문을 시작했다. 일국의 군사로서 그녀는 결코 그냥 지나칠 수 없는 존재였다. 최소한 아군인지 적군인지만이라도 확실히 해야만 했다.

"네로? 아아! 티모라 형수님 말이죠?"

휴케바인이 대뜸 그렇게 말하자 하이번은 속으로 쾌재를 불렀다. 저 친근한 반응으로 보아 이 거인 기사는 저 티모라와 막역한 관계일 것만 같았다.

하지만 두 시간여가 지난 후 숙소로 돌아온 하이번은 복잡한 머리를 감싸 쥐고 있었다.

'아니, 그 덩치에 무슨 수다가 그리 심한 거야?'

휴케바인은 두 시간을 거의 쉬지도 않고 떠들어댔다. 황당한 것은 그 수다를 다 참으며 받아주었는데도 쓸 만한 말은 몇 개 없었다는 것이다.

'그러니까, 티모라가 처음엔 공격을 했다 그거지?'

휴케바인의 얼굴의 흉터는 그녀에 의해 생긴 것이라고 했다. 하이번이 가진 정보로 휴케바인은 이 제국 내에서 무력만으로는 3인자였다. 흑사자와 마스터인 바로크 백작 다음으로 꼽을 만한 인물인 것이다.

'그럼 암살을 시도했다가 휴케바인 경과 겨루었다는 건가? 그 후로

폐하께서 직접 제압하셨고?'

일단 정리해 보니 이게 가장 신빙성 있는 결론이 되었다. 휴케바인이 워낙 횡설수설했기에 확실한 사실은 몇 가지 되지 않았다. 그나마이 정도 결론이라도 낼 수 있는 것은 그가 바로 하이번이기 때문이었다.

사실 휴케바인은 충분히 상황을 전달한 능력이 있다. 다만 어떻게든 고양이 네로가 아닌 티모라에게 당한 흉터라고 우기다 보니 말이 오락가락했을 뿐이다. 원래 거짓말은 잘 못해 얼버무리면서 허풍을 떨려다 보니 앞뒤가 맞을 리가 없었다.

'형수님이라고 부른다. 거기에 폐하의 침실에서 하루종일 거의 같이 생활한다.'

그의 새로운 주군의 수면 습관을 알게 된 충격은 꽤 컸다. 하루 열두 시간을 자다니… 그런 시간 낭비가 또 어디 있겠는가? 게으름도 그 정도면 약도 없다고 하겠다. 하지만 그 시간 대부분을 티모라와 함께 지낸다면 그 이유를 알 듯도 하다.

'폐하께서 그녀의 미모에 푹 빠진 걸까?'

하지만 평소 레오의 태도로 보아 어쩐지 어울리지 않는다는 생각이 들었다.

'반대로 생각할 수도 있지. 그녀가 폐하의 강함에 푹 빠져 있는지도.'

두 가지 다 가능성은 있지만 어쩐지 겉도는 느낌이 들었다. 결국 결론을 내리지 못한 하이번은 다음 정보 제공자를 찾아 나섰다.

"아, 레이디 티모라요?"

로엔 공자는 밝게 미소를 지으며 생각만 해도 즐겁다는 표정을 지었다. 하이번은 그런 모습에 자신도 모르게 기분이 좋아져 미소를 지으며 물었다.

"그분께서 무척 잘해주시나 보죠?"

"그럼요. 그분은… 마치 어머니 같아요. 늘 보살펴 주시고 제 걱정을 해주시는걸요."

"그래요?"

"그럼요. 엊그제도 주방장이 제 식단에 신경을 안 쓴다고 야단을 맞았다고 하더군요. 주방장 아저씨한텐 좀 미안하긴 하지만… 후훗."

로엔은 누군가가 따스하게 챙겨주는 상황이 좋은 모양이었다. 하이번은 이 부분에서 이채를 발했다.

"그분의 정체는 비밀로 아는데 주방장도 압니까?"

"아, 그건 주방 식구들이 모두 영지에서 온 분들이라 그래요. 레이디 티모라는 미식가세요. 덕분에 저희도 무척 맛있는 요리를 먹게 되었죠. 아, 물론 예전에도 주방장의 요리는 맛있었지만 더욱 맛있어졌다는 말이에요."

"흠, 그렇군요. 로엔 공자님도 그분이 좋은가요?"

"그럼요. 저는 말이죠……."

"말씀하세요. 다른 분께 말하지는 않을 테니까요."

"으음… 그럼 이건 비밀인데요. 전 레이디 티모라가 숙모가 되어주셨으면 좋겠어요. 두 분은 너무 잘 어울리시거든요."

로엔은 동의를 구하는 듯 눈을 반짝반짝 빛내며 하이번을 바라보았다. 난처해진 하이번은 웃음으로 대답을 마무리하고는 비밀은 꼭 지키겠노라고 맹세를 하며 상황을 모면했다.

로엔에 이어 유스까지 만나고 온 하이번은 난해한 퍼즐을 푸는 것 같은 기분이 들었다.

결국 그가 들은 내용을 정리하면 다음과 같았다.

티모라는 아마도 흑사자를 암살하기 위해 처음 만났을 것이다. 그 과정에서 휴케바인은 얼굴에 흉터를 가지게 되었다.

그녀의 암살 기도는 실패했고 흑사자는 그녀를 제압했지만 죽이지는 않는다. 이후 티모라는 레오의 갑옷을 연구한다는 이유로 주변에 남는다.

그리고 어떤 이유에선지 그녀는 특정 사람들 앞에서만 본모습을 보이고 대부분 고양이 네로로서 생활한다. 모든 이들이 공언하건대 레오는 이 고양이 네로를 상당히 귀여워하며 줄곧 같이 생활하고 있다.

하이번은 이 몇 가지 사실에서 나름대로의 결론을 추론해 냈다.

첫째로 티모라는 레오에게 해가 될 생각이 없다. 모르긴 해도 갑옷을 연구한다는 것은 그의 옆에 남아 있기 위한 핑계에 불과하다. 굳이 그러한 이유를 댄 것은 아마도 자존심 때문으로 생각할 수 있다.

둘째로 티모라는 레오가 눈치채지 못하게 여러 곳에서 그를 돕고 있다.

일단 그의 건강을 책임지는 주방에서는 모습까지 드러내며 섬세하게 관리한다.

이는 레오의 혈육인 로엔에 관해서도 마찬가지이다. 하프 엘프인 티모라가 레오와 결합할 경우 로엔은 후계자로서의 위치가 굳어진다. 그녀는 미리 그러한 미래에 대비하고 있을 가능성도 높다.

더하여 그러한 조력의 일환으로 티모라는 레오의 마법사인 유스를 제자로 삼았다. 덕분에 유스는 6써클 마법사가 되었으며 앞으로의 발전 가능성도 꽤 높은 편이다.

거기에 출신에서 배신의 위험이 있는 킬번의 경우에는 상당히 엄하게 다뤄서 안전도를 높이고 있다.

셋째로 이 점이 가장 하이번을 힘들게 한 것인데, 바로 티모라가 고양이로 생활하는 이유였다. 이에 대해서는 바로크 백작이 본 것과 다른 이들이 생각하는 것이 조금씩 달랐다.

일단 로엔이나 휴케바인의 생각대로라면, 티모라는 자신의 존재를 숨김으로써 더욱 완벽한 경호를 할 수 있다.

이는 레오에 대한 것뿐만 아니라 로엔에 대해서도 마찬가지이다. 그녀의 정체를 아는 사람이 적을수록 이러한 일은 유리하고 쉬워지는 것이다.

반면 바로크 백작이 목격한 사실대로라면, 레오가 티모라를 드러내고 싶어 하지 않기 때문이다. 레오의 성품이라면 자신의 여자의 도움을 받는 것을 꺼려할 가능성이 있다. 그는 그저 티모라가 애인으로 머무르는 것을 바라는 것일지도 모른다. 혹은 그녀의 아름다운 모습을 독점하려는…….

여기까지 생각한 하이번은 고개를 저었다. 아무리 추론이라고는 해도 레오의 성격과는 너무 맞지 않는 부분이었기 때문이다. 그는 그저 얻어진 확실한 결론을 가지고 대처하는 것이 낫다고 생각했다.

'일단 로엔 공자님의 신변은 맡기는 걸로 하고, 그분의 신경을 거스르지 않도록 극도로 조심하는 것이 좋겠군.'

오랜 탐문과는 어울리지 않는 너무나 단순한 결론이었다. 하지만 하이번은 레오의 일을 경계 삼아 자신이 판단할 수 없는 특이한 존재에 대한 한 열 번을 조심해도 지나치지 않다고 생각하였다.

　그런 그가 티모라가 하프 엘프라는 사실과 숲을 불태우는 작전을 연결하여 생각하지 못한 것은 그야말로 불운한 일이었다. 일생일대의 실수라고 할 만했다.

『흑사자』 5권에 계속…

청 어 람 판 타 지 장 편 소 설

마신의 불길보다 더 사나운 환염의 붉은 불꽃!

홍염의 성좌 / 아울 지음

THE CONSTELLATION OF BLAZE
『홍염의 성좌』

98년 『검은 숲의 은자』, 02년 『폭풍의 탑』, 04년 『겨울 성의 열쇠』
고품격 판타지 작품 세계만을 선보여온 작가 민소영! 그녀의 최신작!!

신세대적인 기발함과 경쾌한 문체,
풍부한 상상력이 빚어낸 판타지계의 명품 중 명품!
짙고 그윽한 그녀만의 농밀함이 빚어낸 장대한 스펙터클 드라마!

2005년 여름,
진한 감동과 짜릿한 전율이 시원하게 회오리친다!

FANTASY
FRONTIER
SPIRIT